Lew Kopelew, geboren 1912 in Kiew, studierte Germanistik in Moskau. 1941 bis 1945 als »Propagandaoffizier für die Gegnertruppen« im Fronteinsatz, 1945 wegen »Verleumdung der Sowjetischen Armee« und »Propaganda des Mitleids mit dem Feind« festgenommen und bis 1954 inhaftiert. Nach seiner Rehabilitierung 1956 publizierte er in Moskau über internationale und vor allem deutsche Literatur. 1968 wegen Teilnahme an der Menschenrechtsbewegung Parteiausschluß, Entlassung aus dem Institut für Kunstgeschichte, 1977 Ausschluß aus dem Schriftstellerverband, Publikationsverbot. 1981 wurde er gemeinsam mit seiner Frau von den sowjetischen Behörden ausgebürgert. Er lebt und arbeitet seither in Köln. Zuletzt erschienen von ihm im Steidl Verlag: »Waffe Wort«, »Laudationes«, »Rußland – eine schwierige Heimat«, »Aufbewahren für alle Zeit«, »Tröste meine Trauer« und »Und schuf mir einen Götzen«.

Lew Kopelew

Kinder und Stiefkinder der Revolution

Unersonnene Geschichten

Aus dem Russischen von
Albert Knieriem und Elisabeth Markstein

Steidl

Die deutsche Originalausgabe wurde 1983 veröffentlicht.

»Ein Morgen im Mai 1947« wurde von Elisabeth Markstein übersetzt; die übrigen Erzählungen von Albert Knieriem.

97 98 99 00 9 8 7 6 5 4 3 2 1

Umschlaggestaltung: Klaus Detjen
Satz, Lithographie, Druck:
Steidl, Düstere Straße 4, D-37073 Göttingen
Gedruckt auf Öko 2001-Recyclingpapier
Printed in Germany
ISBN 3-88243-473-2

Inhalt

Für Raja

Vorwort

Diese Erzählungen sind nicht erfunden, nicht ersonnen. Das könnte ich nicht, deshalb nenne ich mich auch nie Schriftsteller. Doch ich habe ein verhältnismäßig gutes Gedächtnis, und hin und wieder habe ich auch ein ausführliches Tagebuch geführt. Als ich im Winter 1954/55 aus der Haft nach Moskau zurückkehrte, begann ich zunächst Raja Orlowa – die bald darauf auch meine Frau wurde – ausführlich darüber zu berichten, was ich an der Front, in Gefängnissen und Lagern erlebt hatte, und ich erinnerte mich dabei auch an viele frühere Ereignisse und Begegnungen. Es war eine rücksichtslose, manchmal recht schmerzliche Auseinandersetzung mit der Vergangenheit, die fast zwei Jahre dauerte; später haben auch einige unserer Freunde meine wiederholten Erzählungen hören wollen.

Nach 1956, in den Jahren des »Tauwetters«, als man in Rußland über manches, was früher völlig tabuisiert war, zu sprechen und zu diskutieren begann, wurden Raja und ich von jungen Menschen mit Fragen bedrängt: »Wie war es möglich, daß ihr einem Stalin und all den Stalinisten so lange geglaubt habt und ihnen gefolgt seid?« – »Wie konntet ihr erst in den kommunistischen Jugendverband und dann in die Partei eintreten, wo da doch so viel Lug und Trug war und so gräßliche Missetaten und Verbrechen begangen wurden?«

Solche und viele ähnliche Fragen mußten offen, ehrlich und ausführlich beantwortet werden. So begann Raja, ihre Erinnerungen zu schreiben, und bald folgte ich ihrem Beispiel. Je mehr ich schrieb, um so mehr Ereignisse, Gestalten und Menschenschicksale tauchten aus den unteren Schichten meines Gedächtnisses auf. Und was früher als Einzelfall oder kleiner Zufall gar nicht bewußt registriert wurde, erschien plötzlich als ein unersetzbares Glied einer Kette, wurde zum wichtigen Teilchen eines größeren Mosaikbildes.

So entstanden die Erinnerungsbücher ›Und schuf mir einen Götzen‹, ›Aufbewahren für alle Zeit!‹ und ›Tröste meine Trauer‹. Für diese Bücher hatte ich mir im voraus keine Pläne zurechtgelegt. Die einzelnen Abschnitte, die später zu Kapiteln angeordnet wurden, entstanden zunächst ganz chaotisch. Als sie zu Büchern zusammengestellt werden sollten, war ich durch Tausende von Kilometern und mehrere undurchdringliche

Staatsgrenzen von den Verlegern, Lektoren und Übersetzern getrennt.

Von Jahr zu Jahr wurde die behördliche Beschattung gründlicher und aufdringlicher, und die meisten Manuskripte konnte ich nicht zu Hause aufbewahren, so daß meine Teilnahme an der Entstehung dieser Bücher mehr als erschwert war. Einige Manuskripte und Bilder waren plötzlich unterwegs »verschwunden«, manches tauchte nie mehr auf, Kopien konnte ich nicht immer machen ... Viele Seiten paßten im Lauf der Arbeit an den genannten Büchern nicht mehr dazu. Die ursprünglich unstrukturierte Fülle der niedergeschriebenen Erinnerungen hatte für die Buchausgaben soweit Gestalt angenommen, daß ich eine Reihe von Texten nicht mehr aufnahm.

Doch ich habe mich dazu entschlossen, auch sie nun zu veröffentlichen, da auch sie Zeugnisse der Zeit sind – unmittelbar von mir erlebt oder von zuverlässigen Zeitgenossen berichtet.

In diesen »unersonnenen Geschichten« wage ich es, Monologe und Gespräche, auch wenn ich sie nicht selbst gehört habe, in direkter Rede wiederzugeben. Sie sind aber nicht subjektiver Vorstellungskraft oder künstlerischer Phantasie entsprungen, sie extrapolieren vielmehr objektive Realitäten: So konnten, ja so mußten diese Menschen sprechen. Oft und aufmerksam habe ich ihnen zugehört.

Zunächst wollte ich ja nur die Fragen beantworten, die mich direkt zu Zeugenaussagen und Bekenntnissen aufforderten. Diese Fragen entsprachen aber auch meinem Bewußtsein der Mitverantwortung für alles, was in meinem Land geschah, für all das Grausame und Niederträchtige, was zahllosen Menschen in Rußland, in der Ukraine und in vielen anderen Ländern angetan wurde – im Namen der Ideale, zu denen ich mich bekannt, von dem Staat und der Partei, zu denen ich gehört hatte.

Gleichzeitig wollte ich auch das Andenken an viele gute und manche böse Zeitgenossen festhalten. Dies ist sicher ein uralter Trieb: dem Tod, dem absoluten Nichts, zu trotzen, Gelebtes so lange wie möglich leben zu lassen, es vor dem kalten Vergessen zu bewahren.

Ich bin bemüht, mich um irgendwelcher Rücksichten willen nicht zu halben Geständnissen oder taktischen Aussparungen verführen zu lassen. Ich berichte nur über Dinge, die ich nach bestem Wissen und Gewissen als wahr beschreiben kann.

Es gilt allein, was Goethe sagte: »Schädliche Wahrheit, ich ziehe sie vor dem nützlichen Irrtum. Wahrheit heilet den Schmerz, den sie vielleicht uns erregt.«

Köln, im Winter 1982/83
Lew Kopelew

Scharfe Biegungen auf einem kurzen Weg oder Einige Ereignisse aus dem Leben des Wasilij Petrik

1

Wasja Petrik wurde 1907 in einem weißrussischen Dorf, in der Familie eines Schmiedes, als ältestes von drei Kindern geboren. Seine ein Jahr jüngere Schwester ging zusammen mit ihm in die Schule, während die jüngste noch durch das Haus krabbelte.

Der Vater reparierte Pflüge, Eggen, Karren, beschlug Pferde, härtete Sensen und richtete Sägen. Er sagte immer, daß alles Eisen im Dorf durch seine Hände gegangen sei.

Im Krieg gegen die Deutschen hatte er ein Bein verloren, aber er hinkte geschickt durch die Schmiede. »Bin schneller als alle zweibeinigen Schmiede. Und ich hab keine Angst, mein Holzbein anzustoßen oder anzusengen.«

Wasja machte sich von jüngster Kindheit an in der Schmiede zu schaffen und half seinem Vater: Er fachte den Herd an, schleppte Kohle herbei, später griff er auch nach der Zange und dem kleinen Hammer. Ihm gefiel das Handwerk des Vaters besser als die Hausarbeit in Schmutz und Stallmist.

Alle achteten den Schmied – der Pope, das Fräulein Lehrerin, die reichsten Bauern, die Dreschmaschinen besaßen, bis hin zum Vorsitzenden des Dorfsowjets, von dem sich spöttische Frauen erzählten, er sei so aufgeblasen, daß er sogar zum Scheißhaus mit einer Aktentasche gehe.

Wasja erinnerte sich, wie die Frauen geweint und geheult haben, als die angetrunkenen Burschen lauthals singend und johlend in den Krieg gezogen waren. Aber die Revolution ging an ihrem Dorf vorbei. Irgendwo weit hinter den dichten Wäldern, in den großen Städten wurde gekämpft. Nachbarn, die in die Städte gefahren waren, erzählten, daß erst die polnischen Truppen vorgerückt seien, aber dann seien die Roten gekommen und die hätten den Boden der Gutsbesitzer verteilt.

Wasja interessierte das alles kaum. Für ihn war viel wichtiger, daß sein Vater eines Abends mit absichtlich lauter Stimme zur Mutter sagte: »Na, haben jetzt in unserer Schmiede zwei Gesellen. Wasja ist mir ein guter Helfer geworden. Nächstes Jahr entlaß ich den alten Gesellen, werden dann schon zu zweit fertig.«

Aber zu der Zeit ging er schon lieber in die Schule als in die Schmiede. Er löste Arithmetikaufgaben rasch und korrekt, lernte mühelos Gedichte auswendig. Nach einer Wette mit seinen Freunden lernte er den Versroman ›Wer lebt gut in Rußland?‹ von Nekrassow innerhalb von drei Tagen. Gern trug er Gedichte mit viel Ausdruck vor – mal zärtlich und mitleidig wie die Mutter, die dem Vater zuredete, keinen Wodka zu trinken, damit ihm die Brust nicht schmerzte, mal drohend und schallend wie der Vater, wenn er den Gesellen anschrie, weil der eine Pflugschar überhärtet hatte, mal bedeutungsvoll und feierlich wie der Priester in der Kirche.

Das alte Fräulein lobte ihn; sie schenkte ihm Bücher, und er las nun abends auch zu Hause. Er las der Mutter und den Schwestern Erzählungen von Tschechow, von Wanka Shukow, dem kleinen Schuster, von dem Hündchen Kaschtanka, vor, er las die Märchen Puschkins und die Gedichte Nekrassows.

Die Nachbarkinder und manchmal auch die Erwachsenen kamen, um ihm zuzuhören. Die Frauen waren entzückt: »Wie schön das ist, weinen möcht man ... So winzige Buchstaben, aber was für eine gewaltige Kraft. Wasja, du mußt Pope werden. Vielleicht küssen wir dir noch die Hand.« Die Männer kamen seltener, und manche spotteten: »Bildung ist schön und gut, aber was für eine – darauf kommt's an! Die neue Macht hält nicht viel von den Popen, aber die Schmiede, die sind hochangesehen. Lernen ist gut, aber zu viel Lernen ist mies. Der Sohn vom Müller hat gelernt und gelernt, bloß hat er dabei Vater und Mutter vergessen. Hat in der Stadt schon zum zweitenmal geheiratet, ist von seiner Frau weggelaufen; zwei Kinder – läßt sie zurück wie junge Hündchen ... Deshalb mußte er vor Gericht. Haben ihn zwar nicht ins Gefängnis gesteckt, nicht nach Sibirien geschickt – die Gesetze sind jetzt gottlos, schwach. Hat bloß 'ne Geldstrafe gekriegt. ›Limente‹ heißt das. Muß jeden Monat bezahlen, damit er sich nicht zuviel rumtreibt – der Gebildete.«

Die Lehrerin kam in die Schmiede und erklärte dem Vater, daß Wasja große Fähigkeiten habe und in die Stadt geschickt werden müsse, damit er weiterlernen könne. »Glauben Sie mir, Pjotr Wasiljewitsch, Sie werden stolz auf Ihren Sohn sein.«

Der Schmied bedankte sich für die gütigen Worte, war aber eher verlegen. »Ich glaub Ihnen, Fräulein, ist doch klar ... Aber dafür, für die Stadt braucht man doch Geld. Und woher soll ich's nehmen? Krieg für meine Arbeit wenig genug. Mir zahlt man doch nicht mit Moneten, sondern mit Roggen, Speck oder Eiern.«

Als Wasja in der letzten, der siebten Klasse war, gab es kaum mehr ein Dutzend Schüler. Alle ihre ehemaligen Mitschüler arbeiteten schon lange auf den Landparzellen, in den Häusern und Gemüsegärten ihrer Väter. Und manche waren in die Städte geschickt worden.

Der Schmied entsann sich, daß er einen Vetter hatte, der irgendwo im Donbass – dem Donezbecken – arbeitete. Früher war er Bergarbeiter gewesen, aber nun war er schon so etwas wie ein Vorgesetzter. Der Schmied erbat die Adresse von seiner Tante und schrieb dem Vetter. Er erhielt einen langen Antwortbrief, und Wasja, der noch nicht sechzehn Jahre alt war, verließ das Dorf zum erstenmal. Zum erstenmal sah er eine Eisenbahn. Und er zog in die geheimnisvolle Gegend mit dem märchenhaften Namen »Donbass«.

Der Onkel, der sich als Bergmann »hochgearbeitet« hatte, leitete nun irgendein Büro bei der Grube. Er brachte seinen Neffen auf verwandtschaftliche Art in einer Reparaturwerkstatt in der nächstgelegenen Siedlung unter. In die Grube ließ er ihn nicht.

»Ist kein Leben für einen jungen Kerl – ganze Tage ohne Sonne, keine reine Luft, in schwarzem Dreck. Bist's nicht gewohnt, würdest dir da nur 'ne Schwindsucht holen. Reparaturschlosser, das ist 'ne sehr gute Qualifikation. Hast bei deinem Vater schon gelernt zu schmieden und zu nieten. Wirst hier Meister und kannst dann alles mit Eisen anstellen!«

Wasja gefiel das schöne Wort »Qualifikation«. Ihm gefiel auch die Unterkunft in der Junggesellenbaracke: In einem Zimmer, das hell und sauber war, wohnten eineinhalb Dutzend junger Männer. Jeder hatte ein Eisenbett mit Matratze. Auf großen Laken stand mit Druckbuchstaben »Füße«, die Kopfkissen waren mit Watte gefüllt, und die dicken warmen Decken aus Wolle; darüber ein weißer Bezug nach Art eines Lakens gebreitet, aber mit aufgedruckten Blumen wie auf einem Mädchenbett. Jeweils zwei Bewohner teilten sich einen Nachttisch, in dem sie verschiedene Kleinigkeiten unterbringen konnten; und an der Wand gab es große Schränke für die Kleidung. Die Baracke hatte acht solcher Zimmer und einen Waschraum: Über dem blechernen Waschbecken war ein Trog mit zwölf Zapfen angebracht. Neben vier Baracken stand etwas abseits eine kleinere: die Latrine, die die Städter »Toilette« nannten.

Ein Brettergerüst mit zehn Öffnungen und an der Wand eine Rinne; durchdringender Gestank von ungelöschtem Kalk und Karbolsäure. Wasja konnte sich lange nicht daran gewöhnen, in Gegenwart anderer seine große Notdurft zu verrichten. Er schämte sich und hielt es bis zur Nacht aus. In den Werkstätten war es besser, dort gab es wenigstens Trennwände, an drei Seiten verdeckte Boxen. Man konnte sich in die fernste zurückziehen.

Der Onkel besaß ein eigenes Häuschen – es war klein und weiß getüncht. Vorn lag ein eingezäunter Vorgarten mit zwei Fliederbüschen, einem Beet Ackerveilchen und Vergißmeinnicht, und hinten, hinter dem Lattenschuppen, in dem Hühner und ein Ferkel hausten, war ein Gemüsegarten.

Aber der Onkel sagte: »Bist ein junger Kerl, leb also mit anderen jungen Männern. Schließlich hab ich Töchter; ist nicht gut, wenn sie mit 'nem jungen Burschen in einem Haus wohnen. Ein Verwandter bist du ja, aber was für einer? Verwandtschaft dritten Grades, das ist nur ein dünner Zaun. Zum Heiraten ist's für dich noch zu früh. Und die Nachbarschaft könnte blödes Gerede anfangen.«

Wasja fühlte sich nicht beleidigt, denn der Onkel hatte recht. Sonntags besuchte er seine Verwandten. Die älteste Tochter war nach dem Onkel geraten – stupsnasig und gesprächig –, arbeitete im Büro, hatte sich die Haare kurz geschoren, trug ein rotes Kopftuch und ging abends mit den Komsomolzen in den Klub. Die mittlere – blaß, still, mit langer, dünner Nase – ähnelte der Mutter; sie lernte Zuschneiden und Nähen und saß dauernd zu Hause an der Nähmaschine. Die jüngste ging noch zur Schule, hatte einen Zopf und spielte auf der Straße »Himmel und Hölle«. Alle drei betrachteten Wasja gleichgültig, wie ihm schien, sogar von oben herab.

Aber auch ihnen nahm er es nicht übel; er wußte doch selbst, daß er ein ungeschickter, schüchterner, schwerfälliger Dorfjunge war – verglichen mit den draufgängerischen Burschen der Siedlung. Nicht nur die verwegenen Häuer, die dreisten Grubenkutscher, die flinken, redegewandten Kerle aus der Werkstatt, sondern auch die Allerjüngsten fluchten so wüst drauflos, spuckten den schwarzen Speichel so artistisch aus, wenn sie lässig an einer Papirossa kauten, und sahen so überlegen auf die Mädchen herab – sogar auf die scharfsinnigsten, spöttischsten, zänkischsten –, daß er sich neben ihnen kläglich und hilflos vorkam.

Trotzdem ging er auch in den Klub. Dort gab es eine Bibliothek. Er lieh Bücher aus, schlug sie sorgfältig in alte Zeitungen ein und besprach dann manchmal das Gelesene mit der Bibliothekarin, einer freundlichen, grauhaarigen Frau, die eine kleine Brille, Pincenez genannt, an einer Schnur trug. Sie redete Wasja mit »Sie« an, das erlebte er zum erstenmal. Er fand es schön, wenn ihre Meinungen übereinstimmten, und sie lobten um die Wette gute, gemütvolle, mitreißende Bücher. Aber manchmal kam es auch vor, daß Wasja, der sich an die vertrauten Gespräche gewöhnt hatte, sehr hitzig widersprach. Dann errötete sie, nahm ihr Pincenez ab und rieb es lange mit ihrem Taschentuch.

»Nein, Wasilij, da kann ich Ihnen nicht zustimmen. Diese Cowboys sind natürlich mutig, geschickt, haben Kameradschaftsgefühl, aber sie sind so grausam, so gnadenlos, kennen kein Mitleid Schwächeren gegenüber und haben überhaupt keine Ideale ... Über Geschmack läßt sich nicht streiten, aber meiner Meinung nach sind das Menschen ohne Seele. Sie brauchen mir natürlich nicht zuzustimmen, aber ich möchte Sie trotzdem bitten, sich etwas vorsichtiger auszudrücken. Schließlich bin ich nicht nur älter als Sie, sondern ... eine Frau, und ich erlaube mir ja auch nicht, zu schreien und Frechheiten auszustoßen wie ›Blödsinn‹, ›Ihre Helden sind Rotznasen‹, ›Man muß auf alle Ideale spucken, wenn man 'nen Halunken reinlegen will‹. Ich bitte Sie, solche Ausdrücke nicht mehr zu verwenden, jedenfalls nicht, wenn Sie mit mir sprechen.«

Er fühlte sich ganz elend vor Scham und entschuldigte sich hastig. Die Bibliothekarin schmollte eine Zeitlang, doch danach lobten sie wieder einmütig Tschechow, Gorkij, Korolenko und waren sich einig, daß die neuen Schriftsteller so noch nicht schreiben könnten.

Im Klub wurden jeden Samstag und Sonntag Kinofilme gezeigt, und anschließend tanzte man zu Ziehharmonikamusik. An Wochentagen wurden abends Analphabeten im Lesen und Schreiben unterrichtet.

Schon nach einem halben Jahr rückte Wasja in die vierte Lohngruppe auf und begann, mehr als fünf Zehnrubelscheine im Monat zu verdienen.

Im Winter starb Lenin in Moskau. Auf Versammlungen – sie hießen Trauerversammlungen – abends im Klub und während der Mittagspausen in den Werkstätten sprachen alte und junge Arbeiter darüber, was für ein großer Arbeiterführer, was für ein einfacher und guter Mensch Iljitsch gewesen sei; sie riefen dazu auf, sein Vermächtnis zu erfüllen und die Sowjetmacht zu stärken.

Der Onkel sagte Wasja, daß er in die Partei eintreten wolle. Jede Woche wurden in der Werkstatt Versammlungen der Partei- und Komsomol-Zelle abgehalten, wo jeder hingehen konnte und wo regelmäßig mehrere Leute in die Partei aufgenommen wurden. Das »Leninaufgebot« nannte man diese neuen Genossen.

Wasja trat in den Komsomol ein und wurde zum Arbeiterkorrespondenten der Wandzeitung gewählt. Er schrieb Gedichte, Notizen und Feuilletons über Trunkenbolde, Faulenzer, Bürokraten und Speichellecker. Dabei konnte er mit den schönen neuerlernten Worten wie »industrielles Proletariat«, »wissenschaftliche Arbeitsorganisation«, »Klassenbewußtsein« prunken. Die Kameraden lobten ihn: »Ein aktiver Arbeiterkorrespondent! Du schreibst gut, ganz im proletarischen Geist!«

In der Werkstatt arbeitete er genauso begeistert und freudig wie früher in der Schmiede seines Vaters. Im zweiten Jahr galt er als einer der besten Reparaturschlosser. Sogar der Obermeister, der die Komsomolzen als »rotznäsige Schreihälse« verachtete, lobte ihn und knurrte beifällig, wenn er ihm einen schwierigen Auftrag gab. »Der Lange hat noch Gewissen, wie sich's für 'nen richtigen Arbeiter gehört. Der weiß, wann man den Meißel und wann man die Samtfeile braucht. Der ist nicht wie die, die nur schreien: ›Auf zum Kampf, kämpft kämpferisch, seid alle Kämpfer für die Arbeitsdisziplin!‹, und dabei selber nichts anderes können als fressen wie die Scheunendrescher.«

Wasja war ganz bestürzt, als er zum erstenmal einen Dampfhammer sah: »Eine Tonne – sechzig Pud! Doch kaum berührst du den Griff, schon fliegt er hoch wie eine Feder.« Da kam nicht einmal der schwerste Hammer seines Vaters ran.

Er bewunderte und beneidete den Meister der Schmiedeabteilung sehr. Der war ein unscheinbarer kleiner Mann, fast kahlköpfig, mit rötlichen Haaren und kleinen flinken Äuglein, aber er beherrschte den Dreitonnenhammer sehr elegant und majestätisch. Spielend schmiedete er riesige Stahlwalzen, wie Wasjas Vater ein Hufeisen. Und derselbe donnernde Riesenhammer wurde unter seiner Hand zart und leicht wie das Silberhämmerchen eines Juweliers. Mit einer Berührung des Kolosses trieb er einen Schusternagel in ein Streichholzschächtelchen – und zwar so, daß die Schachtel nicht einmal einen Riß zeigte. Dann sagte er lässig: »Na und? Ein einfacher Trick! Hab bei Meister Garkawyj gelernt. Der machte mal 'ne Wette mit dem Chefingenieur, 'nem Deutschen. Der Chefingenieur trug immer 'ne Uhr mit Deckelchen an 'ner Kette in seiner Weste. Garkawyj öffnete das Uhrdeckelchen also 'nen halben Fingerbreit und schloß es mit dem Hammer. Das Glas zerbrach nicht. Damals gab's noch wahre Meister! Und jetzt? Nichts als Schlamperei. Hauptsache, viel Krach und Donner.«

Wasja lernte, mit dem Eintonnenhammer Nägel in Bretter zu treiben, ohne sie zu zerbrechen. Aber in der Komsomolzelle wurde er dafür gerügt. »Kleinbürgerliches Getue! So züchtet man Individualismus heran. Aufspielen willst du dich, besser als alle anderen sein. Das sind doch sinnlose Kunststücke. Welchen Nutzen hat man davon, Nägel mit 'nem Dampfhammer einzuschlagen, 'ne Uhr damit zu schließen? Ein bewußter Proletarier darf sich nicht mit Protzereien abgeben, sondern muß sinnvoll arbeiten, muß auf Disziplin achten, soll nicht anderen vorauseilen, sich nicht zum Champion aufbauen, der besser als seine Genossen ist. Man muß sparen, seine eigene Energie und die Arbeitsenergie des Staates. Wie viele solcher Hämmer haben wir? Wenn jeder anfängt, mit ihnen Nägel einzuschlagen, was kommt dann dabei raus? Anarchie!«

Wasja gestand seine Fehler ein. Es tat ihm aufrichtig leid. Er schämte sich, denn er hatte wirklich besser sein wollen als die anderen, damit ihn alle so beneideten wie er den Zauberer von einem Schmied. Und er schämte sich, weil er begriff, daß so etwas nicht richtig ist, daß man nicht von sich selbst, sondern von der gesamten Produktion, von der ganzen Arbeiterklasse träumen muß.

Die Kontrolleurin Ganja mit den großen Augen – sie war Mitglied des Zellenbüros – erklärte: »Weißt du, was da bei dir zum Ausdruck kommt? Das Dörfliche, das Kleinkrämerische. Mein Haus, mein Besitz, ich will der wohlhabendste, der stärkste sein . . .«

Eines Abends nach dem Kino – man hatte einen Liebesfilm mit Küssen, Prügeleien, Verfolgungsjagden gezeigt – begleitete er Ganja. In einem stillen Winkel bei der Mädchenbaracke drückte er sie an die Wand und begann, ihre Wangen, ihre Augen, ihre Stirn zu küssen. Sie wehrte sich nicht allzu sehr und lachte.

»Bist ja wirklich vom Dorf! Nicht mal küssen kannst du! Wart mal . . . So muß man's machen.«

Sie saugte sich mit ihren Lippen so sehr an seinen fest, daß ihm schien, er habe für einen Augenblick das Bewußtsein verloren. Eine nie erlebte Wonne! Welch ein Glück! Er begann, sie von der Baracke fortzuziehen. Zu der öden Heide, wo die Paare der Siedlung nach der Schicht gewöhnlich im dichten Unkraut Zuflucht suchten. Aber sie sträubte sich.

»Nein, nein, das nicht! Ich bin ja nicht spießig, aber Abtreibungen sind sehr schädlich für die Gesundheit. Und heiraten können wir nicht – dafür haben wir weder Zeit noch Wohnung noch Geld.«

Sie küßten sich noch einige Male abends in stillen Ecken, im Klub, bei den Werkstätten, bei der Baracke. Er fühlte sich immer stärker zu ihr hingezogen. Es machte ihm Freude, ihr Haar – strohblond und weich – zu streicheln. Alles an ihr gefiel ihm: die kurzen Finger mit den kleinen rosigen Nägeln, die Art, wie sie die Unterlippe vorwölbte, das dunkle Muttermal an ihrem Kinn, das fest wie eine junge Kartoffel war. Er sprach immer wieder vom Heiraten, versuchte zu beweisen, daß alles gut sein werde, rechnete aus, wieviel sie für ein Zimmer und für Lebensmittel brauchten.

Aber Ganja lachte nur. »Bleibst eben doch eigentumsüchtig, ein Familienmensch, ein Hausherrchen.«

Sie begann, ihm aus dem Weg zu gehen. Mal hieß es, dringende Komsomol-Aufträge, mal rannte sie einfach so schnell aus dem Kino, daß er sie nicht einholen konnte. Die Mädchen erzählten, daß sie etwas mit einem schwarzhaarigen Grubenkutscher angefangen hätte, der mit einer gewaltigen buntkarierten Mütze protzte und teure Papirossy rauchte, wenn er in den Klub kam.

Wasja wurde vor Wut fast krank. Er schlief zwei Nächte nicht, betrank sich dann zum erstenmal im Leben und schlug sich im Gärtchen beim Klub mit irgendwelchen Burschen, die er für Grubenkutscher hielt. Von Beulen, blauen Flecken, Schrammen bedeckt und mit einem verstauchten Daumen an der rechten Hand, verpaßte er einen ganzen Arbeitstag.

Danach wurde er in der Versammlung der Komsomol-Zelle beschimpft. In jenen Tagen schrieben die Zeitungen gerade viel über Rowdytum. Wasja wurde von der »Kampagne« erwischt. Die Büromädchen schlugen vor, ihn wegen unzüchtiger Lebensweise und Rowdytums auszuschließen. Aber seine Kollegen aus der Werkstatt traten für ihn ein – er habe sich ja zum erstenmal so benommen, sein Klassenbewußtsein sei noch nicht ausgereift, er leide noch an Überbleibseln bäuerlicher Psyche.

Die Mehrheit stimmte für einen strengen Verweis mit dem Zusatz, er solle mehr an sich arbeiten, sein Klassenbewußtsein und sein politisches Niveau erhöhen. Ganja schwieg während der Versammlung und stimmte für den Verweis.

Am nächsten Tag erhielt er einen Brief: »Genosse Wasja! Dein Benehmen war mir sehr unangenehm, weil ich die Gründe dafür kenne, daß Du Dich in persönlichen Dingen so benommen hast, daß es ganz und gar dem Komsomolbewußtsein widerspricht. Ich schreibe Dir als ältere Genossin, denn ich bin wohl nicht an Jahren, aber an Komsomolerfahrung älter als Du. Außerdem habe ich gute persönliche Beziehungen zu Dir. Nicht deshalb, weil wir früher einige Male ausgingen, sondern weil ich weiß, daß Du durchaus ein guter Komsomolze und bewußter Arbeiter werden kannst. Aber ich habe Dir schon viele Male gesagt, daß sich in Deinen Stimmungen kleinbürgerliche Elemente zeigen. Du mußt sie überwinden und bekämpfen. Als Büromitglied und ältere Genossin und weil ich Dich persönlich kenne, fordere ich Dich ganz verantwortungsvoll auf, Bewußtseinsstärke und Ausdauer zu zeigen, den Beschluß der Zelle auszuführen, und dann wird der Verweis gegen Dich schnell aufgehoben werden. Ich rate Dir, Bücher zu lesen – die Liste bekommst Du nachher –, aus denen ersichtlich ist, welchen Schaden persönliche Gefühle anrichten können. Außerdem empfehle ich Dir, die Tageszeitungen und die aktuelle Literatur systematisch zu lesen und aktiver an der Arbeit des Klubs teilzunehmen. Du hast schon lange nicht mehr für die Wandzeitung geschrieben. Gleichzeitig fordere ich Dich auf, Dich den Mädchen gegenüber wie ein echter Komsomolze zu benehmen. Bei uns gibt es viele gute Mädchen, und Du kannst eine geeignete Genossin finden, um Deine Freizeit mit ihr zu verbringen und in Zukunft vielleicht eine neue proletarische Familie aufzubauen. Aber es hat keinen Zweck, kleinbürgerliche Gefühle mit Saufen und Rowdytum zu pflegen. Du darfst mir nicht böse sein, denn ich bin Dir gegenüber offenherzig und kameradschaftlich wie eine Genossin, und ich wünsche Dir Erfolg in der Arbeit und beim Lernen. Mit Komsomolgruß. Deine Bekannte Ganja.«

Wasja war mit dem Verweis und dem Brief einverstanden. Er hatte sich noch nie von jemandem bei einer Schlägerei oder einer Mutprobe einschüchtern lassen. Aber wenn man ihm etwas vernünftig erklärte, Beweise vorlegte, an sein Gewissen appellierte, ihm zuredete, selbst nachzudenken, dann begann er meist, sich schuldig zu fühlen. Es fiel ihm leichter, sein eigenes Unrecht, seine eigenen Fehler oder Schwächen anzuerkennen, als fremde Nachteile zu durchschauen.

Und insgeheim war er stolz darauf, denn er wußte, wenn es ihm gelang, seine Mängel und Sünden zu erkennen, so viele es auch sein mochten, würde er sie überwinden, sich selbst erziehen wie Rachmetow aus Tschernyschewskijs Roman ›Was tun?‹ oder wie Martin Eden bei Jack London. Von ihnen hatte das alte Fräulein Lehrerin in der Schule erzählt. Und ihre Augen hatten feucht geschimmert, wenn sie von den Helden sprach, die sich dem Volk zuliebe nicht schonten.

Der Vater, der der Mutter immer in allem nachgab, nahm nie an den Streitereien in der Sippe oder im Dorfe teil und wiederholte gerne: »›Ich‹ ist das unwichtigste Wort der Sprache. Wer nur deshalb gut ist, damit ihm gedankt wird, der ist vielleicht schlimmer als mancher Böse ... Schau nicht nach dem Splitter im fremden Auge, wenn du im eigenen den Balken nicht sehen kannst.«

2

Nach der Trennung von Ganja, der Prügelei und dem Verweis beschloß Wasja, ein neues Leben zu beginnen. Er wollte studieren. Das Sowjetland brauchte neue rote Fachleute, gebildete Proletarier. Er durfte nicht an eine eigene Familie, nicht an die Mädchen denken. Aber es war schwer, besonders in den Frühlingsnächten. Viele Male sprang er aus dem Bett, lief in Unterhosen hinaus in die feuchte Kühle der Straße, machte Gymnastik, stemmte mehrere Ziegel jeweils fünfunddreißig- bis vierzigmal. Dann schlief er erschöpft ein. Um nicht an Mädchen zu denken, zwang er sich, sich an Gedichte zu erinnern, und löste im Geist Arithmetikaufgaben.

Ganja heiratete den Grubenkutscher. Die Mädchen erzählten, daß sie schon schwanger sei. Der Grubenkutscher war zwar Komsomolze, aber durchaus kein Aktivist. Am Zahltag ging er saufen. Und überhaupt war er ein eingebildeter Geck: Er trug spitze Schuhe und gab in der Kneipe Trinkgeld.

Wasja malte sich manchmal aus, was Ganja und ihr Mann drüben in ihrem Einzelzimmer in der Familienbaracke machten, wo an den Fenstern Vorhänge aus rosa Papier hingen und

Geranientöpfe standen ... Er wollte nicht daran denken, schlug sich sogar die Faust an die Stirn, um es zu vergessen. Aber durch seine geschlossenen Augen drangen dauernd geile Bilder, wie sie dort, auf ihrer Sprungfedermatratze ...

Wasja hatte noch keine Erfahrung mit Frauen. Statt dessen hörte er immer wieder schlüpfrige Witze und Berichte der wakkeren Schürzenjäger, die sich brüsteten, daß sie es jeden Samstag mit einer anderen trieben. Sie beschrieben alles – wo und wie – in allen Einzelheiten.

»Sie sagt ... Und ich drauf ... Dann ran an die Titten ... Sie ziert sich: ›Hör auf, ich schreie!‹, flüstert aber nur und macht sich's schon bequem, um nicht von der Bank runter zu fallen.«

Wasja drückte sich ein Kissen auf den Kopf, er wollte nicht zuhören. Manchmal wurde er gereizt, und die Kameraden neckten ihn: »Der ist 'n Mönch, ein Schwächling«. Oder noch ärger: »Ist ein bewußter Komsomolze, kennt weder Weiber noch Mädchen. Ist sich selbst Mann und Frau. Fährt mit dem Handwagen.«

Er schimpfte, fluchte. Von Ganja hätte er niemandem erzählen können.

Kurz nachdem er von ihrer Heirat und Schwangerschaft erfahren hatte, ging er am Samstag an einem schwülen Sommerabend in den Klub der Bergarbeitersiedlung. Man sah einen Film über den Bürgerkrieg. Auf der Leinwand schleppte ein schnurrbärtiger Bandit – das Weiße seiner Augen blitzte – ein halbnacktes Mädchen in die Büsche. Im dunklen Saal kreischten die Mädchen. Einer der Jungen pfiff, die anderen brüllten vor Lachen.

Danach wurde getanzt. Mit Wasja kam einer der kühnsten Stutzer seiner Baracke. Er hatte den Schirm der bunten Mütze tief in die Augen gezogen, trug ein weißes Hemd mit Schillerkragen, Tuchhosen nach Matrosenart mit weitem Schlag, aus der Tasche lugte der Griff eines finnischen Messers, das mit einem Kettchen am Gürtel angebracht war. Er stellte Wasja den Mädchen vor.

Im ersten Augenblick betäubten ihn das schrille und heisere Gelächter, die kreischend lauten, raschen Worte. Es blendeten ihn bunte Tücher, strahlende Pupillen, rot geschminkte Wangen, weiße Zähne. Schwere, süße Gerüche stürmten auf ihn ein.

Er war wie berauscht und entschloß sich sogar zu tanzen. Er gestand wohl, daß er nichts konnte. Aber ein hochgewachsenes Mädchen – vollbusig, mit langen Beinen, einer Stupsnase und kleinen fast schläfrigen Augen – machte sich daran, ihn zu unterrichten. Als er hörte, daß sie auch Ganja hieß, wurde er verlegen und freute sich. Sie sagte, daß sie als Sortiererin in der Grube arbeite. Die Kameraden in der Baracke sagten immer: »Die Sortiererinnen sind wohl die schlimmsten Huren im ganzen Donbass. Verdienen viel mehr in den Büschen mit ihrer Fotze als in der Grube mit den Händen.«

Aber dieses Mädchen schien ihm bescheiden, ungeschickt und schüchtern. Sie tanzte ernsthaft und konzentriert. Vorsichtig setzte sie ihre großen Füße in braunen, mit Schleifen verzierten Pumps auf, lehrte ihn geduldig und kommandierte leise: »Links! Rechts! Jetzt die Hand da auf die Schulter. Nicht so schnell ...«

Sie lächelte selten; ihre Zähne zwischen den großen und dikken Lippen waren unerwartet klein, sehr weiß. Als er sie umarmte, schmiegte sie sich vertrauensvoll an ihn und schaute ihn mit angespannt zusammengekniffenen Augen bedeutungsvoll an.

Nach der Tanzveranstaltung sagte er mit erzwungener Ruhe: »Gehen wir Luft schnappen«, und sie spazierten in die Heide. Sie setzten sich in das dichte, trockene Gestrüpp, das stark nach Wermut roch, und Wasja begann, sie so zu küssen, wie es ihn die andere Ganja gelehrt hatte – auf die Lippen, immer drängender, stärker, tiefer, fast bis zu den Zähnen. Sie wandte sich zuerst ab, stieß ihn zurück, lachte und sang leise:

»Knutsch mich doch so feste nicht,
Heil'ge Jungfer bin ich nicht,
Einen Christus werd ich dir
Wohl nicht schenken, glaube mir.«

Dann zerzauste sie ihm mit beiden Händen die Haare, schob sie ihm in die Stirn und fing selbst an, ihn zu küssen. Dann beugte sie sich zurück, knöpfte ihre kurze Bluse auf und flüsterte: »Und hierher auch 'n Küßchen?« Sie holte aus ihrem Leinenbüstenhalter eine große weiße Brust mit dunkler Warze hervor.

Er küßte sie und erschrak vor der plötzlichen Übelkeit, die die süßsäuerlichen Düfte eines zum erstenmal so nahen Frauenkörpers in ihm weckten.

Sie ließ sich auf den Rücken sinken und zog ihn kräftig mit. Zuerst trieb sie ihn an, keuchte: »Komm schon, komm schon. Kannst du etwa nicht?« Dann umfaßte sie ihn noch stärker – er war ganz willenlos, beinahe bewußtlos geworden – und befahl zärtlicher, schwer atmend: »Nicht so schnell, nicht so schnell ... Sägst doch kein Holz.« Sie murmelte nun schon ganz undeutlich, stöhnte und biß ihn mehrere Male schmerzhaft in die Schulter.

Er lag auf dem trockenen, harten Boden. Erschöpft, klebrig vor Schweiß. Er schaute zum schwarzblauen Himmel empor, der dicht von Sternen übersät war. Die Übelkeit ließ nicht nach. Die Düfte wurden noch widerlicher – sauer, faulig.

Sie legte ihm den Kopf auf die Schulter, drückte sich an ihn, als sei sie scheu und hilflos. Auch ihr Haar roch schon anders, der Wermut überlagerte ihre Pomade. Es war ein scheuer, hilfloser Geruch.

»War's bei dir das erste Mal? ... Machst du das zum erstenmal?«

»Ach was! Wie kommst du denn da drauf?«

Er wollte nicht lügen, konnte es auch kaum, aber er schämte sich, die Wahrheit zu gestehen. Auch seiner Übelkeit schämte er sich. Der Körper neben ihm war ihm widerlich geworden, aber noch widerlicher war er sich selbst.

»Das merkt man doch gleich, daß es zum erstenmal war.«

»Und du? Zum zehnten?«

Der Kopf, der an sein Schlüsselbein gepreßt war, wurde schwerer und hob sich dann jäh.

»Du glaubst also, daß ich so eine bin? ... Du hast mir so leid getan, daß ich dir ...«

Sie schluchzte und setzte sich mit einem Ruck auf; eilig knöpfte sie die Bluse zu und band sich das Tuch um.

»Dachte, du seist ein guter, ehrlicher Bursche. Dachte mir, was der für braune Augen hat, so zärtlich und ohne List ... Du hast ja selbst begonnen ... Und nun wirst du grob: ›Zum zehntenmal!‹ Abscheulich seid ihr alle, ihr geilen Böcke! Hätt ich dich lieber nie gesehen! Spuckst mir in die Seele ...«

Sie schluchzte anhaltend, sprach schwer, abgehackt und versuchte aufzustehen.

Es tat ihm leid, und er schämte sich noch mehr, weil er sich jetzt so gemein vorkam.

Vor kurzem hatte er aus einem geöffneten Fenster des Hauses, in dem die Ingenieure wohnten, ein Lied gehört. Eine Frauenstimme, honigsüß, gedehnt, sang: »Nur der Morgen der Lieiebe ist schööon, schön sind nu-ur die allerersten scheuen Augenblicke ...« Die Worte hatten sich in seinem Gedächtnis festgesetzt, reizten ihn jeden Abend von neuem. Und sie fielen ihm ein, während er neben seiner ersten Frau in den trockenen, heißen Wermutpflanzen lag.

Sie war so kräftig, mit langen, starken Armen und Beinen, aber plötzlich hatte sie vor Ärger und Kränkung losgeheult wie ein kleines Mädchen. Er hatte sie gekränkt. Warum eigentlich? Schließlich war sie doch die erste, die allererste ... Sie hatte ihn nicht verschmäht, obwohl er so ungelenk, so ungeschickt war ... »Nur der Morgen der Liebe ist schön.«

»Hör doch auf! Heul nicht! Ich wollte doch nicht ... Will mich entschuldigen. Mein Komsomolzen-Ehrenwort, ich entschuldige mich! Bin doch kein Spießer, weiß, daß das alles Vorurteile sind. Aber ich bin's eben noch nicht gewohnt. Du hast's ganz richtig erkannt. Hab's das erste Mal ... gemacht.«

Er umarmte sie und bemühte sich, zärtlicher zu sein. Er spürte ihre harten Schulterblätter, die harten, knochigen Schultern, ihre weichen, warmen Brüste. Sie verstummte, stieß mit der Stirn an sein Schlüsselbein und schmiegte sich vertrauensvoll an ihn.

»Ganja, Ganja, laß uns heiraten.«

Sie hob den Kopf, betrachtete ihn eindringlich, und ihre kleinen Augen schienen im Halbdunkel schon nicht mehr schläfrig, sondern funkelten lustig.

»Ach, mein Schätzchen, das ist mir ein Bräutigam! Bist du ein Tölpel, Wasilij! Wir und heiraten! Hast dir aber was ausgedacht! Kein Bett und kein Kissen und die letzten Hosen zerrissen ... Nein, heiraten können wir nicht. Aber zusammen gehen, das ist was anderes. Wenn ich dir und du mir gefällst, also, wenn wir uns lieben ... Aber heiraten werd ich zu Hause. Spar mir meine Mitgift zusammen, damit ich nicht schlechter dran bin als die anderen Mädchen: Muß Kleidung kaufen, Kissen, Decken, alles, was nötig ist ... Ich bin nämlich Waise. Mein Vater ist im Krieg gegen die Deutschen gefallen, meine Mutter ist krank und schwach. Mein älterer Bruder ist zur Armee gegangen und wollte nicht mehr nach Hause; wohnt in Kiew, hat schon geheiratet. Ich bin die älteste von vier Schwestern – bald zwanzig. Zu alt. Und du? Bist du wirklich achtzehn? Siehst aber älter aus. Wegen deinem Ernst. Lachst nie, als hättest du schon viel mehr Jahre auf dem Buckel.«

Sie schmiegte sich immer stärker an ihn. Wind zog auf, die Nacht wurde kühler. Ganjas Worte wurden immer vertraulicher.

»Natürlich heirate ich. Jedes Mädchen braucht das. Und meine Heirat soll schön sein. Komsomol, Sowjet – alles schön und gut, bin nicht dagegen. Aber trauen lassen werd ich mich in der Kirche, genauso wie mein Vater und meine Mutter. Und so, daß mich mein Mann für 'n ehrliches Mädchen hält ... Komm, jammere nicht!«

Sie warf ihn mit einem kräftigen Stoß, aber gutgelaunt auf den Rücken, wälzte sich auf ihn und flüsterte ihm mit heißen, feuchten Lippen ins Ohr: »Hör zu, was ich dir sage. Ich hatte gleich Sympathie und Vertrauen zu dir ... Bist 'ne schlichte Seele ... Entschuldigt sich und will heiraten ...? Dafür verrat ich dir ein Geheimnis. Damit du weißt, wie gerissen die Mädchen sind. Irgendwann heiratest du ja auch. Also, hör zu. Wenn man sich da unten mit Zitrone einreibt, dann ist's für 'nen Jungen oder sogar für 'nen erwachsenen Mann genauso, als wär man unberührt, als wär man keusch. Und dann noch 'nen Sperling oder ein ganz kleines Hühnchen töten und unter dem Kopfkissen verstecken. Wenn er dann eingeschlafen ist, den Kopf abreißen und Nachthemd und Laken mit Blut beschmieren. Dann sieht auch die Schwiegermutter und alle, die's wollen, daß die Braut keusch war.«

Bei diesen Bekenntnissen – ihr heißes Flüstern kitzelte sein Ohr, ihr Gewicht war zuerst hart und kantig, sie hatte sich mit den Ellbogen auf seine Brust gestützt, und dann erstickend weich, nachdem sie ganz auf ihm lag – setzte die beschämende Übelkeit wieder ein, aber schon schwächer, und wieder ließ das Begehren seine Augen trübe werden ... Er rollte sie mit einem Ruck von sich und schnappte nach Luft, sein Herz pochte ihm bis in den Kehlkopf. Obwohl ihm wieder übel war, verlor er diesmal nicht das Bewußtsein und merkte alles: die Hüften außen rauh und hart wie Schmirgelpapier, aber innen sanft und glatt ... Und sie atmet immer schneller, immer lauter, befiehlt nicht mehr, sondern flüstert, nein, so als ob sie flüsternd singt: »Oh, Liebling, oh, Süßer ...«

Sie lagen bis zum Morgengrauen im Gestrüpp und schliefen, eng umarmt bis zum ersten Tau.

Am Abend, in der Baracke, wollten manche der Bewohner Wasja aufziehen: »Nun erzähl schon, wie war die erste Kommunion?«

Er schwieg. Aber jetzt schwieg er auf andere Weise. Er litt nicht mehr unter diesem unangenehmen Gefühl der Minderwertigkeit, der Jämmerlichkeit, sondern schwieg ruhig, würdevoll wie ein richtiger Mann. Er wollte und konnte nicht von dieser Nacht erzählen – niemandem, nicht einmal dem engsten Freund.

Wasja war sich seiner neugewonnenen Reife mit Stolz bewußt und sah nur noch verächtlich auf die geschwätzigen Schürzenjäger herab, die er früher insgeheim beneidet hatte. Sie waren so unbedeutend, daß es sich nicht einmal lohnte zurückzuschimpfen; ihre Witze berührten ihn nicht, er schwieg, und es fiel ihm leicht zu schweigen.

Am Sonntag gingen sie nicht ins Kino, da dort derselbe Film gezeigt wurde. Sie tanzten weniger; die Veranstaltung ging früher zu Ende, weil am nächsten Tag alle arbeiten mußten. Und auf der Heide hatte sie es eilig, sich von ihm zu verabschieden.

Werktags sahen sie einander nicht. Wasja besuchte sie kein einziges Mal. Er wußte nicht einmal genau, wo die Mädchenbaracke war. Sie gestattete ihm nicht, sie dorthin zu begleiten. »Die Kumpel bei uns, das sind wilde Kerle, Halsabschneider. Wenn die 'nen Burschen aus 'ner fremden Siedlung sehen, legen sie ihn gleich um, schneiden ihm die Kehle durch und haben's morgen schon vergessen.«

Werktags dachte er fast gar nicht an sie, sehnte sich nicht nach ihr. Aber gegen Ende der Woche wartete er ungeduldig auf den Samstag. Wenn er sie sah, freute er sich gar nicht so sehr, aber dann hatte er's eilig, sie vom Tanz wegzuführen, und ärgerte sich über jede Verzögerung.

Wasja tanzte immer flinker und gewandter. Ganja lobte ihn, aber er machte sich nichts daraus, im lärmenden Gedränge zu stampfen, zu schwitzen, sich zu drehen. Doch sie wollte nicht so schnell nach draußen. Kaum waren die Quadrillen, Polkas und Pas d'Espagne beendet, da drückte sich die Menge an die Wände und flinke Mädchen sprangen aus dem Kreis in die Mitte. Sie dehnten ihre Tücher hinter dem Rücken, stampften mit den Füßen und sangen, schrien, kreischten Schüttelreime.

Dann kamen die Burschen, sprangen auf sie zu. Sie schleuderten ihre Mützen so schwungvoll auf den Boden, daß Staub aufflog, und hämmerten, die Fäuste in die Seiten gestützt oder ganz gelassen mit den Händen wedelnd, als seien sie angebunden, eine Tschetschjotka. Im Schwung gingen sie in die Hocke und schnellten die Beine mal nach vorn, mal zur Seite.

Wasja langweilte es, zuzuschauen und zuzuhören. Aber Ganja war hartnäckig.

»Wart doch noch. Ich will auch mal in die Mitte.«

Sie spannte ihr Tuch über die Schulterblätter, schritt ohne Eile in die Mitte, kniff die kleinen Augen zusammen und rief in näselndem, singendem Tonfall, wobei sie russische und ukrainische Wörter mischte:

»Ach, schimpf doch nicht, Mamachen,
Daß ich so spät spazierengeh.
Es ist doch schon das letzte Jahr,
Bald bleibt mir nichts mehr als die Eh'.«

Danach gingen sie dann doch immer noch in die Heide. Wenn er, wohlig erschöpft, im Gestrüpp lag und in den dunklen, hohen Himmel starrte, kaute sie Sonnenblumenkerne und erzählte ihm von ihren Freundinnen – wer mit wem geht, wie die einen ihre Wangen mit roten Rüben schminken und die anderen mit Bonbonpapier. Am ausführlichsten erzählte sie, welche Geschenke sie von ihren Freiern erhielten: mit Quitten ausgestopfte Tücher, Jackenstoff oder Parfüm und Puder in einem Schächtelchen, das mit Samt oder Seide ausgelegt ist und einen Duft verströmt wie ein Garten, in dem alle Blumen blühen.

Und mitten in einem solchen Bericht fragte sie: »Und warum schenkst du mir nie was? Bist doch ein Kavalier. Oder ist's beim Komsomol verboten?«

Am nächsten Samstag brachte er ihr ein Sträußchen hellroter Papiernelken, eine Tüte Fruchtbonbons und sein Lieblingsbuch mit Gedichten von Jessenin.

Mehr als ein Jahr lang hatte er es unter seinem Kopfkissen aufbewahrt, es immer wieder gelesen und kannte es schon fast auswendig.

Sie nahm die Geschenke feierlich-sorgsam entgegen, kniff die Augen zusammen und lächelte nur mit den Winkeln ihrer zusammengepreßten Lippen, was für sie ungewöhnlich war. »Dank dir, dank dir schön ... Und ich hab dir ein Taschentuch gestickt. Mit Vergißmeinnicht.«

Sie hielt ihm ein winziges Leinenquadrat hin, das an den Ecken mit hellblauen Blümchen bestickt war.

Aus der Gruppe der Mädchen war lautes Flüstern zu hören: »Oje, ein Tuch schenkt man doch nicht – das ist für die Trennung, für die Tränen ...«

An diesem Abend gingen sie nicht wie sonst ins Gestrüpp. Ganja sagte: »Ich kann nicht ... Was das heißen soll, ich kann nicht? Bist doch groß genug, müßtest wissen, was die Mädchen jeden Monat haben.«

Wasja war verwirrt. Er glaubte ihr, obwohl er deutlich den kalten Hauch der Entfremdung spürte. Sein Geschenk hatte ihr wohl nicht gefallen. Aber er mußte sparsam mit dem Geld umgehen. Einen Teil seines Lohns schickte er nach Hause. Der Vater war krank; die Mutter hatte geschrieben, daß es ihnen schlecht ging und die Kuh keine Milch mehr gab. Außerdem mußte er noch Schulden abbezahlen. Im Winter hatte er sich einen guten Wollmantel und hohe Chromlederstiefel gekauft. Aber das alles hatte er ihr doch erzählt.

Am nächsten Sonntag kam er wie immer zur zweiten Filmvorführung, kaufte zwei Karten und wartete am Eingang zur Treppe, die mit einer dicken Schicht von Sonnenblumenschalen bedeckt war. Ganjas Freundin Marusja, die auch Sortiererin war, kam auf ihn zu. Sie war klein, dunkelhaarig, mit winzigen Löckchen auf der Stirn und runden hellroten Wangen.

»Guten Abend, Wasja ... Du wartest umsonst. Ganja ist heute in die erste Vorstellung gegangen ... Was guckst du denn? Wirklich, ich lüg nicht. Sie ist eingeladen worden ... Da ist 'ne Gruppe aus unserer Grube. Die sind zusammen gekommen, 'ne Art Kulturausflug. Bist doch Komsomolze. Solltest so was begreifen ... Hast du schon Karten gekauft? Lädst du mich ein? Geb's dir nächsten Samstag zurück. Was für Karten hast du – für zwanzig Kopeken? Oder für fünfundzwanzig? Ach, wenn du mich einlädst wie'n Kavalier, dann freut's mich natürlich noch mehr. Ich seh so gern ausländische Filme. Und heute spielt doch gerade diese Mary Pickford. 'Ne tolle Schauspielerin, und was für'n feines Leben hat sie. Und wie schön sie ist. Heiß und kalt läuft's mir über den Rücken. Was für Filme magst du denn lieber: wo's um Liebe geht oder wo geschossen wird?«

Sie schnatterte, ohne seine Antworten abzuwarten, und hängte sich mit ihrer kleinen, aber kräftigen Hand fest an seinen Ellbogen. Im Kinosaal lehnte sie sich mit ihrer spitzen Schulter sofort an ihn. Mal ergriff sie seine Hand, mal sein Knie und flüsterte: »Sieh mal, sieh mal, wie spannend. Ach, was für ein Kleid, lauter Spitzen. Hat mindestens hundert Rubel gekostet. Und siehst du die Schuhe? ... Oh, was denkt er sich nur? Kannst du dir vorstellen, was er will ...! Ach, so eine Schönheit. Heiß und kalt läuft's mir ...«

Später, beim Tanzen, sah er Ganja. Sie nickte ihm zu, blickte erst ihn, dann Marusja an und wandte sich sofort zu einem weißblonden, zerzausten, rotäugigen Burschen, der in seinem neuen Anzug stark schwitzte. Aus seinem Brusttäschchen ragte die Ecke eines rosigen Tüchleins hervor.

Marusja kicherte und flüsterte: »Das ist Serjoga aus unserer Grube. Elektromonteur. Ist gerade aus Lugansk oder Lisitschansk gekommen. Ein Gebildeter, hat die Gewerkschaftsschule beendet. Soll ledig sein und gut bei Kasse. Der Anzug ist aus Halbwolle, und 'ne Uhr hat er. Der Obermechaniker grüßt ihn immer richtig mit Handschlag: ›Sergej Petrowitsch, wie geht's‹ ... Und du kommst in ungeputzten Schuhen zum Tanzen? Das ist ziemlich unkultiviert! Auch wenn man weit zu gehen hat. Mußt sie zu Hause saubermachen und einen Lappen in der Tasche haben. Kommst hier an, zack-zack, und sie glänzen wieder. Und das ist keine Angeberei, keine Spießerart ... Hast du Lenins Porträts gesehen? Es gibt so eins: Er steht da, trägt 'n Käppi und hält die Hände in den Hosentaschen. Guck dir mal an, was für Schuhe er anhat! Ein Glanz! Hat auch 'ne Krawatte und 'ne Weste. Und von Lenin denkst du doch nicht: Angeberei, Spießerart.«

Sie schnatterte beim Tanzen pausenlos, setzte die kleinen kräftigen Füße konzentriert auf und schlug mit ihnen den Takt. Dabei drängte sie sich an ihn und reichte mit ihren kleinen festen Brüstchen kaum über seinen Gürtel hinweg.

Er erinnerte sich an Ganjas Erzählungen: Marusja stopfte sich Watte in den Büstenhalter und schlief mit einem alten Buchhalter. Dessen Frau war krank. Marusja kam zu ihnen, um die Fußböden zu scheuern, aufzuräumen, zu fegen, und der Alte hatte ihr Wolle für ein Kleid und Strümpfe aus Fil d'Ecosse geschenkt.

Er hörte ihrem Geschnatter zu und begriff nicht, weshalb ihm so unerträglich übel war. Und darüber ärgerte er sich. Schließlich liebte er doch Ganja nicht, hatte nicht einmal darüber nachgedacht, ob sie schön sei. Sie hatte fettige pomadisierte Haare, harte Knochen, rauhe Hüften. Aber er blickte fortwährend zu ihr hinüber. Sie tanzte mit dem stutzerhaften Elektriker und sah diesen genauso schläfrig und bedeutungsvoll an wie früher ihn. Und bald würden sie auch hinaus ins Gestrüpp gehen. Oder vielleicht hatte der in der Baracke einen abgetrennten Winkel mit einem Bett. Und nachher kehrt sie in ihr Dorf zurück, um zu heiraten. Sie legt einen weißen, spießigen Schleier an, ein Freund hält eine goldene Haube über sie – er hatte gesehen, wie man in der Kirche getraut wird –, der Pope und der Diakon stimmen an: »Jesaja, frohlocke« ... Und dann reibt sie sich mit

Zitrone ein, versteckt einen Sperling unter dem Kopfkissen ... Und sie wird mit einem grobschlächtigen Kerl schnaufen, stöhnen, ihn in die Schulter beißen, murmeln: »Lieber, Süßer.«

Er war so wütend, daß ihm der Kehlkopf schmerzte – ein schwermütiger Schmerz, der ihn am Atmen hinderte. Und er wußte nicht, auf wen, weshalb er wütend war. Auf Ganja? Auf den Rotäugigen? Nein, der konnte nichts dafür: Was soll er schon machen, wenn so eine Nutte sich ihm aufdrängt?

Vor allem war er wütend auf sich selbst. Denn er hatte sie wirklich heiraten wollen, hatte Geschenke herbeigeschleppt ... Er hatte sie nicht geachtet, war aber trotzdem immer wieder zu ihr gegangen. Am Montag vergaß er, wie es gewesen war, aber am Freitag konnte er nicht schlafen, weil er an ihre breiten Hüften dachte.

Als das Tanzen beendet war, ging Ganja als eine der ersten in den Kreis. Sie spannte ihr neues Tuch über den Rücken; es war schwarzrot, vergoldet und hatte dichte Fransen.

»Siehst du? Das hat ihr Serjoga geschenkt«, flüsterte Marusja an seiner Achselhöhle. »Einmal ausgegangen, und so'n modisches Geschenk! So ist das eben, wenn einer bei Kasse ist und 'ne gute Qualifikation hat.«

Ganja stampfte vor ihnen mit den Füßen auf, blickte zur Seite und sang näselnd:

»Liebe Freundin, bist so keck,
Führst mir meinen Freier weg.
Das hätt ich nicht von dir gedacht!
Hab ihn geliebt. Nimm dich in acht.«

Marusja lachte prustend auf. »Hast du's gehört? Ist ja 'ne Anspielung auf mich. Hat's eilig, geht selbst mit 'nem anderen und macht uns Vorwürfe. Ausgepichtes Luder!«

Ganja ging zum zweitenmal um den Kreis herum, in dem ein klotziger Kerl schon in der Mitte steppte. Er trug eine Hose mit weitem Schlag und schüttelte die langen gelben Haare, die ihm auf die flache, pickelige Nase fielen. Ganja begann wieder zu singen und wandte ihm wieder den Rücken zu. Unter dem straff gespannten kostbaren Tuch hoben sich ihre Schulterblätter kantig ab.

»Liebster, laß uns scheiden hier,
Leid tun soll's weder dir noch mir.«

»Hörst du? Nun spielt sie schon auf dich an. Jetzt tret ich auch gleich vor. Singe was auf unsere Woronesh-Weise, mit Betonung:

Wechsle nicht die Freunde allzuoft,
Bleibst sonst einsam unverhofft.

Ach, so'n Tuch hätt ich auch gerne! Nur nicht ganz so eins. Da ist zuviel Schwarz drin. Ich bin 'ne Kreuzdame. Ganja ist 'ne Karodame, der steht so was. Für mich müßt's hellblau mit roten Tupfern sein ... Du bist mir schon seit langem aufgefallen. Hab gleich gesehen, wie ernst und selbständig du bist. Wein Ganja keine Träne nach. Die ist eben vom Dorf. 'Ne Kulakenseele! Braucht Freier, die Geld haben, damit sie sich die Truhe vollstopfen kann. Aber ich bin aus der Stadt. Ein Arbeitermädel. Einsam in der großen Welt, ganz auf mich allein gestellt.«

Sie flüsterte immer schneller, trat ungeduldig von einem Fuß auf den anderen, hämmerte mit den Absätzen. Plötzlich riß sie sich von ihm los, sprang in den Kreis und löste ihr hellblaues Kopftuch. Sie zog es über ihren schmalen Rücken, trippelte, stampfte auf und rief dem Ziehharmonikaspieler schrill zu: »Nun mach schon schneller! Schneller ... wie in Woronesh:

Die Harmonika zerschlissen,
Den Spieler hat die Hex gebissen.«

Die Umstehenden lachten. »Los, Marusja, mach Dampf! Das ist 'n Mädchen aus der Grube – hat Feuer im Hintern«. Sie sang durchdringend, schrill:

»Zwar so klein war ich,
doch so kühn war ich,
Hab der Längsten an der Wand
Grad den Freier ausgespannt.«

Die Jungen und Mädchen neben ihm, hinter ihm, vor ihm lachten, kicherten, gluckten, gackerten. Er hörte eine heisere Frauenstimme: »Die tun nur so, als wären sie eifersüchtig. Teilen die Freier unter sich auf, wie's ihnen in den Kram paßt, und lachen noch über sie.«

Er merkte, daß er rot wurde; seine Ohren brannten, Schweiß lief ihm in die Augen. Es war ja seinetwegen, über ihn machten sich die schamlosen, frechen Weiber lustig. Er war der »Freier«.

Was für ein abscheuliches Wort! Die wälzen sich mit jedem beliebigen für ein Tuch im Gestrüpp, egal, ob dem mit stutzerhaften Elektriker oder dem alten Buchhalter ... Wie konnte er nur so dumm sein? Weich war er geworden! »Nur das Morgenrot der Liebe ist schön« ... Widerlich!

Wasja bückte sich und zwängte sich zum Ausgang durch. So schnell wie möglich weg von hier. Als er schon vor der Tür war, wo die Burschen im Gedränge ihre Papirossy und Selbstgedrehten pafften, hörte er wieder Ganjas wehmütig näselnde Stimme:

»Ein schwarzes Kleid such ich mir aus.
Freundin, hol du auch deins heraus.
Die Liebsten haben uns verlassen,
Doch neue finden sich in Massen.«

Er beschleunigte seine Schritte, lief beinahe. Es war beschlossene Sache: Hierher nie wieder! Und nie wieder würde er sich einem Mädchen nähern.

Am Morgen, in der Baracke, begann ein Nachbar, noch schläfrig vom Katzenjammer, lärmend zu erzählen: »Gestern im Klub, das war 'n Theater. Zwei Sortiererinnen haben sich wegen unserem Wasja fast umgebracht ...«

Wasja überlief plötzlich kalter Zorn. Er riß einen Schemel an sich, holte aus, röchelte: »Ich mach dich fertig!«

Von hinten packten ihn mehrere Hände, nahmen ihm den Schemel weg, drängten, stießen ihn zur Seite. Der sonst streitsüchtige und durchaus nicht feige Nachbar war sofort verstummt.

Die anderen redeten ihm zu: »Wasja ist ja toll ... wahnsinnig. Mußt ihn in Ruhe lassen. Der könnte wirklich einen umbringen ... Hat nicht alle Tassen im Schrank!«

3

Dieser Frühling des Jahres 1927 erschien Wasja noch lange danach als die schwerste, komplizierteste Zeit seines Lebens. Bald wurde er zwanzig ... Richtige Männer waren in diesem Alter schon Dichter oder Revolutionäre. Aber er begriff immer noch nicht, wer er war. Und er wußte nicht, wie er seine vage, unerklärliche Schwermut überwinden sollte. »Litt« er wirklich wegen dieser leichten Mädchen? Wegen seiner unglücklichen ersten Liebe? War das überhaupt Liebe gewesen?

Er arbeitete wie früher, ohne sich anstrengen zu müssen, sogar mit Vergnügen. Darüber vergaß er seine schlechten, beschämenden Gedanken.

Er verdiente auch gut. Seine Mutter schrieb ihm, daß der Vater wieder gesund sei und mit einem neuen Gesellen in der Schmiede arbeite; die ältere Schwester habe einen guten Burschen, einen jungen Agronomen, geheiratet. Die jüngere lerne ausgezeichnet, und der Dorfsowjet schicke sie auf Gemeindekosten in die Stadt, damit sie zur Veterinärgehilfin ausgebildet werden könne; die neue Kuh habe gekalbt, und die Milch reiche aus. Er brauche also kein Geld mehr zu schicken, solle sich gute Kleider kaufen und für seine eigene Heirat sparen.

Wasja bezahlte seine Schulden. Er gab dem Onkel, seinem Hauptgläubiger, den letzten Zehnrubelschein zurück. Der Onkel strich ihn aus der Liste seiner Schuldner, die er in einem besonderen Büchlein führte, und riet ihm, einen Studienantrag zu stellen.

»Solange dein Kopf jung ist, solange du ledig bist, mußt du studieren. Wirst vielleicht Ingenieur oder Buchhalter, kannst bis zu den höchsten Posten aufsteigen. Wenn ich 'ne bessere Ausbildung gehabt hätte, könnte ich schon 'nen ganzen Trust leiten. So aber reicht's nur für ein einziges Büro.«

In der Komsomol-Zelle war die Wandzeitung wie früher seine Hauptaufgabe. Er schrieb Notizen, Feuilletons, Gedichte. Die Kameraden aus dem Redaktionskollegium lobten ihn: »Gut schreibst du, frei von der Leber weg.« Und auch sie rieten ihm, sich zum Redakteur oder gleich zum Schriftsteller ausbilden zu lassen.

Schon in der Schule hatte er angefangen, Gedichte zu verfassen. Als die Lehrerin ihnen aufgab, über ein freies Thema zu schreiben, hatte er begonnen, und plötzlich waren ganz von allein Verse zustande gekommen:

»Die goldene Sonne
Ging auf über den Wäldern.
Ich schritt voll Wonne
Fürbaß in den Feldern.«

Damals hätte er vor früher nie gekannter glücklicher Erregung fast geweint. Dann dachte er bewußt nach, dichtete. Die Lehrerin korrigierte einzelne Wörter und lobte ihn. Er übertrug die Gedichte säuberlich in ein besonderes Heftchen; es war in Glanzpapier eingeschlagen, das die Kinder »golden« nannten. Er tauschte bei dem Sohn des Popen einen ganzen Bogen gegen einen »Dolch« ein, den er selbst ohne Wissen des Vaters geschmiedet hatte.

Bevor er nach Donbass fuhr, schlug er dieses Lieblingsheft in Sackleinen ein, legte es zwischen zwei Blechplatten und vergrub es unter der Silberweide hinter dem Gemüsegarten.

Dann versuchte er, sich alte Gedichte ins Gedächtnis zurückzurufen und schrieb sie zusammen mit neuen in ein dickeres Notizbuch, das er immer bei sich trug. Er schrieb auch abwechselnd Gedichte von Jessenin und anderen Dichtern da hinein.

Der ersten Ganja hatte er aus diesem Buch vorgelesen. Über Jessenin urteilte sie streng. »Der hat gute Verse geschrieben, zum Beispiel ›Mit aufgekrempelten Hosen laufe ich hinter dem Komsomol her‹. Wußte also, worum's geht. Schade, daß er's nicht in die Praxis umgesetzt hat. Hatte nicht das richtige Bewußtsein. Kam zwar selbst aus dem armen Bauerntum, aber war eben doch ein Spießer, deshalb trank er auch und gab sich der Dekadenz hin. ... Und weshalb hat er sich aufgehängt? Schrieb doch selbst in seinem letzten Gedicht, wohl für ein Mädchen: ›Sei nicht traurig, nicht betrübt‹, und dann hängt er sich auf. Da siehst du, wohin Dekadenz führen kann.«

Wasja fiel es schwer, mit ihr zu diskutieren. Ihm fielen keine Argumente ein. Er gab zu, daß gegen Jessenins Einfluß gekämpft werden müsse, aber er liebte den Dichter und hatte Mitleid mit ihm, obwohl er vom Klassenstandpunkt aus nicht erklären konnte, wieso er eben seine Gedichte denen vorzog, die in den Zeitungen gedruckt wurden.

Er trug Ganja auch seine eigenen Gedichte vor und sagte, daß ein Bekannter sie verfaßt habe. Sie hörte ihm zu und lächelte.

»Feine Verse, aber was sollen dauernd die Felder, Wolken, Flüßchen und der Mond? Wo bleiben die Ideen? Solche Verse schrieben die Gymnasiasten unter dem alten Regime. Aber jetzt muß man kämpferisch, proletarisch schreiben, wie die Komsomol-Dichter.«

Wasja trug ihr sein neues Gedicht vor:

»Wolken in des blauen Himmels Reich,
Eine jagt der andern hinterdrein.
Und ich sitz am stillen Teich,
Bin so traurig, weiß nicht aus noch ein.
Warum denn bist du so betrübt,
Scheint mich der Wind zu fragen.

Und ich gesteh: Ich bin verliebt,
Sah Ganja nicht mehr seit drei Tagen.«

Sie hörte mit gerunzelter Stirn zu und schwieg eine Weile.

»Du bist also auch ein Dichter? Wie Puschkin, wie Jessenin. Hab's mir schon gedacht. Dann sind die Verse in der Wandzeitung, die mit der Unterschrift ›Meißel‹, wohl von dir? Sind meist ganz schön. Aber in dem da ist 'ne ungesunde Stimmung: ›traurig ... weiß nicht aus noch ein ... betrübt ...‹, und alles nur über deine persönlichen Probleme. Ist keine Komsomolzenart. Und weshalb ein Mädchen beim Namen nennen? Ganz und gar überflüssig. Überleg mal. Bin doch Mitglied des Zellenbüros, und plötzlich solche dekadenten Verse über mich ... Und überhaupt stimmt das alles gar nicht. Wo hast du hier 'nen Teich gefunden, an dem man traurig sein kann? ... Soll das auch in die Wandzeitung? Nein? ... Na also. Aber noch besser, wenn du dir andere Verse ausdenkst – muntere, kämpferische, wie sie in der »lebendigen Zeitung«[1] gesungen werden: ›Weg mit Kummer, weg mit Trübsal, her mit Kohle, her mit Stahl.‹«

Danach versuchte er nicht mehr, ihr noch etwas vorzutragen. Außerdem brach ihre Freundschaft bald ab.

Bei einer der Begegnungen mit der zweiten Ganja, nachdem er, müde vom Tanzen und von der ungeduldigen Erwartung, seine angestaute Wollust im schwülen Gestrüpp beinahe boshaft ausgestoßen, in sie verströmt hatte, flüsterte er Gedichte, weil er nun zärtlich, liebevoll zu ihr sein wollte. Zuerst Gedichte Jessenins, dann auch seine eigenen, aber er sagte nicht, daß er sie verfaßt hatte.

Sie war verstummt und hörte ihm zu. »Schöne Verse. Kann man auch singen.«

Darauf rezitierte er das Gedicht, das die erste Ganja verurteilt hatte. Doch er mußte seine Verlegenheit überwinden, denn er betrog sie ja.

»Tolles Gedicht! Jesenin ging also auch mit 'nem Mädchen, das Ganja hieß? ... Was, wirklich? Hast dir das alles selbst ausgedacht? Oder hast du vielleicht nur den Namen eingesetzt? ... Bei uns denken sich die Mädchen auch Verse aus, um sie im Kreis zu singen. Manchmal wechseln sie auch nur den Namen aus: ›Wasja trat mal auf die Bühne, machte eine kluge Miene.

[1] Theatervorführung, die auf Zeitungsmaterial oder aktuellen Tatsachen beruht; entstand als dramatische Spielart in der Sowjetunion der zwanziger Jahre. (Anm. d. Übers.)

Fluchen Kutscher, fliegen Fetzen, daß die Pferde sich entsetzen.‹«

Ihm schmeichelte, daß sie seine Gedichte für die Jessenins hielt, doch er ärgerte sich über ihren Verdacht, daß er sich fremde Gedichte aneignen und »nur einen Namen« einsetzen könne.

»Wieso denn ›drei Tage‹? Ist nicht wahr. Du hast mich diese Woche doch schon fünf Tage nicht gesehen.«

Er war verlegen, stellte die Verse aber sofort um:

»Warum denn bist du so betrübt,
Scheint mich der Wind zu fragen.
Und ich gesteh: Ich bin verliebt,
Sah Ganja nicht mehr seit fünf Tagen.«

Sie blickte ihn erstaunt und, wie ihm schien, sogar ehrfürchtig an.

»Kannst ja wirklich Gedichte ausdenken! Wie 'n richtiger Kobsar[2] ... Bitte, mach doch auch für mich 'n Liedchen, damit ich's im Kreis singen kann.«

Wasja bot ihr ein Gedicht an; er hatte es schon früher für die Wandzeitung und die lebendige Zeitung geschrieben, die die Komsomol-Zelle schon seit fast einem Jahr im Klub einstudierte.

»Wir schaffen mit Elan und voller Kraft,
Mag Frost uns quäl'n, die Sonne sengen,
Zum Trotz der spieß'gen Bürgerschaft
Fördern wir Kohle in Mengen.
Wer nicht lesen und schreiben kann,
Ist ja so gut wie taub und blind,
Nur die Abendschule hilft ihm dann.
Drum hin zur Schule, ob Greis, ob Kind!«

Sie zuckte die Achseln und gähnte. »So was taugt vielleicht für eure Wandzeitung, aber im Kreis hört sich das keiner an – auslachen würden die mich. Solche Verse brauch ich:

Ohne Liebsten ist ein Madel
Wie ein Fädchen ohne Nadel.
Da hilft ihr kaum ein rotes Tuch,
Nicht mal das Komsomolzenbuch.«

[2] Ukrainischer Volksliedersänger und Musikant. (Anm. d. Übers.)

In den Redaktionen der Wandzeitung ›Roter Reparaturarbeiter‹ und der lebendigen Zeitung ›Roter Kumpel‹ wurde Wasja gelobt und »unser Dichter« genannt, aber Gedichte über die Liebe und über die Natur nahm man ihm selten ab. Statt dessen wurde er hartnäckig gedrängt:

»Weißt du, wir brauchen kämpferische Agit-Polit-Dichtung. Zum Beispiel über internationale Angelegenheiten ... Über die chinesischen Genossen, zum Jahrestag der Pariser Kommune, zum 1. Mai, zum Oktoberfest. Verbinde den Todestag von Iljitsch mit dem Tag der Ermordung der Genossen Liebknecht und Luxemburg. Die Daten passen ja zusammen.«

Wasjas Gedicht über den Streik der englischen Bergarbeiter wurde sogar in der städtischen Zeitung ›Rote Fahne‹ gedruckt, in der sich ukrainische und russische Texte abwechselten. Die Unterschrift lautete: Arbeiterkorrespondent Wasilij Petrik (Reparaturabteilung der mechanischen Werkstätten »Revolution des Jahres 1905«).

Er kaufte zwei Dutzend Zeitungen. Drei schickte er nach Hause, eine schenkte er der Bibliothekarin, fünf gab er dem Onkel, damit er, die Tante und jede der drei Töchter eine besaß.

Dies geschah schon nach dem Zerwürfnis mit der zweiten Ganja. Nachdem er mehrere Zeitungen an die Kollegen in der Werkabteilung und in der Baracke verteilt hatte, verstaute er die übrigen sorgfältig auf dem Boden seiner Sperrholztruhe.

In seinen geheimsten Gedanken glomm die Hoffnung, sie irgendwann seiner wirklichen Geliebten zu schenken: einem schönen, klugen, liebevollen, einsichtigen Mädchen ...

Die Redaktionsmitglieder der Wandzeitung und der lebendigen Zeitung gratulierten »unserem Dichter zu seiner ersten Veröffentlichung in der Presse«. Einige Mädchen schauten ihn mit tiefen Blicken an und lachten – ohne jeden Anlaß – bewußt laut.

Wasjas bedeutendster literarischer Rivale war ein kränkliches, schmales Bürschchen mit Brille. Ein paar Wochen vorher war auf der Literaturseite der ›Fahne‹ ein Gedicht von ihm gedruckt worden. Wasja hatte damals keinen Neid empfunden, sondern sich nur gewundert. Die Verse gefielen ihm nicht. Die Reime waren uralt. Und die Worte dröhnten, waren irgendwie hohl.

»Wir alle schaffen vehement
Nach unsres Iljitsch' Testament.
Wir, die proletarischen Recken,
Fördern Kohle vom Donezbecken.«

Er wollte aber keine Kritik üben, damit man ihn nicht für neidisch hielt. Deshalb hatte er dem Autor einfach gratuliert. Nun aber, während alle anderen nun Wasja beglückwünschten, sagte der Bebrillte gehässig: »S'ist natürlich ein Pluspunkt, daß es gedruckt wurde. Dabei ist die Sache schon veraltet. Der englische Streik war im letzten Jahr. Heutzutage muß man über die chinesische Rote Armee schreiben ... Ich hab schon angefangen.«

Er verschränkte die Arme vor der Brust – so rezitierte er alle Gedichte, fremde und eigene – und schrie wie die Jüngelchen, die auf den Straßen Sahnebonbons und Zeitungen verkaufen:

»Rotes China! Steh auf! Sei frei!
Auf nach Nanking! Auf nach Shanghai!«

Aber die anderen Jungen und Mädchen stießen den Neidhammel weg. Er mußte einsehen, wer der wirkliche Triumphator war.

Der verantwortliche Redakteur der Wandzeitung, der Elektrotechniker Nikola, rief Wasja bald nach diesem freudigen Tag in der Mittagspause zu sich.

»Erstens, Wasilij, gibt's für dich 'nen Kampfauftrag: Wir brauchen Gedichte über Faulenzer und Trunkenbolde. In der mechanischen Abteilung sind welche, die jeden Montag die Arbeit versäumen, weil sie 'nen Kater haben. Verpaß denen 'ne Abreibung ... Und zweitens, mein Lieber, haben wir alle die Parteianweisung, ukrainisch zu schreiben. Das ist die Parteilinie zur Ukrainisierung. In den Werkstätten gibt's zwar viele von uns Russen, aber die Jugend und die Kumpel sind meist Ukrainer. Da müssen wir alle lernen. Das Donbass gehört doch zur Ukraine, wir essen ukrainisches Brot, ukrainischen Speck. Also, Komsomol, auf zum Sturm auf die ukrainische Sprache!«

Im Klub kam dreimal in der Woche ein Zirkel der ukrainischen Sprache zusammen. Dort lernten die Frauen von Ingenieuren und Angestellten, die demnächst die Arbeit aufnehmen sollten. Wasja war der einzige Arbeiter. Der Leiter des Zirkels – ein Schullehrer und Komsomolze – freute sich so sehr über ihn, daß er ihn zu sich nach Hause einlud, ihm Bücher und Zeitschriften lieh und Wasjas Gedichte lobte.

Er sprach, wie selbstverständlich, über die Vorzüge der epischen, kämpferischen, revolutionären Volksdichtung, verglichen mit der »intimen Lyrik«. Diese Worte hörte Wasja zum erstenmal.

Gemeinsam mit dem Lehrer las er die Gedichte der ukrainischen Schriftsteller Schewtschenko, Franko, Lesja Ukrainka, Ellan, Sosjura und analysierte sie, um jedes Wort, jeden Gedanken zu verstehen. Wasja lernte viele auswendig. Er liebte Frankos leidenschaftliche Verse und wiederholte sie oft bei sich:

Ihr Menschen all, ich bin euer Bruder,
Freu mich, für euch zu leben,
Will mit meines Herzens Blut
Euren Kummer fortspülen.
Und was das Blut nicht abwaschen kann,
Das brennen wir mit Feuer aus.
Nur wer kämpft, der lebt auch wirklich.
Vivere memento!

Er lernte so eifrig im Zirkel, wie er früher in der Schule und in der Werkstatt gelernt hatte. In jeder freien Minute las er ukrainische Bücher oder Zeitungen, wiederholte Gedichte. Ihm gefiel, daß es in dieser Sprache ein »Gesetz des Wohlklangs« gibt. Nicht nur Konjugations- und Deklinationsregeln, sondern auch ein Gesetz für die lebendige Rede, damit sie schön, wohlklingend ist, sich angenehm anhört.

Er fing an, Gedichte, Notizen und Artikel auf ukrainisch zu schreiben. Zu Beginn griff er häufig nach dem Wörterbuch. Dann blickte er immer seltener hinein. Wenn er Gespräche oder irgendwelche Streitigkeiten nacherzählte, dann vermischten sich wie selbstverständlich ukrainische und russische Wörter – so, wie seine Kollegen und Kameraden in der Werkabteilung, in der Baracke, im Klub sprachen.

Es machte ihm Spaß, bekannte Burschen und Mädchen zu beschreiben, ihnen andere Namen zu geben, einige äußere Züge zu verändern und dabei ausführlich und genau zu schildern, wie sie aussehen, wie sie angezogen sind, wie sie spazieren, tanzen, rauchen, sich küssen, streiten, Witze machen ...

Über den Chefredakteur Nikola hieß es in der Zelle: »Ein Proletarier von Schrot und Korn, aber belesen, gebildet, nicht weniger als ein Ingenieur. Liest alle Zeitungen und Zeitschriften, hat ein ganzes Haus voller Bücher.«

In Nikolas Zimmer in der Familienbaracke waren zwei Ständer, mehrere Regale an den Wänden und die Hälfte des Arbeitstisches mit Büchern bedeckt. Über den zweiten Tisch mit einem Primuskocher und Geschirr gebot seine Frau, klein und mit Struwwelhaaren wie ein Spatz. Sie war als Maschinenschreiberin im Büro. Und auch auf ihrem Tisch lagen Stapel von Büchern.

Die Barackennachbarn sagten: »Ist zwar klein, aber liest ebenso viel wie ihr Mann! Deshalb ist der Junge so blaß und schmal und still. Erst zwei Jahre alt, aber nie hört man, daß er schreit oder weint. Für den haben sie wohl Zeitungen statt Windeln gehabt, statt an einem Schnuller mußte er an Broschüren saugen.«

Nikola lud Wasja manchmal zu sich nach Hause ein, bewirtete ihn mit Tee und Keksen, lieh ihm neue Bücher, die es in der Bibliothek noch nicht gab, und sprach mit ihm über seine Erzählungen. Er las sie aufmerksam und bedächtig, korrigierte Fehler, erklärte, weshalb man etwas kürzen oder Wörter umstellen mußte. Die Kürzungen erbitterten Wasja fast immer, aber Fehler gestand er ein.

Nikola war gut zehn Jahre älter als Wasja. Er hatte noch in der Armee des Zaren gedient – dort war er Elektrotechniker geworden –, und im Bürgerkrieg war er sogar irgendwo Kommandeur gewesen. Aber er sprach mit Wasja wie ein Kamerad, tat sich nicht wichtig, kehrte seine Autorität nicht heraus.

»Über Gedichte will ich dir nichts sagen. Kenn mich damit nicht sehr aus. Ehrlich gesagt, hab überhaupt keine Ahnung davon ... Deine Scherzgedichte sind natürlich sehr schön, aber du hast ja noch andere. Du schreibst auch, man kann sagen, wirkliche Gedichte. Dafür braucht man großes Verständnis. Ich denk mir das so: Weil eben kluge Leute Gedichte schreiben und andere kluge Leute sie lesen und loben, müssen sie irgend 'nen Nutzen bringen, den ich noch nicht begreifen kann. Lernen müßte man, wenn man nur Zeit hätte ... In deinem Alter konnte ich kaum lesen und schreiben. Verstand wohl manches von der Landarbeit, konnte pflügen und eggen und säen und mähen und Schober bauen und dreschen und worfeln ... All das konnte ich gut. Aber als ich zum erstenmal 'ne Glühbirne sah, als das Feuer ohne Streichholz anging, da überlief's mich heiß und kalt, als hätt ich Schüttelfrost. Dabei hatte ich schon früher in Erzählungen von diesem kalten Feuer der Städte gehört ... Als ich aus der Armee kam, begann ich sofort, mich mit Elektrotechnik zu beschäftigen. Lernte schlecht und recht und lern jetzt auch noch – ein Ende ist nicht abzusehen. Hab da 'ne Zeitschrift abonniert. Daraus erfahr ich dauernd was Neues. Radio interessiert mich jetzt ganz besonders ... 'Ne tolle Sache, mein Freund, Telefon ohne Draht. Und man kann's überall gleichzeitig hören. Deshalb heißt's auch Radio. Weißt doch, was ein Radius ist? Das Radialbohrwerk hast du gesehen? Also, ein Radio, das sendet elektrischen Strom nach allen Richtungen aus – rundherum, wie nach Radien –, und direkt, ohne Leitungen. In Moskau wird gesprochen, und auf der ganzen Erde, Tausende Werst entfernt, kann man's hören – egal, ob gemorst wird oder gesprochen, die Stimme kannst du hören. Man braucht nur 'nen Apparat, um diesen schwachen Strom einzufangen. Das lern ich jetzt, vorläufig noch im Selbststudium. Will aber um Aufnahme in die Arbeiterfakultät[3] bitten. Bin schon 29 Jahre – kein Bürschchen, ein Mann –, aber vielleicht schaff ich's noch ... Für Gedichte reichen Zeit und Kräfte da wohl nicht mehr. In dem, was sozusagen einfach hingeschrieben wird, in der Prosa, kenn ich mich besser aus. Ich halte sehr viel von den guten Schriftstellern Lew Tolstoj, Maxim Gorkij, Alexander Kuprin ..., wirklich sehr viel. Und jetzt gibt's in Moskau und Charkow gute neue Autoren. Die beschreiben unser Leben, wie's ist ... Und wie du schreibst, gefällt mir auch. Alles wie in Wirklichkeit, man glaubt's zu sehen und zu hören. Schreibst sozusagen mit Gefühl, nur etwas zu lang. Wie soll man so was denn in 'ner Zeitung – ob Wandzeitung oder gedruckte – bringen? Da hast du ›Unsere frohen Mußestunden: Erzählungen aus dem Leben‹ geschrieben. Ehrlich, 'ne prächtige Sache. Die Lackaffen, die Rowdys, überhaupt die Spießer kriegen ihr Fett ... Aber sieh mal, das sind 42 Seiten, und was für welche, die hast du aus 'nem Buchhaltungsheft rausgerissen. Deine Handschrift ist leserlich – dagegen gibt's nichts einzuwenden –, alle Buchstaben deutlich. Aber wie klein sie sind – die reinste Hirse! Sogar wenn die Stadtzeitung es druckt, reicht's für drei, vier Nummern. Und dann wär für nichts anderes Platz. Nur für die Überschriften und deine Geschichten ... Nein, mein Lieber, das taugt nicht für 'ne Zeitung, sondern für 'ne große Zeitschrift oder vielleicht für 'n Buch ... Warst bis jetzt Arbeiterkorrespondent, dann wirst du proletarischer Schriftsteller. Ganz bestimmt, ich bin davon überzeugt.«

Wasja war bester Stimmung, als er nach Hause ging. Auf der Straße ertappte er sich dabei, daß er schmunzelte, vor sich hin murmelte, sang. Passanten sahen ihn mißbilligend an: Am Wo-

[3] Von 1920 bis 1940 den Hochschulen beigeordnete sowjetische Lehranstalten, in denen Jugendliche ohne höheren Schulabschluß auf ein Universitätsstudium vorbereitet wurden. (Anm. d. Übers.)

chentag schon betrunken, dachten sie, wohl ein schamloser Grubenkutscher ... Er würde Schriftsteller werden. Auf Büchern mit eleganten bunten Umschlägen würde stehen: »Wasilij Petrik ... Roman« ... »Novelle« ... »Erzählungen«. Er wird berühmt sein, in Charkow oder in Kiew leben und dauernd nur schreiben! Nein, nicht nur. Er wird ja ein proletarischer Schriftsteller werden, ein wirklicher, der sich nicht von der Betriebsarbeit löst. Aber als ein bekannter, berühmter Autor wird er auch in berühmten Fabriken arbeiten können. In den Hauptstädten. Und er wird von einer Werksabteilung in die andere wechseln, um alles zu sehen, alles zu lernen ... Von einer Stadt in die andere fahren – nach Leningrad, nach Moskau, dorthin, wo man Radiomaschinen herstellt. Und dann ins Ausland, nach England, Deutschland, Amerika; dort gab es viel zu sehen, und man konnte natürlich alles über die Verbindungen der Komintern organisieren ...

Er las viele Bücher zeitgenössischer Autoren, die gefielen ihm. Warum sollte er denn nicht ebensolche Bücher schreiben können? Bücher, die nicht schlechter, sondern vielleicht sogar noch besser wären ... Das zu lernen konnte doch nicht schwieriger sein, als mit dem Dampfhammer Nägel einzuschlagen.

Nach der Arbeit im Zirkel las er ukrainische Bücher: die Erzählungen von Grigorij Epik, die Gedichte Wladimir Sosjuras; beide waren früher auch Arbeiter im Donbass und wurden später berühmte Schriftsteller ... Es war schwieriger, die Prosa Jurij Janowskijs und Mikola Chwyljowyjs zu lesen. Er verstand jedes einzelne Wort und auch ganze Wendungen, aber alles zusammen war zwar schön, doch kaum durchschaubar. Man konnte es so auslegen oder so, mal glich es einem Rätsel, mal einem Lied, in dem nicht der Sinn, nicht die einfachen, einprägsamen Wörter wichtig sind, sondern die Melodie, die Stimmung.

Um dies verstehen und erklären zu können, mußte er noch mehr lernen. Und er durfte nicht mehr lange warten. Bald würde er zwanzig Jahre alt sein. Sein Vater war in diesem Alter schon verheiratet gewesen, doch er hatte kaum lesen und schreiben können. Wasja dagegen hatte schon so viel erfahren, so viel erlebt. Zwei Ganjas – zwei bittere Fehlschläge. Doch nein, es waren nicht nur Fehlschläge gewesen. Für einen Schriftsteller ist auch eine unglückliche Liebe eine gute Lektion. Überhaupt sollte er die beiden Mädchen nicht in schlechter Erinnerung behalten. Die erste hatte ihn gelehrt, zu küssen und das Spießertum zu verachten. Zwar war sie danach selbst zur Spießerin geworden, aber vorher hatte sie ihn doch einiges gelehrt. Und die zweite hatte ihn zum Mann gemacht und ihm die Augen für alle Listen geöffnet, die Mädchen erfinden, so daß die dritte – Marusja – ihn nicht mehr verführen konnte ... Er mußte unbedingt einen Roman mit dem Titel »Zitronenkeuschheit« schreiben: über die Mädchen und jungen Arbeiter aus dem Donbass, die ein richtiges proletarisches Bewußtsein haben und wahre Liebe erleben. Auch er selbst würde sie noch finden. Er war jetzt kein »Jüngling« mehr, wie ihn einst sein Onkel genannt hatte, sondern ein erwachsener Arbeiter, ein Proletarier und Arbeiterkorrespondent, der bald ein proletarischer Schriftsteller sein würde, sein mußte.

Nadejka, die älteste Tochter des Onkels, lächelte immer freundlicher, blinzelte ihm bedeutungsvoll zu, wenn sie einander im Klub begegneten.

»Na, Vetter, hast uns wohl vergessen? Bist schon fast einen Monat nicht bei uns gewesen. Zu stolz, was?«

Wenn er das winzige Häuschen besuchte – drei Jahre zuvor war es ihm noch wie ein großes Herrschaftshaus vorgekommen –, ertappte er sich dabei, daß er den Onkel, die Tante und seine Cousinen tatsächlich schon von oben herab ansah. Am besten gefiel ihm die jüngste. Sie beendete gerade die Siebenklassenschule, hatte rote Wangen, flinke Augen, die Zöpfe waren abgeschnitten, und sie kämmte sich eine spitze Strähne über die linke Braue; ihre Bluse spannten kräftige, runde Melönchen, und ihre Beine waren ebenfalls kräftig und wohlgerundet.

Die Tante bewirtete ihn mit Borschtsch, Pastetchen und Kompott – »In der Kantine ist ja das Essen schlechter als zu Hause« – und lobte dauernd ihre Lieblingstochter Werotschka, die so still und fleißig sei. Sie zeigte ihm, welch schöne Hemden Werotschka für den Vater genäht und gestickt hatte, alles mit eigenen Händen, welche Tücher sie für die Mutter und die Schwestern machte. Die Tante erinnerte sich ständig an das »liebe Heimatdorf« und erzählte ausführlich von glücklichen Ehen zwischen jungen Verwandten – zweiten und dritten Grades –, pries das Familienleben »im eigenen Heim«, das so unvergleichlich besser sei als das Leben in der Baracke, wo man sich schlechter Gesellschaft, dem Wodka und dem Kartenspiel nur schwer entziehen könne. Und all das bringe nur Krankheiten, Ruin, einen frühen Tod ...

Die gewöhnlich wortkarge Tante wurde von diesen Reden aufgewühlt und weinerlich, wischte sich ungekünstelte Tränen ab.

»Ach, was heul ich dumme Alte denn bloß? Bei uns im Haus ist Gott sei Dank alles in Ordnung. Alle sind gesund, dem Herrn sei Dank, gesund an Körper und Seele, wirklich makellos ... Und ich flenne bloß vor Mitleid. Mir tun all die armen Jungen leid, die ohne Vater und Mutter leben müssen.«

Wasja begriff die Andeutungen der Tante, aber er ließ sich nichts anmerken, gab ihr in allem recht und beruhigte sie, daß er selbst nicht trinke, nicht einmal rauche, sich nicht in schlechter Gesellschaft herumtreibe, sondern immer mehr lerne. Er klagte, daß die Arbeit und das Lernen ihn sehr ermüdeten. Aber wenn er schließlich ausgelernt habe, dann werde er auch ans Familienleben denken.

4

Sowohl der Redakteur Nikola wie die alte Bibliothekarin lobten Wasjas Erzählungen. Er freute sich über das Lob, und er freute sich, wenn er selbst glaubte, etwas Gutes geschrieben zu haben. Aber die Freude dauerte nie lange, immer wieder überfielen ihn Zweifel. Dann wies er jedes Lob zurück, glaubte nicht an sich selbst und wußte nicht, wie er diesen Unglauben überwinden konnte. Ihm war klar, daß er lernen mußte, aber was? Und die Schwermut ließ ihn nicht los.

An solchen Tagen wurde er grundlos zornig, ließ sich in der Baracke und in der Werksabteilung in dumme Zänkereien verwickeln. Aber er hatte gelernt, sich zurückzuhalten und sich nicht auf Schlägereien einzulassen. Er begann, sich zum Schweigen zu erziehen, damit er nicht zurückschimpfte, wenn er gereizt wurde, nicht hinging, wenn er aufgefordert wurde, Streit zu schlichten, und nichts dazu sagte, wenn jemand in seiner Nähe Blödsinn faselte.

Er vermied auch ernste Diskussionen bei großen Versammlungen, da er fürchtete, in Erregung zu geraten und wer weiß was hinauszubrüllen. Außerdem schämte er sich immer, vor vielen Menschen zu sprechen, von vielen Augen angestarrt, von vielen Ohren gehört zu werden. In seiner Werksabteilung, in seiner Komsomol-Zelle fühlte er sich freier. Aber in jenem

Sommer schien es, daß ihn nichts wirklich hinreißen, nichts interessieren könne.

Indessen wurden die Versammlungen immer lauter. In die Werkstätten kamen Studenten und Burschen aus der Druckerei, aus der Wagenhalle. »Wir sind Oppositionelle, die Leninsche Opposition, wir sind für den Genossen Trotzkij, wir sind die wirklichen Bolschewiken-Leninisten ...«

Sie erzählten, daß das Zentralkomitee der Partei eine falsche Linie durchsetze: In Moskau kommandierten Bucharin, Stalin, Rykow[4], und in der Ukraine Skrypnik, Kaganowitsch, Tschubar[5] und andere hochgestellte Apparatschiks. Sie ließen der neuen Bourgeoisie, den NÖP-Schiebern[6] und Kulaken, zuviel durchgehen, bedrängten die Arbeiterklasse und die heldenhaften Genossen Trotzkij und Rakowskij[7], die jetzt von den Leningrader Proletariern und vom Vorsitzenden der Komintern, dem Genossen Sinowjew, unterstützt würden; er und Kamenew[8] hätten früher nicht die richtige Einschätzung gehabt, seien nun aber klüger geworden. Und auch Genossin Krupskaja, Iljitschs Frau, sei auf ihrer Seite.

Andere Burschen aus dem Stadtkomitee und dem Bezirkskomitee schrien: »Ihr seid Abspalter, Krakeeler. Trotzkisten seid ihr und keine Leninisten, sondern Menschewiken. Stört die Parteidisziplin und schafft Anarchie. Euer Trotzkij war bis zur Revolution Menschewik, ist sogar gegen Iljitsch selbst angegan-

[4] Nikolaj Bucharin (1888–1938), Parteitheoretiker, zuletzt Chefredakteur der ›Iswestija‹. – Alexej Rykow (1881–1938), seit 1924 Vorsitzender des Rates der Volkskommissare. Beide galten nach 1929 als »Rechtsabweichler« und wurden 1938 nach einem Schauprozeß erschossen. (Anm. d. Übers.)

[5] Nikolaj Skrypnik (1872–1933), 1925–1933 Politbüromitglied, Volkskommissar für Aufklärung in der Ukraine; beging Selbstmord. – Lasar Kaganowitsch (geb. 1893), Volkskommissar bzw. Minister für Verkehrswesen, Politbüromitglied; 1957 aller Ämter enthoben. – Wlas Tschubar (1891–1939), 1920–1934 Vorsitzender des Rates der Volkskommissare der Ukraine, Politbüromitglied; starb in Haft. (Anm. d. Übers.)

[6] Neue Ökonomische Politik: 1921 von Lenin initiiertes Wirtschaftssystem, in dem Privathandel und kleine Privatunternehmen zugelassen wurden und Bauern ihre Produkte frei verkaufen durften; nach 1929/30 rücksichtslos unterdrückt. (Anm. d. Übers.)

[7] Christian Rakowskij (1873–1941), bulgarischer und rumänischer Sozialdemokrat, dann Bolschewik, Freund Trotzkijs, starb in Haft. (Anm. d. Übers.)

[8] Grigorij Sinowjew (1883–1936), bis 1926 1. Sektretär des Parteigebietskomitees Leningrad und Vorsitzender der Komintern; 1936 in einem Schauprozeß zum Tode verurteilt und erschossen. – Lew Kamenew (1883–1936), Altbolschewik, Stellvertreter Lenins im Rat der Volkskommissare, bis 1926 im Politbüro, zusammen mit Sinowjew erschossen. (Anm. d. Übers.)

gen. Will nun schlau sein und nennt sich Leninist. Dabei wollen er und seine neuen Verbündeten, die Schreihälse von Leningrad, die Arbeiter mit den Bauern entzweien, das Bündnis in Stadt und Land zerstören, die Autorität des ZK, also der ganzen Partei untergraben. Aber das wär der Ruin. Die Imperialisten könnten uns mit bloßen Händen überwältigen.«

Wasja hörte den Streitigkeiten nur mit halbem Ohr zu. Die Rede war von fernen und ihm sogar nicht immer verständlichen Dingen. Er jedoch grübelte, sann nach und überlegte immer wieder, wie er weiterleben sollte, worin der Sinn seines Lebens bestehe, ob er Schriftsteller werden könne.

In den Zeitungen, auf den Zusammenkünften wurden die beunruhigenden Nachrichten häufiger, verdichteten sich.

Im Frühjahr freute man sich über den Vormarsch der chinesischen Volksarmeen. Als sie Shanghai nahmen, versammelte sich an den Toren der Werkstätten ein fröhlicher Menschenhaufen; dazu kam noch eine Schar Bergleute mit Fahnen und auf Stökken getragenen Plakaten. Niemand befahl es, niemand stellte sie zusammen; wie von selbst bildete sich eine Kolonne, die mit Gesang zum Stadtzentrum zog. Sie sangen die ›Internationale‹, »Brüder, zur Sonne, zur Freiheit«, alte ukrainische und russische Volkslieder. Flinke Mädchen und Jungen tanzten im Gehen auf der Fahrbahn.

Die Kolonne erreichte das Gebäude des Stadtsowjets und Stadtkomitees der Partei. Auf dem Platz war eine dichte Menge zusammengekommen, ebenfalls mit Fahnen und Plakaten. Auf dem Balkon des Stadtsowjets standen mehrere Männer in Russenhemden, Arbeits- oder Militärblusen, und es sprach ein echter Chinese. Er war mager, dunkelhäutig, hatte einen runden kurzgeschorenen Kopf und schrie mit hoher Knaben-, wenn nicht sogar Mädchenstimme: »Lussische Albeitel, chinesische Albeitel sind Genossen, Blüdel, Schwesteln . . . Es lebe die Weltlevolution!«

Ringsum ertönte dröhnendes Hurrageschrei. Einige Burschen zogen den Chinesen vom Balkon und warfen ihn hoch empor. Er flog in die Höhe, spreizte Arme und Beine, lachte und rief kreischend: »Hulla! Hulla-a-a!«

Aber ein paar Tage später wurde bekannt, daß der Oberbefehlshaber der chinesischen Genossen Tschiang Kai-schek Verrat begangen hatte, er ließ die Kommunisten in Shanghai und Kanton erschießen. Dort kamen auch sowjetische Bürger um

... Und im Sommer in London durchsuchten Polizisten die sowjetische Handelsvertretung. England brach die diplomatischen Beziehungen zur UdSSR ab ... Wenige Wochen darauf wurde in Warschau der politische Vertreter der Sowjetunion, Genosse Wojkow, ermordet.

Wieder zogen Demonstranten aus der Siedlung in die Stadt.

Die Sonne hatte die Pflastersteine erhitzt, die Wärme war durch die Schuhsohlen zu spüren. Die steinernen, getünchten Hauswände waren von schwüler Hitze durchdrungen. An Pappeln und Kastanienbäumen hing brüchiges, staubbedecktes Laub schlaff herunter. Die Luft – sie roch nach trockener Kohle –, die rauhe Sommerluft des Donbass machte Nasenlöcher und Kehlkopf spröde.

Wasja marschierte in einem schweißdurchtränkten Sporthemd, und um ihn herum marschierten junge Männer und Frauen in ebensolchen hellen oder bunten Sport- und Russenhemden, die ihnen an Schultern und Rücken festklebten. Er breitete sich ein Taschentuch über den Kopf und machte an den Ecken Knötchen. Sie marschierten im Gleichschritt, stampften, der Hitze und Schwüle ungeachtet, mit dünnen Sohlen auf die heißen Pflastersteine und sangen einträchtig, schallend, ab und zu pfeifend:

»Die Heimat hat mich großgezogen,
Für Speis und Trank,
Für alles, was ich kann,
Dir, meine Heimat, Lieb und Dank,
Du machtest mich zum Arbeitsmann.«

Wasja fühlte, wie ihm Kehle und Augen vor Stolz warm wurden. Er war fest verbunden mit allen, die neben ihm, vor ihm, hinter ihm marschierten, und auch mit denen, die ganz weit weg waren – irgendwo in Charkow, in Moskau, in China, in Polen.

Er sang mit allen, möglichst laut und melodisch:

»Alarm! Alarm!
Der Feind greift an.
Wer die Heimat liebt, muß tapfer sein.
Wir rufen jeden Arbeitsmann:
Komm mit, komm mit und reih dich ein,
In Reih und Glied
Zum Kampf voran!«

Er marschierte schon in Reih und Glied. Wie unbedeutend, wie elend waren all seine Kümmernisse, Sorgen, Zweifel vor dieser alles umfassenden, allgemeinen Unruhe, vor der Majestät dieser gemeinsamen Reihen.

Am nächsten Tag, sofort nach der Arbeit, ging er aus der Werkstatt zum Wehramt und gab einen Antrag ab: »Ich bitte, mich als Freiwilligen in die Rote Armee aufzunehmen.« Bis zur Einberufung blieb ihm noch mehr als ein Jahr, aber er wollte sofort Rotarmist werden, am besten Roter Matrose. Das Meer kannte er nämlich nur aus Büchern und Filmen.

Mit der Waffe in der Hand, in einer Kolonne von Rotarmisten, an Bord eines Kriegsschiffs würde er sich endlich von der unverständlichen, faden Schwermut, von den beschämenden Zweifeln, den Grübeleien freimachen.

Doch der Musterungsarzt untersuchte ihn und sagte, daß er weder für die Flotte noch für die Armee tauge: Er sei hochgewachsen, aber sein Brustkasten sei schmal, seine Lungen schwach.

»Bereite dich besser auf die Einberufung vor, treib Sport! Mach jeden Tag Gymnastik, wasch dich mit kaltem Wasser, geh öfter spazieren, lauf an der frischen Luft! Rauchen kommt nicht in Frage! Und keinen Tropfen Alkohol – höchstens mal ein Bier. Aber regelmäßig essen, dreimal am Tag. Wenn's geht, mehr Fett: Butter, Milch ... Dann kannst du in ein, zwei Jahren ein brauchbarer Soldat der Roten Arbeiter- und Bauernarmee werden. Also, nicht so hastig, mein Junge. Noch gibt's keinen Krieg. Härte dich vorläufig ab, bereite dich vor!«

Danach beschloß Wasja, dem Ratschlag seines Onkels und des Redakteurs Nikola zu folgen. Er ging ins Komsomol-Bezirkskomitee und erklärte, daß er studieren wolle. Man möge ihn dorthin schicken, wo es am nötigsten sei.

Der ungekämmte Instrukteur des Bezirkskomitees – jung, aber offensichtlich bewandert – sprach freundschaftlich-mitfühlend mit ihm.

»Ah, das ist dir spät eingefallen, Genosse ... äh, Petrik. Das Studienjahr fängt nämlich bald an. Die Aufnahmeprüfungen sind schon überall voll im Gange oder sogar schon zu Ende. Die besten Einweisungsscheine sind schon weg. Für's Maschinenbau-, Bergbau-, Elektrotechnikinstitut gibt's keinen einzigen mehr. Ist nur noch einer für die Arbeiterfakultät des Volkswirtschaftsinstituts da – aber dafür direkt in Charkow. Ins Volkswirtschaftsinstitut werden bei uns mehr Mädchen aufgenommen. Die Burschen rümpfen die Nase, wollen ihren Arbeiterstand nicht gegen 'ne Aktentasche tauschen und Bürokraten werden. Aber ich sag dir: Das ist auch nicht das richtige Bewußtsein. Linksabweichung! Partisanenvorurteile, sektiererische kommunistische Eitelkeit! Aber was benötigen wir heutzutage?«

Er war sogar aufgestanden und stützte sich mit den Fäusten auf seinen schmalen, mit Ordnern, Zeitungen, Broschüren überhäuften Tisch. Er stand da wie auf der Rednertribüne und schüttelte den gelockten Schopf.

»Heutzutage fordern Partei und Komsomol die Arbeiterjugend auf: Lernt an allen Fronten! Denn welche Aufgabe hat das sowjetische Proletariat heutzutage? Die Aufgabe, alle Kommandopositionen einzunehmen, die es gibt und geben kann ... Damit all unsere roten Kommandeure und alle Ingenieure und Professoren und alle Doktoren und alle Buchhalter aus dem Arbeiterstand kommen ... Was bist du zum Beispiel, Genosse? Schlosser? Und kennst dich mit dem Schmiedehandwerk aus? Ausgezeichnet! Und deine Herkunft? Was machen dein Vater, deine Mutter? ...

Ausgezeichnet! Solche wie du, echte Proletarier, müssen ans Volkswirtschaftsinstitut gehen, um da Ökonomie und Algebra, Physik, Buchhaltung, was weiß ich noch, zu studieren. Gründlich und mehr als das. Und außerdem hast du die wichtige Aufgabe, dich streng an die Linie der proletarischen Klasse zu halten, das heißt, an die Linie von Komsomol und Partei, die Generallinie. Heutzutage ist das die wichtigste Aufgabe ... Was haben die Parteidiskussionen mit den Trotzkisten, Dezisten[9], Sinowjewisten, Chwylowisten[10] und anderen Abweichlern gezeigt? Daß es heutzutage viele Intelligenzler gibt, sogar mit Komsomolausweis, sogar mit Parteiausweis und sogar Veteranen, die aber ihrer kleinbürgerlichen intelligenzlerischen Herkunft wegen unzuverlässig bleiben, keinen proletarischen Kern besitzen und deshalb hohl werden und auf einen falschen Weg abrutschen! Manche verrotten sogar endgültig. Und ich muß

[9] Demokratische Zentralisten, 1920/21 entstandene Gruppe innerhalb der KPdSU, die Freiheit von Fraktionen und Parteien forderte; vom IX. und X. Parteitag verurteilt. (Anm. d. Übers.)

[10] Mykola Chwyljowyj (1893–1933), ukrainischer Lyriker, als Nationalist verhetzt; beging 1933 Selbstmord. (Anm. d. Übers.)

dir sagen, daß es das heutzutage vor allem unter Studenten gibt, wo noch eine kleinbürgerliche intelligenzlerische Schicht vorhanden ist. Hier und da kommt's sogar zur Verschmutzung durch fremde Elemente aus früheren Ausbeutern und feindlichen Klassen ... Also, Genosse Petrik, nimm die Einweisung zur Arbeiterfakultät des Volkswirtschaftsinstituts, zeige dich, erweise dich deiner proletarischen Herkunft und sozialen Stellung würdig, und rechtfertige auch das Vertrauen des Leninschen Komsomol ... Hier unterzeichnen. Schreib deinen Familiennamen deutlich, am besten mit Druckbuchstaben. Hier dein Geburtsjahr, Arbeitsplatz, Einstufung und so weiter ... Hier unterschreiben ... In Ordnung! Überbring Charkow, unserer roten proletarischen Hauptstadt, den Kampfgruß vom Donez! ... Moment, Moment! Ein Einweisungsschein ist noch übriggeblieben, auch nach Charkow, zum, wie heißt's, pherma-phorma – nein, so – pharmazeutischen Technikum. Da wird man zum Apotheker ausgebildet. Schlag's dir nicht vor, das eignet sich wirklich nur für Mädchen. Vielleicht kennst du eine, die das heutzutage nötige Bewußtsein hat? Ihr würdet zusammen fahren ... Nein? Fällt dir keine ein? Na, schön ... Lernst in Charkow welche kennen. Mach's gut!«

Es war ein kleines Blatt Papier mit gedrucktem Text und einigen mit Tinte geschriebenen Zeilen: »Einweisungsschein, erstellt vom Bezirkskomitee des Leninschen Komsomol der Ukraine ... zur Arbeiterfakultät des Staatsinstituts für Volkswirtschaft von Charkow.« Dieses kleine Blatt – ein Zeichen neuer Entschlossenheit – wischte die Schwermut und Schlaffheit und alle dummen Gedanken der Hilflosigkeit gleichsam fort. Wie in den ersten Tagen im Donbass war er berauscht von ungeduldiger, froher Neugier, freute sich auf neue Entdeckungen, neue Kenntnisse. Wieder schienen Hoffnungen und Träume wie in einem bunten Märchen aufzusteigen, wieder schwebten ihm festliche Triumphe der Zukunft vor.

Gut, daß es eine Einweisung für das Volkswirtschaftsinstitut war. Wasja fragte alle Bekannten – auch Nikola und die Bibliothekarin – aus, las immer wieder die Verzeichnisse verschiedener Hochschulen. Und er freute sich, als er erfuhr, daß er politische Ökonomie, Geschichte, Geographie, höhere Mathematik studieren werde. Davon wußte er bisher nichts. Er könnte natürlich Ingenieur werden. Wahrscheinlich wäre es leichter für ihn – einen Schlosser von höchster Qualifikation, der auch noch an verschiedenen Werkbänken und mit Dampfhämmern arbeiten konnte –, sich zum Ingenieur ausbilden zu lassen. Die Reparaturbrigade wurde in alle Abteilungen geschickt, und Wasja untersuchte jedesmal neugierig eine neue Werkbank, einen neuen Mechanismus, versuchte beharrlich, ihn zu begreifen und zu bewältigen. Und jedesmal weckte eine solche neue Kenntnis oder Fertigkeit in ihm freudigen Stolz: Also besaß auch er eine schnelle Auffassungsgabe und das wahre, angeborene Talent zur Meisterschaft.

Sein Vater wiederholte gern: »Ein richtiger Schmied muß 'n besonderes Gespür, 'n besonderes Gefühl haben, um sofort zu merken, wann das Eisen noch nicht fertig, noch nicht so hart wie nötig ist. Und wann er's schnell rausnehmen muß, damit's nicht überhärtet wird. Und spüren, wann er einmal kräftig zuhauen und wann er immer wieder leicht pochen muß. So'n Gespür kannst du nicht kaufen, nicht herbeiwünschen. Kommst damit wohl schon auf Gottes Welt, wie mit der Farbe deiner Augen und Haare ... Aber um Meister zu werden, reicht das Gespür nicht aus. Dazu braucht's auch Fleiß, und man muß angestrengt lernen, um ganz genau zu begreifen, was die Arbeit verlangt.«

Wasja war von seinem Gespür und seinem Fleiß als Eisenfachmann überzeugt. Aber er träumte von anderem. Zweifelnd, schwankend, mit sich selbst uneins, manchmal der Hoffnungslosigkeit nahe, griff er immer wieder nach dem Bleistift und schrieb, schrieb hartnäckig. Mal lächelte er still in sich hinein, mal lachte er schallend – schön war's geworden, ganz so wie in Wirklichkeit –, mal strich er wütend, wie besessen ganze Seiten durch, knüllte sie zusammen, riß sie in kleine Stücke.

Der Einweisungsschein an die Arbeiterfakultät des Volkswirtschaftsinstituts gab seinem Leben wieder einen klaren und dauerhaften Sinn.

5

Wasja kam eine Woche vor Beginn des Unterrichts in Charkow an. Die ihn prüfenden Lehrer waren erstaunt: Einweisungsschein zur Rabfak, das heißt zur Arbeiterfakultät, doch er schrieb einen Aufsatz, der sich mit dem des besten Studenten der höchsten Kurse messen konnte. Dafür aber wußte er überhaupt nichts von politischer Ökonomie. Er schrieb gut ukrainisch, löste Algebra- und Geometrieaufgaben mühelos, hatte aber keine Ahnung von Chemie und Physik.

Man stufte ihn in den dritten Kurs der Rabfak ein – unter der Bedingung, die nicht erfüllten Prüfungen im Laufe eines Jahres abzulegen –, teilte ihm ein Stipendium von 46 Rubeln zu und gab ihm eine Einweisung ins Wohnheim.

Die Studentensiedlung lag nahe am Stadtrand. Mehrere Reihen von einstöckigen Häusern, hellgrau, mit roten Dächern und dem Geruch von noch feuchtem Putz. Die Häuser waren von kümmerlichen Vorgärten und spärlichen Bäumen umgeben. In der Nähe der Siedlung lagen zwei Friedhöfe, ein orthodoxer und ein lutherischer; dort standen alte ausladende Bäume und dichte Büsche.

Ein quadratisches, unlängst getünchtes Zimmer. Vier Betten, vier Nachtkästchen. Ein großer Schrank an der Wand, ein großer Tisch in der Mitte. Hier wohnten zwei Studenten des ersten Lehrjahres und zwei Teilnehmer des dritten Kurses an der Rabfak.

Der Stubenälteste Mischa Kutenko – breitschultrig, stupsnasig, zerzaust, mit rötlichen strubbeligen Locken, sprach bedächtig, langsam, als denke er über jedes Wort nach. Unter einer kurzen städtischen Jacke trug er ein adrettes besticktes Hemd vom Lande. Er kam aus dem Dorf, in dem sein Vater als Lehrer arbeitete.

Der zweite Student, Mischas »Kumpel« Semjon, war beweglicher und gesprächiger. Er hatte eine spitze Nase, dunkle Augen und war sorgfältig gekämmt: Zwei dunkle kommaförmige Strähnen hingen in die Stirn. Seine Hemdbluse war abgetragen, hier und da gestopft, aber von einem kaukasischen Ledergürtel, verziert mit Metallplättchen, umspannt. Als früh verwaister Sohn eines Lokomotivführers war er zwei Jahre lang obdachlos gewesen und hatte dann, nach dem Waisenhaus, an der Rabfak gelernt.

Der Rabfak-Student Grischa – blauäugig, mit sonnengebleichten hellen, kurzgeschnittenen Haaren – schien viel jünger als seine neunzehn Jahre; er wurde manchmal mit »he, Kleiner« angerufen. Aber man nahm ihn, wie Wasja, sofort in den dritten Kurs auf, obwohl er früher nur in eine dörfliche Siebenklassenschule gegangen war. Als jüngster Sohn eines kinderreichen Einzelbauern hatte er viel auf dem Feld und im Gemüsegarten arbeiten müssen. Seine älteren Brüder hatten die Familie verlassen, waren entweder zur Armee gegangen oder in die Stadt, in die Fabrik. Grischa galt in der Schule als Allerbester. Auch nach der Schule lernte er hartnäckig weiter, büffelte, löste Aufgaben, besuchte abends die Lehrer. Sie erbaten für ihn in der Bezirksabteilung für Volksbildung eine Einweisung zur Rabfak. Grischa geriet in dieselbe Gruppe wie Wasja und schloß sich ihm sofort an. Er war der einzige Dorfbursche – noch dazu jünger, fast knabenhaft aussehend – unter gewandten Städtern. Er studierte hartnäckig, fleißig.

»Ich muß noch so viel einholen, wettmachen. Ihr – in der Stadt – lernt von kleinauf. Geht aus dem Haus, und an allen Geschäften, an allen Wänden steht was geschrieben, ist was gedruckt ... Aber bei uns im Dorf gab's nicht mal 'ne Schule. Mußten vier Werst ins Nachbardorf laufen. Und wie oft konnten wir nicht aus dem Haus – wegen 'nem Schneesturm oder weil der Weg überschwemmt war, oder es gab zu Hause Arbeit. In unserer Kate gab's so gut wie keine Bücher außer 'nem Psalmenbuch in der Kirchensprache, na, und den Fibeln, die von meinen älteren Brüdern und Schwestern übriggeblieben waren. Und da fehlten Seiten, weil mein Vater sich was für seine Selbstgedrehten rausgerissen hatte. Ich hatte schon immer Spaß am Lernen – nicht nur in der Schule, auch einfach so, von den Älteren. Trieben wir die Pferde nachts im Sommer auf die Weide, dann erzählten die Burschen am Lagerfeuer immer Fabeln oder auch mal was Wahres, über den Krieg und verschiedene Zaren, über Lenin und die Arme-Bauern-Komitees. Pioniere hatten wir damals überhaupt keine, aber 'n Pope ist auch heute noch da. Unser Dorf ist so weit vom Schuß; wenn's im Frühling taut und im Herbst stark regnet, kommt man da mit keinem Fahrzeug durch, nur hoch zu Pferde, und 'n kräftiges Pferd muß es sein. Und wenn man zu Fuß geht, dann am besten barfuß, auch wenn's noch so kalt ist, denn sonst bleiben die Schuhe oder Latschen im Schlamm stecken.«

Grischa erzählte lieber Wasja als anderen von seinem Leben. Wasja konnte zuhören, mitfühlende und verständnisvolle Fragen stellen. Es schmeichelte Grischa, daß ein so ernster, so gescheiter Bursche sich für ihn interessierte. In Gesellschaft anderer hörte er meist selbst zu, blieb einsilbig oder machte plötzlich bissige Späße. Bei Versammlungen saß er still in einer fernen Ecke. Wenn ihm Gesprächspartner nicht gefielen, spielte er den Trottel, stellte sich dumm, unbeholfen, sogar halb taub und kurzsichtig. Doch unter seinen Freunden war er scharfsinnig, aufmerksam, witzig und spöttisch.

Darin stand er nicht hinter Semjon zurück, der in seinem Kurs als Witzbold und Rädelsführer bekannt war. Grischa und er dachten sich gemeinsam für ihre Kameraden und sich selbst Spitznamen aus, die lange haften blieben.

Wasilij begann, ein Tagebuch zu führen, notierte sich die Gedanken, die ihm beim Lesen und in Gesprächen kamen, und die Eindrücke des Tages. Dies sollte sein schriftstellerisches »Training« werden. Er machte sich kurze Zusammenfassungen von den Romanen, Erzählungen und Artikeln, die er gelesen hatte.

Als Grischa bemerkte, daß Wasja ständig schrieb und seine Hefte sorgfältig versteckte, nannte er ihn »unseren großen Dichter« oder »Gevatter Grodich«.

Mischa galt als der Gebildetste in seinem Zimmer und im ganzen Kurs. Er abonnierte Zeitungen und die Zeitschrift ›Der Bolschewik der Ukraine‹, über seinem Bett hatte er zwei lange Bretter angebracht – Bücherregale, auf die er seine persönliche Bibliothek stellte: die Werke von Marx, Engels, Plechanow, Lenin, Kautsky, Bucharin, einige dicke Sammelbände zur ›Geschichte des Klassenkampfes‹ und viele Broschüren.

Semjon und Grischa tauften ihn »Vertreter von Karl Marx«, und der Spitzname »Verkarmar« haftete ihm so sehr an, daß neue Studenten ihn Jahre später für seinen wirklichen Familiennamen hielten und Mischa fragten, woher er stamme.

Die beiden schonten einander nicht. Grischa nannte den spöttischen Semjon »Schwarzpfeffer« und titulierte ihn »Gevatter Schwarpf«; Semjon bezeichnete Grischa als »Stilles Wasser« oder »Gevatter Stilwass«.

Allen Zusammenstößen und Streitereien, allen Sticheleien und Streichen zum Trotz kamen die vier gut miteinander aus. Am Ende des ersten Monats in der Rabfak von Charkow schrieb Wasilij in sein Tagebuch: »Ich glaube, dies ist die glücklichste Zeit meines Lebens.«

Er ging gern durch die Stadt, besonders in den ersten Tagen, als er noch nicht am Unterricht teilnehmen mußte. Aber auch später kam es vor, daß er die Bücher und Hefte zur Seite legte und sich aufs Geratewohl aufmachte. Er marschierte ins Blaue los, ohne die Richtung vorher festzulegen, entdeckte neue Straßen, Häuser und Gärten.

Charkow gefiel ihm. Es war eine richtige Hauptstadt. Die hohen Häuser waren mit bunten Schildern behängt, leuchteten vor Schaufenstern, flimmerten unter elektrischen Aufschriften.

Die ungewohnten Geräusche, die betäubende Vielstimmigkeit der Straßen machten ihn zuerst taub und ließen den Kopf schwirren: das eiserne Knirschen und das schrille Geläut der Straßenbahnen, das Schnaufen der Autobusse, das Grunzen der Autohupen, das Getrappel, Geplapper, Rauschen unzähliger und unendlicher Mengen.

Er schlenderte durch die Straßen, kaufte sich Eiskrem, betrachtete die Schaufenster, ruhte sich in den Gärten aus. Abends umarmten sich dort die Pärchen – in schattigen Winkeln, etwas weiter von den Laternen entfernt. Er lauschte dem Lachen und Kreischen der Mädchen, die Männerstimmen klangen undeutlicher, tiefer.

In dem großen Park an der Sumskaja-Straße – noch hatte sich niemand daran gewöhnt, sie bei ihrem neuen Namen Karl-Liebknecht-Straße zu nennen – setzte er sich auf eine leere Bank und leckte genüßlich an einem kleinen, weichen Eis, das zwischen zwei runde Waffeln mit den eingeprägten Namen »Nina« und »Galja« gepreßt war. Für Mädchen nahm der Eisverkäufer die Waffeln aus einem anderen Korb mit Männernamen. Diese Erfindung schien Wasja sehr lustig und sympathisch.

Er dachte, wie seltsam es war, daß es ihm früher in der Baracke, unter zwei Dutzend ganz verschiedenen Burschen – unter ihnen waren schließlich auch Schläger, Trunkenbolde und großsprecherische Angeber – leichter gelungen war, sich abzusondern, für sich allein zu leben als jetzt in einem Zimmer mit drei guten »Gevattern«. Dabei waren sie doch so herzensgute Kerle, vernünftig, gebildet, und jeder von ihnen stand ihm viel näher, bedeutete ihm viel mehr als sein bester Kamerad damals in der Baracke.

»Langweilig, junger Mann? Wollen Sie mir nicht 'ne Zigarette anbieten?«

Ein Mädchen mit einer Schirmmütze, die bis zu den Brauen hinuntergezogen war, setzte sich zu ihm. Eine dunkle Locke kräuselte sich auf ihrer purpurrot geschminkten, runden Wange. Sie hatte grellrote Lippen. Ihr kurzer Rock ließ dicke, rundliche Knie sehen.

»Was, du rauchst nicht? Hast Angst um deine Gesundheit oder um dein Geld? ... Einfach so – hast's dir nicht angewöhnt? ... Und woher bist du? ... Ah, vom Donez die Jungen, die sind bestimmt gelungen! Wer kommt vom Don*bass*, auf den ist Ver*laß!* Arbeitest du hier, oder bist zu Besuch? ... Stu-udent? Hätt ich gleich drauf kommen müssen! Man sieht's sofort – ein ernstes, interessantes Mannsbild. Klar! Ich hab die Gebildeten schon immer bewundert. Deshalb geb ich 'nem Studenten die Hälfte Rabatt. Sagen wir für fünfzig Kopeken ... Wohin? Dort um die Ecke, drei Häuser weiter, hab ich im Hof 'n Plätzchen ...«

Sie holte aus ihrem Täschchen eine zerknüllte, vorn umgebogene, nicht zu Ende gerauchte Papirossa, zündete sie mit einem Streichholz an, nahm einen Zug, rückte näher zu Wasja, stieß ihn mit ihrer weichen Schulter und ihrem harten Ellenbogen an und sang heiser, halblaut: »›Unser Kämmer-laa-in hab ich mit Blu-umen geschmü-ückt.‹ ... Komm, Student. Wird dir nicht leid tun. Kriegst Rabatt, aber ich bumse so, wie du's in deinem Donbass nie erlebt hast. Willst nicht? Hast vielleicht Angst, daß ich dich anstecke? Keine Sorge! Heilig schwör ich dir – bin gesund wie 'ne Jungfrau. Glaub nicht, daß ich irgend 'ne Misthure bin. Nein, nein! Bin 'n armes Mädchen, immer noch Fräulein, wohn bei Mama zur Miete. Sie ist Witwe, arbeitet im Krankenhaus. Hab früher auch als Botin in 'nem Trust gearbeitet, aber das Personal wurde eingespart. Nun geh ich zum Arbeitsamt. Die versprechen jeden Tag, mir Arbeit zu geben. Aber mit Versprechungen kochste keinen Borschtsch, nicht mal heißes Wasser, denn das Öl im Primuskocher will bezahlt werden ... So geh ich aus Not auf die Straße, wenn Mama zum Dienst geht. Ich laß mich aber nicht mit jedem ein, hab schließlich Menschenkenntnis. 'n dreckiger Freier darf mich nicht mal anfassen, und wenn er mir Gold gibt. Ist schon besser, weniger zu nehmen, wenn der Kerl nur sauber, stattlich, anständig, zuverlässig ist ... Komm, Student, laß uns Mama-Papa spielen ... Hast nicht mal fünfzig Kopeken? Alles für Eis ausgegeben? Oder bist du etwa 'n Schlappschwanz? Schaffst du's nicht? Oder hast noch nie 'ne richtige Frau gesehen – schämst dich? Los, ich zeig dir alles und bring's dir so bei, daß die Fräuleins dir nur so nachlaufen werden ... Bist du etwa 'n warmer Bruder? Willst kein Mädchen, sondern 'nen Jungen? ... Was heißt, brauch nichts? Ach, du bist'n Komsomolze, ein ganz bewußter. Lebst nur nach Iljitschs Vermächtnis! Hast vielleicht am Pimmel auch 'nen roten Stern? ... Ich hab zu Hause 'n rotes Tuch. Kann's mir umbinden wie 'ne richtige Komsomolzin oder wie 'n Schürzlein, damit's dir süßer erscheint, was da drunter ... Nichts willst du ... Na, und jetzt läufste weg, Student, beschissener!«

Wasja ging eilig, fast im Laufschritt davon. Er war verstört.

Weshalb hatte er keine Worte gefunden, nicht mit ihr gesprochen, um sie zu überzeugen? Sie war doch noch ganz jung, war werktätig gewesen, lebte in einer so herrlichen Stadt. Dabei war sie noch schlimmer als die Mädchen aus dem Bergwerk. Die täuschten wenigstens Liebe vor, mimten Gefühle. Doch diese hier verkaufte sich schamlos, verkaufte sich wie auf dem Trödelmarkt.

An einem anderen Abend kehrte er über den Friedhof zurück. Vor ihm ging eine kleine, magere Frau mit weißem Kopftuch, in einer weiten, langen Jacke, die wohl einer größeren Frau gehört hatte, und mit geflickten Pantoffeln an den nackten Füßen. Wasja dachte mitleidig, daß sie wahrscheinlich vom Grab ihrer Mutter oder ihres Vaters komme. Er überholte sie und blickte sich teilnahmsvoll um.

Das weißliche Dreieck eines kleinen Gesichts. Verwischt-rote Flecken auf den Wangen, große rote Lippen.

»Kavali-ier! Komm mit in die Büsche!« – Übler Schnapsgeruch und trübe, leere Augen. Er beschleunigte den Schritt und sah sich nicht mehr um.

Wasja erzählte seinen Zimmergenossen, den »Gevattern«, von diesen beiden Begegnungen – voller Zorn und Unverständnis. Wie war so etwas in einer proletarischen Hauptstadt im elften Jahr der Sowjetmacht möglich?

Mischa rieb seine große Nickelbrille und blinzelte mit rötlichen Wimpern.

»Was soll daran erstaunlich sein? Bis heute gibt's die NÖP. Das verstehst du doch? Also hat die Wirtschaft 'nen Privatsektor. Es gibt privaten Handel und damit auch Arbeitslosigkeit... Tja, und es gibt verschiedene Überreste des Zarismus und Kapitalismus. Ein falsches Bewußtsein im allgemeinen und Rückständigkeit im besonderen unter den Werktätigen, vor allem dort, wo das Industrieproletariat nicht ausreicht. Auch bei Staatsangestellten kann's zur Zersetzung der Lebensbedingungen und zu Auswüchsen kommen, sogar bei gewissen Parteimitgliedern und -kandidaten und Komsomolzen. Das hat sich schon in der Presse widergespiegelt. Denn es gibt fremde Einflüsse, sozusagen den Abfall der NÖP. Außerdem existiert sogar 'ne antiparteiliche Opposition. Allein bei uns im Institut wurden mehr als zwanzig Leute aus der Partei ausgeschlossen, weil sie Trotzkisten, Sinowjewisten oder Dezisten unterstützen. Und mehr als fünfzig einfache und strenge Verweise mit

Eintragung in die Akten wurden ausgeteilt. Dabei steht unsere Hochschule ganz vorne an der ideologischen Front.«

Semjon lachte. »He, Gevatter Verkarmar, willst du etwa beweisen, daß die Nutten, die ihn angelächelt haben, Trotzkistinnen oder so was sind?«

»Davon kann keine Rede sein! Übertreib doch nicht gleich! Ich zeig nur, mit was für 'ner Situation wir's zu tun haben. Charkow ist 'ne wirklich proletarische Hauptstadt. Hier gibt's riesige Werke: die Lokomotivfabrik, das elektromechanische Werk, die Maschinenbaufabrik ›Hammer und Sichel‹ und viele andere. Geh doch zu diesen Fabriken in die Arbeiterbezirke. Da wirst du solche Mädchen nicht treffen. Aber im Zentrum findet man noch den Abfall der NÖP und starke kleinbürgerliche Elemente . . . Hier ist ein dialektisches Verständnis erforderlich, vom Standpunkt der allgemeinen wirtschaftlichen, politischen und sozialen Lage.«

Semjon, der abwechselnd die ›Internationale‹ und den Trauermarsch ›Unsterbliche Opfer‹ gepfiffen hatte, unterbrach ihn.

»Wieder die alte Leier, Verkarmar: ›dialektisch‹, ›ökonomisch‹, ›pfulosophisch‹ . . . Versuch doch mal mit dem Kopf wie 'n einfacher Mensch zu denken. Welche Rolle spielt hier die NÖP, das richtige oder das falsche Bewußtsein? Huren hat's unter jedem Regime gegeben. Über die heißt's schon im Evangelium: ›Wer ohne Sünde ist, der werfe den ersten Stein‹ . . . Und ich glaub, daß es auch im Sozialismus zwar wenige, aber doch 'n paar Nutten geben wird. Vielleicht wird sich im wahren Kommunismus alles vollkommen ändern. Darüber will ich nichts sagen, aber in unserer Epoche werden sie noch existieren. Und ich meine: Ein ehrliches Mädchen, das ohne jedes Getue 'nen ganzen oder 'nen halben Rubel nimmt und dir's dafür richtig besorgt, ist doch viel besser, mir viel sympathischer als die heimlichen, die gerissenen Nutten, die manchmal sogar 'nen Komsomol-Ausweis haben. Die quietschen: ›Für ein neues Leben!‹, ›Nieder mit dem Spießbürgertum!‹ oder geben sich als intelligente Jungfrauen aus – ›Ach, wie kommen Sie denn darauf, so eine bin ich nicht, bin ganz anders‹. Erst halten sie dich zum Narren, verdrehen dir den Kopf und lassen dich so lange zappeln, daß dir's schon halb runtertröpfelt. Und du rennst vor lauter Hitze zum Standesamt, um dich registrieren zu lassen, wie sich's gehört. Am nächsten Tag fängt sie schon an zu nörgeln, daß du auch ja nicht mit deinen Freunden weggehst, nicht trinkst, daß du sie nicht als Genossin achten würdest, ihr nicht genug Aufmerksamkeit schenkst, ein Reaktionär und Spießer bist, daß du vergessen hast, die Schwiegermutter zu grüßen, grob zum Schwiegervater gewesen bist und so weiter. Jeden Tag wird sie 'nen Anlaß finden, dich zu quälen. – Und im stillen bumst sie dann ganz munter mit ihren Freunden für ein Dankeschön, mit dem Chef für die Karriere und mit irgendeinem Fremden für Geschenke. Dir aber wird sie die Piepen fürs Abtreiben aus der Nase ziehen. Oder sie bringt 'nen Bastard zur Welt, reicht die Scheidung ein, damit du ihr Alimente hinblätterst, und sie vergnügt sich, wie sie will. Aber alle sollen sie für 'ne Frau mit dem richtigen Bewußtsein, vielleicht sogar für 'ne Aktivistin halten. Vor solchen nehmt euch in acht, das sag ich euch allen – vor allem dir, Schriftsteller Wasilij.«

Mischa hatte seine Brille aufgesetzt, runzelte bald die Stirn, grinste bald, versuchte mehrere Male vergeblich, sich einzuschalten, und rief: »Jetzt reicht's aber!«

Semjon marschierte vor dem Tisch, an dem die Freunde saßen, auf und ab und holte weit mit den Händen aus. »Stör mich nicht, stör mich nicht, Verkarmar, du Theoretiker! Hör mir zu, Wasilij, und du, Grischa, ich erzähl euch, wie's Leben ist. Mischa ist 'n großer, gelehrter Marxist, 'n rühmenswerter Politökonom. Wenn er seine Natalka oder 'ne andere politisch bewußte Schönheit geheiratet hat, dann hält er ihr natürlich 'nen Vortrag über die aktuellen Aspekte und die politische Situation, bevor sie ins Bett gehen. Erst singen sie beide die ›Internationale‹ und fangen erst dann an, sich auszuziehen ... Und du, Gevatter Stilwass, du bist vom Dorf. Bist wohl kein einziges Mal ins Kino gegangen und nie mit 'nem Mädchen ausgegangen. Du hast ja Angst, daß dir die Mädchen von Charkow gleich die Hosen ausziehen und die Taschen umdrehen. Denn wie hat dich die Mama belehrt? ›Ach, Grischa, geh nicht zum Tanzen, denn die Mädchen da sind Hexen‹ ... Und du, Wasja, bist zwar 'n energischer Bursche, führender proletarischer Aktivist, aber von mir kannst du noch was lernen. Bin schließlich nicht im ersten Jahr in Charkow, so wie ihr. Hab die Schule im Waisenhaus, in der Kommune, und drei Jahre an der Rabfak durch. Und als ich obdachlos war, hab ich mich auf der Krim und in Odessa rumgetrieben. Kenn mich aus. Deshalb sag ich dir, Gevatter, wenn's dich zu sehr juckt, geh in die Apotheke, kauf dir für fünfzig Kopeken Gummis, damit's kein Risiko gibt, und sieh dich auf dem Boulevard um. Such die mit der Schirmmütze, oder vielleicht findest du noch 'ne bessere. Dann bumst du für dein Geld, dir wird's leichter ums Herz und hast keine anderen Sorgen mehr.«

6

In den Übungen des Seminars für Politökonomie erklärte Wasilij den Unterschied zwischen dem konkreten und dem abstrakten Wert.

»Nehmen wir zum Beispiel meine Hose. Dafür hab ich sechs Rubel bezahlt. Für mich ist das ein völlig konkreter Gebrauchswert. Ich habe bezahlt und trage die Hose. Aber wenn Marusja eine Hose für ihren Mann kauft, dann ist das für sie ein abstrakter Wert.«

Marusja, geschmeichelt von seiner Aufmerksamkeit und der Erwähnung ihrer gerade geschlossenen Ehe, lachte. »Was heißt abstrakt? Sechs Rubel – das ist sogar sehr konkret.«

Wasja forschte sowohl in Büchern und Aufzeichnungen wie in allen Seminaren nach Erklärungen, nach einleuchtenden Interpretationen. Die Wissenschaften mußten einen realen nützlichen Sinn haben.

Physik, Chemie, Geographie, Mathematik gaben sofort zu erkennen, daß sie notwendig und nützlich waren. Die Geschichtswissenschaft konnte ihm helfen, den Sinn des Lebens sowohl der ganzen Gesellschaft als auch jedes einzelnen Menschen, den Sinn dessen, was in der Welt und um ihn herum geschah, besser zu verstehen.

Mit der Politökonomie dagegen war es schwieriger. Zuerst schien alles klar zu sein: Die Menschen der Urgesellschaft tauschten eine Axt gegen ein Fell ein, Ware gegen Ware, also W-W. Übrigens nicht nur die Menschen der Urgesellschaft. Er erinnerte sich, daß die Bewohner seines Dorfes Stiefel gegen Speck eintauschten. Und er selbst hatte als Kind oft kleine Messer, die er in der Schmiede seines Vaters angefertigt hatte, gegen Bleistifte und Bonbons getauscht ... Dann, als das Geld aufkam, begann man, eine Ware zu verkaufen und für den Erlös eine andere zu erwerben: W-G-W.

Aber schon beim abstrakten und konkreten Wert, dem Gebrauchs- und Tauschwert, bei der konkreten und der abstrakten, aber gesellschaftlich nützlichen Arbeit kannte sich eigentlich nur noch Mischa Verkarmar aus. Aber er erklärte alles zu fade, wiederholte nach jedem Wort »Also, das heißt ...« oder »Unter diesem Gesichtspunkt ...«, und seine Erklärungen waren noch undurchsichtiger als die Vorlesungen oder Bücher.

Semjon tröstete die betrübten Rabfak-Studenten: »Was gibt's da zu verstehen? Müßt die Prüfung eben so ablegen, daß ihr ›Gut‹ oder wenigstens ›Befriedigend‹ kriegt. Danach vergißt man sowieso alles und will sich gar nicht mehr dran erinnern. Büffelt also jetzt einfach die Formulierungen auswendig! Läßt sich sogar leichter lernen, wenn man nichts versteht – dann stören keine fremden Gedanken.«

Aber später, als sie begannen, den Mehrwert und den Profit durchzunehmen, wurde alles wieder verständlicher: So wurde also der Saft aus dem Arbeiter gequetscht! Den halben Tag oder mehr mußte er umsonst für den Kapitalisten arbeiten.

Das Seminar in Politökonomie hielt die Assistentin Rita Moisejewna ab, ein schmächtiges Mädchen mit dunkelbraunen Haaren, dicker Brille und fast immer ernst gerunzelter Stirn. Sie lächelte selten und hilflos, beeilte sich, ihr Lächeln erlöschen zu lassen, schaute dann noch finsterer drein, und purpurrote Flekke überzogen ihre blaßrosa Wangen.

Semjon gab sich besondere Mühe, in ihrem Unterricht zu glänzen. Ständig hob er die Hand und stellte Fragen, die bezeugen sollten, daß er tief nachdachte und nicht nur das Lehrbuch, sondern sogar ›Das Kapital‹ aufmerksam las. Wenn andere sprachen, warf er halblaut witzige Bemerkungen ein, die Rita Moisejewna unwillkürlich lächeln ließen.

Abends erzählte er den Freunden davon.

»Unser Verkarmar fängt an, langatmig zu schwatzen. Hier, also, ist einerseits, unter diesem Gesichtspunkt, die Wertgröße, und dort, also, ist sozusagen die Profitrate, unter diesem Gesichtspunkt, andererseits ... Redet und redet, aber er kommt nicht zur Sache. Du bist vielleicht ein sehr gebildeter Politökonom, sag ich, aber wenn du Kapitalist werden würdest, wärst du sehr schnell ruiniert. Dann müßtest du unter diesem Gesichtspunkt, einerseits und andererseits um Almosen betteln. Meine Ritotschka hat sich fast verschluckt vor Lachen. Hat dann aber gleich die Brauen zusammengezogen. ›Bitte, Genossen, bewahrt Disziplin. Entgegnungen von den Plätzen sind fehl am Platz. Wir haben hier ein Seminar, kein Meeting.‹ Und sie selbst war ganz rot geworden, wie 'ne Erdbeere.«

Der Rabfak-Student Wasilij holte die älteren Studenten in allen Fächern ein und überholte sie sogar. Manchmal stellte er ihnen Fragen, die selbst der gelehrte Mischa nicht beantworten konnte. Dafür freute sich Semjon, denn diese Fragen gaben ihm die Möglichkeit, im Seminar immer wieder die Hand zu heben.

Semjon hatte begonnen, sich täglich zu rasieren, und bügelte sogar mehrere Male seine Hose.

Als Wasilij fragte, wie hoch der Mehrwert, die Profitrate und die Ausbeutungsrate unter der Diktatur des Proletariats in sowjetischen Fabriken sein sollten, entfachte er eine heftige Diskussion im Zimmer, die zu ganz unerwarteten Ergebnissen führte ...

»Hast mir 'nen Bärendienst erwiesen, du Dichter Wasilij! Ich habe auf dich gehört und Rita gefragt, und sie fing vom zusätzlichen Sozialprodukt an. Das ist ganz was anderes als der Mehrwert. Und da wollte einer wissen, weshalb der Lohn in den Fabriken der Kapitalisten meist höher ist als bei uns. Sie wird wieder ganz rot und heftig: ›So was gibt's nicht!‹ Aber bei uns im Kursus sind zwei Burschen aus Lwow, haben dort bei der Eisenbahn als Schlosser gearbeitet. Und dann waren sie auch als Schlosser hier im Eisenbahndepot, bevor sie zur Rabfak kamen. Der eine sagt: ›Dort kriegt man 'nen höheren Reallohn. Um eine Hose zu kaufen, mußte ich dort einen Tag arbeiten, hier aber brauch ich mindestens zwei, wenn nicht drei Tage.‹ Und dann meint er noch: ›Dort haben wir gegen die Akkordlöhne gekämpft, haben gestreikt. Akkordlöhne sind reinste Ausbeutung. Hier aber wird auch wieder im Akkord gearbeitet, und man darf sich keine Kritik erlauben, sonst heißt's Untergrabung der Arbeitsdisziplin, kleinbürgerliche Anarchie.‹

Meine Ritotschka war so außer sich, hätte schon fast geweint. ›Wie kann man das nur vergleichen? Dort sind die Kapitalisten die Herren; der ganze Mehrwert wird zu ihrem Nutzen, für ihren Luxus verwendet. Wir aber arbeiten für uns selbst, der Arbeiter- und Bauernstaat bekommt das Sozialprodukt ...‹

Sie war ganz aufgeregt, der Unterricht ging zu Ende, und wir stritten uns noch weiter auf dem Flur. Dann hab ich sie nach Hause gebracht. Sie wohnt mit einer Freundin zusammen, haben zu zweit ein Zimmer. Die Freundin unterrichtet Geschichte des Klassenkampfes im Volksbildungsinstitut. Wir tranken Tee, aßen Kringel und Bonbons dazu. Meine Ritotschka ist zu Hause ganz anders. Lächelt öfter und wird nicht so leicht rot. Hat die Brille abgenommen, und ihre Augen sind sanft und ganz lebhaft.

Dann brachte sie den Professor selbst mit ins Seminar. Um

uns den Kopf zurechtzurücken. Er sagte, daß solche Fragen nach der schädlichen Demagogie der parteifeindlichen Opposition klingen, der Trotzkisten, Dezisten und noch welcher Isten ... Wieder gab's Diskussion, und wieder brachte ich Ritotschka nach Hause und trank Tee bei ihr. Ihre Freundin war weg, die treibt sich mit irgend 'nem Physiker oder Chemiker rum ... Aber Rita hat Prinzipien. Weißt du, was sie mir gesagt hat: ›Vielleicht heirat ich dich irgendwann mal, aber erst, wenn du bewiesen hast, daß du's mit unserer Beziehung ernst meinst; und erst, wenn ich selbst überzeugt bin, daß ich mich nicht einfach in einen lustigen, netten Burschen verguckt habe, sondern es eben auch ganz ernst fühle.‹ Und dann befahl sie: ›Du kannst nicht mehr in mein Seminar gehen, denn jetzt haben wir persönliche Beziehungen, und im Unterricht darf's keine Vetternwirtschaft geben. Und wenn du zu mir in die Prüfung kommst, werde ich dir zweimal schwerere Fragen stellen als den anderen. Und deinen Freunden auch. Warne sie, daß sie auf Protektion nicht zu hoffen brauchen.‹ Die hat vielleicht Prinzipien! Sie ist schon lange Komsomolzin. Sieht zwar ganz jung aus, ist aber schon 25 Jahre alt. 1903 geboren. Deshalb sagt sie, daß sie ›eine Altersgenossin des Bolschewismus‹ ist. Nur zweieinhalb Jahre älter als ich, aber sie hat am Bürgerkrieg teilgenommen. Als Barmherzige Schwester in einer Komsomolzen-Brigade. Und bei der Allukrainischen Komsomol-Konferenz war sie als Delegierte. Zugegeben, sie ist bürgerlicher Herkunft: Ihre Eltern sind beide Ärzte in Poltawa. Jetzt arbeiten sie in Polikliniken, doch früher hatten sie eine Privatpraxis. Aber Rita hat sich von ihnen nicht losgesagt, erzieht sie um. Sie verdient nicht schlecht, um die 150 Rubel, na, und ich krieg ein Stipendium. Wir haben schon ein Zimmer bei einer alten Frau gemietet. Vorübergehend. Also vorläufig geb ich mein Bett hier noch nicht auf. Man hat uns 'nen Platz in 'nem Familienheim versprochen.«

Mischa sah den Freund mitleidig an. »In einem Familienheim? Das heißt doch: ein privates, individualistisches Dasein. Da gibt's manche Gefahren: Da riskiert man, Spießerfett anzusetzen oder auch ganz dekadent zu werden ... Du hast doch gesagt, daß du nie heiraten willst, lieber mit Nutten gehst.«

»›Der Kirschbaum hat gesagt, ich will nicht blühen, das Mädchen hat gesagt, ich will nicht heiraten.‹ Kann schon unbedacht gesagt werden, wenn einem allzu gebildete Trottel mit Fragen auf die Pelle rücken. Und du mit deiner Schönen, die so schwarze Augen hat? Bestehen da keine Gefahren? Wie wollt ihr die proletarische Lebensart aufrechterhalten? Werdet wohl nur zu zweit Bücher lesen und auf Versammlungen gehen?«

Grischa eilte dem verwirrten Stubenältesten zu Hilfe. »Und du, Gevatter Schwarpf, hast du dich schon mit deinem Schwiegervater und deiner Schwiegermutter bekannt gemacht? Das sind doch Intelligenzler. Die wollen wahrscheinlich, daß du 'ne Krawatte oder 'ne Fliege trägst und 'ne gestärkte Hemdbrust. Hier, ich hab's dir erstmal aus Papier gemacht: Das ist die Hemdbrust, das die Fliege, üb ein bißchen. Kannst dir später richtige kaufen ... Hör mal, die sind doch Juden. Wollen vielleicht, daß du dich beschneiden läßt. Nach deren Ansicht ist ein Unbeschnittener unrein ... Wieso wirfst du mit Kissen? Gut, daß es kein Koffer ist. Ärgere dich nicht, Gevatter Schwarpf, ich will dir doch nur als Freund Ratschläge geben. Vergiß nicht, wenn du beschnitten bist, mußt du deine Frau zwei Wochen in Ruhe lassen. Halt's aus, sonst kann er sich entzünden, vereitern und vielleicht ganz abtrocknen. Dann bist du schon kein Jude, sondern ein türkischer Eunuch ...«

Wasilij hielt Semjon auf, der um den Tisch herum hinter dem Spötter herjagen wollte.

»Laß das, im Ernst! Ich muß in der nächsten Woche 'ne Prüfung machen. Und nur deine Rita hält sie ab. Erzähl also nichts von mir, wenn sie solche Prinzipien hat.«

»Zu spät. Wie hätt ich denn nichts über den großen Dichter erzählen können? Sie will ja nur deshalb mit mir zusammen sein, weil ich so berühmte Freunde hab.«

Auf diese Prüfung bereitete sich Wasilij besonders sorgfältig vor. Semjon besuchte die Freunde und erzählte, wie unerbittlich streng Rita als Prüferin sei.

»Worauf sie ganz besonders scharf ist? Sie sagt, daß man in Mathematik, Physik und Chemie büffeln, fremde Einfälle auswendig lernen muß. Aber in den politischen, ideologischen Wissenschaften muß man selbst nachdenken, das Gehirn anstrengen, mit dem Herzen dabeisein ... Für sie ist am wichtigsten, daß die Theorie mit der Praxis, mit den aktuellen Aufgaben der Gegenwart verbunden wird. Sie treibt mich an, beschämt mich oft und verlangt dauernd: ›Denk nach, überlege, komm zum Kern der Sache.‹«

Grischa nickte mitfühlend. »Und wenn du nicht überlegst, läßt sie dich natürlich nicht ins Bett. Du Trottel begreifst also nicht, was die relative Grundrente vom Standpunkt der NÖP aus ist – gut, dann schlaf eben auf dem Fußboden, armer Hund! Was soll das? Wieso knuffst du mich in den Magen? Trainierst für eure häuslichen Diskussionen?«

Wasilij nahm zur Prüfung eine Aktentasche mit, die so mit Büchern vollgestopft war, daß die dunkelroten Umschläge der großen ›Kapital‹-Bände leicht zu erkennen waren.

Rita sah ihn forschend an. Ihre Augen wirkten durch die dicken Brillengläser übermenschlich groß und kalt.

»Lesen Sie Zeitungen? Gut. Sie wissen, was sich in China abspielt? Also folgende Frage: Wie läßt sich die heutige Politik der chinesischen Kommunistischen Partei im Lichte der Marxschen Warentheorie erklären?«

Ein Gefühl kühler Leere unter der Herzgrube. Sie fragte so was nur, um ihn durchfallen zu lassen. Er hatte sich zu früh gemeldet, wollte eher als alle anderen Rabfak-Studenten zum richtigen Studenten werden. Weshalb war sie so böse? Hatte Semjon wirklich irgendwelchen Unsinn über ihn geschwatzt? Dabei hatte er noch damit angegeben, daß er die Freunde immer über alle Maßen lobte. Oder hatte er vielleicht zu dick aufgetragen, und Rita wollte seine Worte jetzt überprüfen? Aber irgendwie schien es ihm, daß sie nicht zornig, sondern spöttisch dreinschaute.

»Denken Sie ein bißchen nach. Sie brauchen sich nicht zu beeilen. Setzen Sie sich dort drüben, an der Seite, hin und bereiten Sie sich vor. Sie können sich eine kurze Zusammenfassung Ihrer Thesen machen. Auch Bücher dürfen Sie benutzen, denn auf diese Frage gibt's in den Büchern keine fertige Antwort. Sie müssen die Antwort selbst finden, indem Sie die marxistische Theorie mit der politischen Praxis verknüpfen.«

Sie sprach, als würde sie vom Blatt lesen. Wie eine richtige Professorin. Und dieses kluge, gelehrte Mädchen drückte Semjon an sich, der wälzte sich mit ihr ebenso herum wie er früher mit der langbeinigen Ganja aus dem Bergwerk? Nein, bei der hätte ihm der Mut gefehlt. Und welchen Spaß würde es mit einer so Hageren, Bebrillten auch machen? Plötzlich versuchte er, sich vorzustellen, wie sie unter der grauen Strickjacke und dem blauen Rock aussehen mochte. Der war so weit und lang, daß ihre Beine nicht zu erkennen waren ... Wasja spürte, daß er errötete, schwitzte, und er ärgerte sich.

»Ich brauche mich da nicht vorzubereiten.« Der Förmlichkeit halber wechselte er ins Ukrainische. »Ihre Frage ist nicht ganz leicht, aber auch nicht allzu schwierig ... Was sagt uns Marx' Theorie über die Ware und die Warengesellschaften?«

Er plapperte in selbstbewußtem und gewandtem Tonfall. Die Hauptsache war eben, nicht innezuhalten, nicht zu stocken. Das hatte er schon in der Schule gelernt und an der Rabfak noch weiter entwickelt. Sogar der schlaue Grischa wunderte sich, woher der unbeholfene, bedächtige Bursche die plötzlichen Ausbrüche von Dreistigkeit und die Ströme unermüdlicher Beredsamkeit hatte.

Rita hörte so etwas offensichtlich zum erstenmal. Sie riß verwundert die Augen auf und bemühte sich, aufmerksam zuzuhören. Doch Wasilij jagte schon über den ausgetretenen Weg.

»Zuerst möchte ich von dem Wertgesetz reden, das Marx gemeinsam mit Engels entdeckte.« Er sagte sorgfältig ein Zitat aus dem ›Kapital‹ auf und warf lässig hin: »Ende des Zitats, Anführungsstriche zu.« Danach fuhr er rasch fort, ohne Atem zu schöpfen: »Daraus geht die Warentheorie hervor, die sich auf jene Entdeckungen von Marx gründet, die die Natur der Ware erklären. Sie ist ein Gegenstand, der, dialektisch gesehen, gleichzeitig sowohl einen konkreten Gebrauchswert wie einen allgemeinen Wert hat ... Also stellen sich der chinesischen Kommunistischen Partei, die heutzutage unter den Bedingungen der Warengesellschaft heldenhaft kämpft, besondere Aufgaben.«

Und er gab ebenso rasch alles wieder, was er auf Versammlungen gehört und in Zeitungen gelesen hatte; dabei sprach er die chinesischen Namen, die Bezeichnungen von Städten und Provinzen deutlich und genießerisch aus.

Die Brillengläser blitzten freundlich, Rita lächelte plötzlich froh und zutraulich wie ein Kind.

»Einfach ausgezeichnet. Ich sehe, daß Semjon nicht übertreibt. Weiter werde ich Sie nicht prüfen. Das heißt, ich kann Sie zu einem Besuch bei uns einladen. Kommen Sie abends zum Tee, und bringen Sie auch Ihre Freunde Michail und Grigorij mit.«

Schließlich heiratete Semjon. In den Winterferien ließen Rita und er sich im städtischen Standesamt registrieren und zogen in ein Zimmer im riesigen dunkelgrauen Gebäude des »Arbeitspalastes« um, wo zwei Etagen – mit langen Fluren – in Familienwohnheime umgewandelt worden waren. Rita und Semjon erhielten ein großes Zimmer mit Möbeln vom Staat. Das ausladende Bett mit Eiseneinsatz und hohen gußeisernen Stützen, geschmückt mit glänzenden Kugeln, sah völlig bourgeois aus, nachdem die beiden eine Sprungfedermatratze gekauft hatten. An einem Fenster stand ein Schreibtisch zum Arbeiten, an dem anderen ein Küchentisch für die Mahlzeiten, an den Wänden mehrere Stühle von unterschiedlicher Farbe und Größe. Es gab einen geräumigen Kleiderschrank, einen etwas kleineren Geschirrschrank und zwei Büchergestelle. Aber Stapel von Büchern, Zeitschriften und Zeitungen lagen auch auf den Fensterbänken, den Tischen, Stühlen und sogar auf dem Bett. Ein kurzer Gang führte vom Zimmer auf den Flur. Dort hatte Semjon aus zwei Brettern einen Tisch für den Primuskocher und darunter eine »Speisekammer« – einen mit einem Türchen zu verschließenden Kasten für die Lebensmittel – gebaut. Dies war ihre »eigene Küche«. Rita und Semjon erklärten, wieviel bequemer das sei als in der Gemeinschaftsküche, wo ständig nicht weniger als ein Dutzend Primuskocher zischten und schnauften und wo sich die leisen Gerüche von Zwiebel, Knoblauch, Magerbutter, Öl, Perlgraupen- und Hirsegrütze mit dem heißen Gestank und dem erstickenden Qualm von verkohlten, angebratenen, zu lange schmorenden Speisen vermischten.

Der allgemeine Waschraum wurde gleichzeitig auch zum Reinigen der Wäsche benutzt. Einige Bewohner hatten kleine Kinder. Auf dem Flur roch es sauer nach feuchten Windeln.

Die Küche, die beiden Waschräume, die Toiletten und der Flur wurden von verstaubten Glühbirnen beleuchtet. Grelle Plakate und verschwommene, mit der Maschine geschriebene Erklärungen forderten die Bewohner auf: »Achtet auf Sauberkeit und Hygiene!« Aber im Waschraum und in den Toiletten wurden die Pfützen nie getrocknet, darin schwammen Zigarettenstummel und Papierabfälle. An den Wänden entlang zogen sich Häufchen von zusammengefegtem Staub und Schmutz.

Rita und Semjon sagten, daß sich bald alles ändern werde. Auf einer allgemeinen Versammlung der Flurnachbarn habe man schon einen Vorstand und eine Gesundheitskommission gewählt. Man werde sofort einen »Dienst- und Putzplan« zusammenstellen. Bis jetzt sei es nicht dazu gekommen, weil hier Studenten und Lehrer aus verschiedenen Instituten, Angestellte verschiedener Ämter lebten und weil manche – die, die in Charkow auf Dienstreisen sind – sich überhaupt nur kurzfristig, mal eine Woche, mal einen Monat, hier aufhielten. Deshalb habe sich niemand verantwortlich gefühlt, man habe nicht einmal gewußt, wer die Reinemachefrauen bezahlen müsse. Auf der anderen Etage herrsche dagegen Ordnung. Dort gehöre jeder Flur zu einem bestimmten Institut, dem Bezirkssowjet, einem Werk oder Trust. Aber hier verdürben viele Köche den Brei.

Die Gäste – Wasilij, Michail, Grischa und drei Mädchen – waren ganz nüchtern, als sie die Wohnung der Neuvermählten nach dem ersten Besuch verließen. Alle zusammen hatten eine halbe Flasche Wodka, sechs Flaschen Bier und sechs Flaschen Limonade getrunken. Und der Imbiß war ungewohnt reichlich gewesen: eine Schale Gemüse- und Fleischsalat, eine Schüssel Gehacktes mit Auberginen, ein Bündel Zärten, ein großer Teller mit Hering, Tomaten, Gurken, Leber- und Teewurst. Danach hatten sie Tee getrunken und Kekse gegessen.

Lange nahmen sie voneinander Abschied. Rita und Semjon sprachen unnatürlich einschmeichelnd und laut. »Kommt doch öfter vorbei ... Jetzt kennt ihr ja den Weg ... Vergeßt nicht: Hier ist auch für euch eine Bleibe.«

Semjon stützte die Wange altweiberhaft auf eine Hand und schluchzte: »Ach, liebe Gevatter, Brüderchen, vergeßt die arme Waise nicht! Wer wird mich ohne euch schützen, wer wird mir den rechten Weg zeigen?«

Sie gingen lachend davon. Aber kaum waren sie auf die winterliche, nächtliche Straße hinausgetreten, wurden sie still und traurig. Die Jungen schlenderten getrennt von den Mädchen zur Straßenbahn. Mischas Freundin, Natalka mit den schwarzen Zöpfen, schaute sich mehrere Male verärgert um. Er aber hörte Wasilij konzentriert zu.

»Genau das ist doch geschehen, was man meint, wenn man sagt, daß einer ›vom Alltag verschlungen wird‹. Wenn sich das Eigene, das Persönliche vom Allgemeinen loslöst ... Unser Semjon ist schon nicht mehr wiederzuerkennen. Ganz anders ist er geworden. Macht weniger Witze. Und wie stolz er darauf ist, daß er da einen Untersatz für den Primuskocher gebastelt hat: ›Die persö-ö-nliche Küche!‹ Und träumt davon, sich noch ein Büchergestell zu kaufen. Unser Schwarzpfeffer setzt Fett an ... Wartet nur, die schaffen sich noch 'nen Kanarienvogel an, und Spitzendeckchen fürs Bett, Plüschsessel, hängen Bilder in vergoldeten Rahmen und eine Lampe mit Glasperlen auf.«

Grischa knurrte ärgerlich: »Und wie möchtest du, daß sie leben? Sollen wohl auf nackten Brettern schlafen? Und die Bücher auf den Fußboden, auf alte Zeitungen legen? Und an der

Wand eine Wandzeitung und Plakate aufhängen: ›Tretet in die MOPR[11] ein!‹ ... Dann würde er kein Fett ansetzen?«

»Was ich möchte? Es kommt nicht drauf an, was einer von uns möchte. Ich werd vielleicht nie aus dem Wohnheim ziehen – hab mich schon dran gewöhnt, mit anderen zu arbeiten und zu leben. Für mich ist nur wichtig, daß alles sauber und ordentlich ist, daß alle Hefte und alles Gerümpel seinen Platz hat. Wie die Geräte eines guten Meisters im Werk.«

»Das hast du dir alles gerade eben ausgedacht. Machst dir selbst was vor. Ich kenn dich doch schon gut. Weiß, wie schwer's dir fällt, im Wohnheim, mit anderen zusammen, zu leben. Dabei sind wir nur zu dritt oder zu viert und sind ja alle untereinander gute Freunde ... Und trotzdem wird's einem oft zuviel. Dir und ihm und mir, obwohl ich von klein auf gewöhnt bin, mich mit anderen zu drängeln ... Unterbrich mich nicht, laß mich ausreden! Ich mach dir ja gar keine Vorwürfe, ich rede über mich selbst. Wir sind doch Menschen, keine Schafe, die immer in 'ner Herde sein müssen. Manchmal will man eben auch allein oder zu zweit sein ... Beim Schreiben ärgert's dich doch, wenn ringsrum Krach gemacht wird. Noch schlimmer, wenn einer dich in ein Gespräch, auch ein gutes, verwickeln will ... Und du, Verkarmar, gehst mit deiner Natalka auf der Straße spazieren. Dabei ist's schon Winter, und ihr friert euch was ab. Du kannst mich schlagen, aber ich glaub dir nicht, daß ihr nicht von eurem eigenen Winkel träumt, damit ihr ganz für euch sein könnt, kann auch noch so klein sein ... Wasilij möchte aber, daß ihr immer im Kollektiv bleibt. Stell dir vor: ›Gestattet ihr, liebe Genossen, daß Genossin Natalka und ich uns küssen? Wer ist dafür? Wer dagegen? Wer enthält sich?‹«

»Dummes Zeug, Gevatter Stilwass, dummes Zeug ... Und du, lach nicht, Mischa! Das ist doch Demagogie. Reinste kleinbürgerliche, spießbürgerliche Demagogie! Will ich denn etwa leben wie in 'ner Schafherde? Nein, ich bin nicht gegen das persönliche Leben. Ich verstehe sehr gut, daß es für jeden Augenblicke gibt, in denen er allein, ganz allein sein möchte, nur auf sich gestellt oder zu zweit, nur zu zweit ... Das versteh ich genauso gut wie du, vielleicht sogar besser. Aber ich meinte was anderes. Die Lebensumstände sollen nicht stärker als der Mensch sein.

[11] Internationale Hilfsorganisation für die Kämpfer der Revolution; 1922 gegründet, existierte auf internationaler Ebene bis zum Zweiten Weltkrieg, in der UdSSR bis 1937. (Anm. d. Übers.)

Oder sogar: Die Lebensumstände dürfen den Menschen nicht aus der gesellschaftlichen Existenz rauslösen ... Begreifst du? Unser persönliches Leben, unser Familienleben darf nicht spießig sein, nicht so, daß jeder nur für sich sorgt, sich in seinen eigenen Winkel verkriecht, in die eigene Tasche wirtschaftet, sondern es soll ein neues Leben sein, ein proletarisches, sozialistisches ...«

»Und wie stellst du's dir vor, dieses neue Leben? Ich bin nur ein einfacher Kerl vom Dorf, aber ich möcht mir das ganz genau klarmachen. Wenn gesagt wird, daß kapitalistisches Eigentum so aussieht und sozialistisches ganz anders, dann versteh ich ganz genau, was das eine und was das andere ist. Aber bei den Lebensumständen komm ich nicht dahinter. Soll's in der Familie so sein wie in einem Institut – alles nach Plan, oder wie in einer Fabrik – wie's die Norm verlangt? Oder wie auf 'ner Versammlung: ›Haben zur Kenntnis genommen, haben beschlossen‹? Soll alles so weit wie möglich kollektiv sein? Na ja, das Schlafzimmer immer noch für zwei, aber die Küche muß schon gemeinschaftlich sein wie ein Speisesaal? Alle Kinder gehen in Krippen, in Kindergärten? Und die Mahlzeiten überall nach Stimmenmehrheit? Zwanzig Leute wollen Borschtsch, und nur achtzehn stimmen für Graupensuppe. Das heißt, alle haben Borschtsch zu essen. Und wenn einer plötzlich Nudelsuppe haben will, dann hat er Pech gehabt ... Oder vielleicht gibt's nach Plan am Montag Borschtsch, am Dienstag Graupensuppe und am Samstag auch noch Nudeln? Und ob man ins Kino, ins Theater oder zum Fußball geht, entscheidet das auch das Kollektiv?«

»Nein, so nicht. Weshalb beißt du dich fest, spielst den Trottel? Wie die neuen Lebensumstände sein sollen, das müssen viele, alle entscheiden, durchführen. Ein Kopf allein reicht da nicht. Aber ich denk mir das so: Semjon und Rita sind sehr zufrieden, weil sie eine eigene Wohnung, ein eigenes Bett, eine eigene Küche mit Primuskocher haben. Deshalb ist ihnen schon ganz egal, daß gleich nebenan in ihrem Haus – heißt ja dazu noch ›Arbeitspalast‹ – Schmutz und Abfälle rumliegen wie in einer Müllgrube ... Die blicken nicht über ihren eigenen Tellerrand. Genau das ist die alte Lebensweise. Scheußlich! Und wenn sie auch Porträts der Führer aufhängen, Marx und Engels und nur die Parteipresse lesen und revolutionäre Lieder singen, dann ist's sogar noch schlimmer, wenn sie nur für sich leben, in ihrem Plunder steckenbleiben wie ein Karren im Sumpf – nicht hü, nicht hott! Dann ist das eben Spießertum, Verfettung, Rückentwicklung ... Majakowskij hat 'nen wahren Vers geschrieben: ›Gefährlicher als Wrangel[12] ist das Spießertum.‹

Wie soll man dagegen kämpfen? Sehr einfach: Wenn sich alle so zusammenreißen, wie Rita sagte, wirklich gemeinsam für Sauberkeit und Ordnung verantwortlich sind, wenn sie den Nachbarn nicht nur ›Guten Tag‹ und ›Auf Wiedersehen‹ sagen, sondern zusammen gute Dinge unternehmen – Kulturausflüge ins Theater machen, an Feiertagen abends zusammenkommen, vielleicht sogar eine gemeinsame Bibliothek anschaffen –, dann entwickeln sich bei allen auch andere Interessen ... Gut, nehmen wir Semjon und Rita und rechnen aus: im Institut werktags acht bis zehn Stunden – Unterricht und gesellschaftliche Arbeit; zum Essen und zum Schlafen noch mal acht bis neun Stunden. Also bleiben jeden Tag fünf bis sechs Stunden fürs persönliche Leben: Spaziergänge, Liebe, Unterhaltung und auch Arbeit für die gesellschaftlichen Bedingungen. Auf dem Flur, im Waschraum, in der Gemeinschaftsküche muß manchmal Hand angelegt werden. Lakaien, Stubenmädchen, Köchinnen gibt's für sie nicht und darf's nicht geben ... Wenn schon so viele Menschen auf einem Haufen leben, muß man eine Rote Ecke haben, eine Rundfunkstelle einrichten, Kulturarbeit betreiben ... Und dann übernehmen alle der Reihe nach eine Pflicht, die ihnen keine Mühe, sondern Spaß macht. Überlegt mal, auch in Dörfern, wo alle in einzelnen Häusern wohnen, sorgen die Leute dafür, daß eine Gemeinschaft besteht. Früher versammelten die sich jeden Sonntag in der Kirche, und auch jetzt treffen sich Nachbarn und Verwandte an Feiertagen, laden Gäste ein, gehen zu Besuch, singen und tanzen. Im Winter kommen die Mädchen abends zusammen, und später kommen zu ihnen auch die Burschen, da wird gequatscht und gesungen. Hochzeiten und Taufen feiert man in großer Gesellschaft, gemeinsam begräbt man Verstorbene und hält den Leichenschmaus ab ... Bei der neuen Lebensweise gibt's auch gemeinsame Feiertage, Bunte Abende, Bewirtungen, nur eben ohne Popen, ohne Gefräßigkeit, Saufgelage und Schlägereien, sondern fröhlich und kultiviert. Statt des Gottesdienstes gibt's zum Beispiel eine Aufführung des Theaterzirkels, eine lebendige Zeitung, 'nen Vortrag mit Laterna magica oder sogar einen Film. So daß auch die Formen wie der

[12] Pjotr Wrangel (1878–1928), Generalleutnant; 1918–1920 einer der Führer der Weißen im russischen Bürgerkrieg. (Anm. d. Übers.)

Inhalt neu sind – proletarisch, revolutionär ... Das ist doch klar und verständlich? Wozu muß hier Demagogie reingebracht werden?«

»Ganz klar! Klar wie Kloßbrühe. Verkarmar ist schon so aufgeklärt, daß er seiner Natalka nachgelaufen ist. Siehst du, wie er sie untergefaßt hat? Erklärt ihr wahrscheinlich die neue Lebensweise. Und Ritas Freundinnen wissen wohl schon alles. Sind in die Straßenbahn gestiegen ... Macht's gut, Mädchen, und vergeßt uns nicht! Mit der neuen Lebensweise ist's also ganz einfach: Wanja und Manja haben im Klub geheiratet und einen Vortrag über die aktuelle Lage oder, besser noch, gegen Trunkenheit und Abtreibung gehört. Na, und eine lebendige Zeitung über das gleiche ... Zur Taufe findet im Klub dann schon ein Vortrag des Doktors statt: ›Syphilis ist keine Schande, sondern ein Unglück.‹ Und wenn sie den Großvater oder die Großmutter beerdigt haben, gehen sie wieder in den Klub und sehen sich eine lustige Komödie an ... Alles klar.«

Semjon schlug vor, daß alle zusammen zur Erinnerung ein Gruppenfoto machen ließen. Grischa blickte nachdenklich, träumerisch drein. »Und dann hängst du dir das Foto an die Wand, neben das Bild ›Die Kosaken von Saporoshje‹[13]. Mit der gemeinsamen Unterschrift: ›Väter und Söhne‹ oder, besser noch, ›Die alte und die neue Lebensweise‹ ... Dazu muß Gevatter Grodich sich natürlich ein Verschen ausdenken. Ein schönes Verschen über die Kosaken und über uns.«

»Ein Verschen? Bitte sehr. Nimm 'nen Bleistift und schreib's auf: ›Selbst in den allerschlimmsten Zeiten ergötzten wir uns an den schönen Seiten. Und in dem Volkswirtschaftsinstitut tut nur die ernste Haltung gut‹ – und das kommt dann unter die ›Kosaken von Saporoshje‹.«

Am nächsten Sonntag rasierten sie sich besonders sorgfältig. Wasilij zog sich seine neue Hemdbluse aus Tuch an, Grischa sein Feiertagshemd aus Baumwolle, das auf der Brust und an den Ärmeln mit schwarzroten Mustern bestickt war. Michail holte aus der Tiefe seines Koffers eine schwarzrote Krawatte hervor und band sie sich über sein frisch gebügeltes blaues Hemd.

[13] Gemälde des russischen Malers Ilja Repin (1844–1930); vollständiger Titel: ›Die Kosaken von Saporoshje schreiben einen Brief an den türkischen Sultan‹. (Anm. d. Übers.)

Semjon erwartete sie im Eingang des Hotels Krasnaja auf dem Hauptplatz. Dort befand sich im Erdgeschoß, wie er versicherte, »das beste Fotostudio der Republik«. Er hatte sich auch rasiert und sogar das Gesicht leicht gepudert. Seine dunkelblaue wollene Hemdbluse mit ihren großen, aufgesetzten Taschen sah aus wie eine Militärjoppe. Auf der Brust glänzten rote, vergoldete Emailleabzeichen mit den Aufschriften: »KIM«[14], »MOPR« und »OSOAWIACHIM«[15].

Im großen Foyer vor den Milchglastüren des Fotostudios saßen schon recht viele wartende Menschen. Die Garderobe gegenüber blitzte von silbern poliertem Blech auf dunkelrotem Holz. Ein breitschultriger, braunbärtiger Portier in grüner Uniform mit vergoldeten Borten unterhielt sich mit zwei Garderobieren, einem rüstigen alten Mann und einem jungen Burschen.

Semjon gab Erklärungen ab, als sei er der Hausherr, der Gäste empfing. »Dies hier ist, kann man sagen, das erste Hotel von Charkow . . . Es gibt noch andere Hotels, aber dies läßt sich als wichtigstes, als erstes bezeichnen. Hier werden die verantwortungsvollsten Funktionäre aus Moskau und der Umgebung untergebracht, hier wohnen auch die wichtigsten Ausländer, die im Auftrag der Komintern oder als Diplomaten herkommen. Wer einfach nur auf Dienstreise ist oder überhaupt die gewöhnlichen Leute gehen ins Hotel Spartak auf dem Rosa-Luxemburg-Platz.«

Der Portier und die beiden Garderobiers stürzten jäh einem kleinen alten Mann mit schmalem Bärtchen, in Pelzmütze und -mantel entgegen.

Grischa pfiff leise durch die Zähne. »Seht mal, Jungs, 'n Porträt ist gekommen. Das ist doch unser Volkskommissar Genosse Skrypnik . . . Ist aber älter als auf seinen Porträts. Ein Opa . . . Hat sich 'nen Pelzmantel angezogen, obwohl es schon längst taut und die Sonne brennt.«

Skrypnik wurde von einem kräftigen Burschen mit Ledermantel und Lammfellmütze begleitet; er trug eine große, überquellende Aktentasche.

Der Portier und der Obergarderobier nahmen Skrypnik respektvoll den Mantel ab. Der junge Garderobier, in der Mitte zusammengekrümmt, zog ihm die hohen Gummischuhe aus.

[14] Kommunistische Internationale der Jugend. (Anm. d. Übers.)

[15] Gesellschaft zur Förderung der Verteidigung und des flugtechnisch-chemischen Aufbaus der UdSSR. (Anm. d. Übers.)

Semjon stieß Wasilij an. »Guck mal, die dienern vor dem Opa Volkskommissar wie vor einem Bischof oder vor dem Zaren selbst.«

Wasilij stieß Michail an, der auch beim Schlangestehen die Zeit nutzte und sich in ein Buch vertieft hatte: »Guck mal ... Das ist nämlich unser Volkskommissar. Aber die Knechtseelen da scharwenzeln wie vor 'nem hochwohlgeborenen Herrn ... Ziehen ihm die schmutzigen Schuhe mit der Hand aus. Hast du so was schon mal gesehen?«

»Es gibt eben noch Überbleibsel ... Wie oft haben wir schon festgestellt, daß es noch manche bedeutenden Überbleibsel der kleinbürgerlichen und sogar der bürgerlichen Psyche gibt ... Nicht nur bei fremden Elementen, sondern auch im proletarischen Milieu, im sowjetischen Apparat, sogar in der Partei.«

Skrypnik und sein Begleiter – der hatte lässig seinen wertvollen Ledermantel abgeworfen und von den Garderobiers auffangen lassen – stiegen ohne Eile die Treppe aus weißem Marmor hinauf; sie war mit einem roten Läufer ausgelegt, der auf jeder Stufe von einem Messingstab mit Kügelchen an den Enden gehalten wurde. Skrypnik hatte einen grauen Anzug an; zwischen Bart und Weste leuchtete eine dunkle Krawatte. Sein Begleiter trug eine bronzerote Militärjoppe, Reithosen und glänzende Stiefel. Er blieb eine Stufe zurück, flüsterte irgend etwas in die Schulter des Volkskommissars, grinste und kicherte. Der andere – gebeugt, bleich, finster – schien nicht zuzuhören.

Wasilij wunderte und ärgerte sich gleichzeitig: Das ist doch ein alter Bolschewik, ein Revolutionär! Gibt sich aber wie ein feiner Herr, spielt sich wie einer von höchstem Adel auf. Schaut ringsum keinen an, sieht wohl auch nicht, wie sich der Schleicher mit der Aktentasche anstrengt. Beachtet keinen ... Ist's schon Gewohnheit? Verhärtung?

Grischa sagte, als ob er Wasilijs Gedanken belauscht hätte: »Nimm's dir nicht so zu Herzen, Wasilij. Ist doch 'n alter Opa. Krank wahrscheinlich, siehst ja, kreidebleich. Die Leute wissen das und haben Mitleid mit ihm – ist ja schließlich ein verdienter Führer! Ihr aber redet gleich von ›Überbleibseln‹, ›feiner Herr‹, ›Bischof‹, ›Zar‹ ... Die helfen ihm eben kameradschaftlich, weil er ein heldenhafter alter Knabe ist. Da kann doch von Schleicherei keine Rede sein. Das sind doch Hotelangestellte, keine Untergebenen des Volkskommissars für Bildung. Er ist nicht ihr Chef, einfach ein berühmter alter Mann, der jemanden besuchen will.«

»Keine Untergebenen? Kein ›Chef‹? Was für ein dummes Schaf du bist, Gevatter Stilwass. Mitleid sollen wir haben mit dem alten Mann ...?«

Semjon wußte, daß seine Freunde nicht nur über seine familiäre »Verfettung« spotteten, sondern ihn auch beunruhigt und mißtrauisch beobachteten. Er wollte, daß sie glaubten, er habe sich nicht verändert, er gehöre wie früher zu ihnen und sei genauso prinzipientreu wie sie. Deshalb stachelte er sich innerlich an, und seine Worte waren zorniger als seine tatsächlichen Gedanken.

»Um Mitleid geht's hier nicht, sondern um großkotziges Benehmen und miese Kriecherei. Das ist eindeutig: Stolzieren und Dienern wie unter dem alten Regime! Nur, daß er kein Trinkgeld gegeben hat. Aber seid ruhig, wird ja noch zurückkommen und die Kriecher mit fünf oder zehn Kopeken belohnen, wie's seiner herrschaftlichen Gnaden beliebt.«

»Na, jetzt redest du aber Unsinn, übertreibst schrecklich, Gevatter Schwarzpfeffer.« Michail war sogar von seinem Sessel aufgesprungen und hatte sein Buch geschlossen. »Überbleibsel gibt's natürlich, aber du übertreibst. Er ist schließlich in der Partei, ZK-Mitglied, kein Schieber, kein zaristischer Offizier.«

»Wollen wir wetten? Warten wir, bis er rauskommt. Wenn er Trinkgeld gibt, bezahlst du 'n halbes Dutzend Biere. Wenn nicht, kauf ich sechs Stücke Kuchen: für jeden zwei, ich selbst – als Verlierer – eß keins.«

»In Ordnung. Grischa und ich sind Schiedsrichter.« Wasilij trennte den Händedruck der Wettenden mit seiner eigenen Handkante. »Und weil du, Gevatter Stilwass, der listigste und stillste von uns bist, gehst du kundschaften. Frag diese Diener des Vaterlandes aus, weshalb der Volkskommissar hierher kommt. Los, aber schnell, red nicht lange, wir sind hier beim Fotografen an der Reihe.«

Grischa ging zu den Garderobiers, um sich eine Zigarette anzünden zu lassen. Ein schlichter, naiver Bursche, der sich zum erstenmal in einem so eleganten Studio fotografieren ließ. Er ließ sich von einer brennenden Zigarette Feuer geben, begann ein Gespräch, plauderte, bis die Freunde nach ihm riefen.

Die Aufnahme wurde gemacht. Der Fotograf war nicht mehr jung, hatte sich einige pomadisierte Strähnen sorgfältig über die Glatze gekämmt und trug statt einer Krawatte eine üppige rosa Schleife. Sie saßen vor einem schneeweißen Schirm und rissen die Augen eifrig vor dem Objektiv eines großen Stativapparats auf. Er war hinten mit einem schwarzen Vorhang zugedeckt, unter das der schwitzende, erschöpfte Fotograf tauchte.

Danach nahmen sie wieder im Foyer, etwas näher an der Garderobe, Platz. Grischa meldete die Ergebnisse seines Spähgangs. Der Volkskommissar besuchte eine Künstlerin, eine Sängerin der Kiewer Oper. Er kam schon zum zweitenmal. Beim erstenmal hatte er ihr einen gewaltigen Strauß Rosen mitgebracht. Das kostete jetzt, im März, doch Unsummen! Und diesmal brachte er ihr eine Schokoladentorte. Der Garderobier hatte selbst gesehen, wie der Adjutant prüfte, daß nichts abgekrümelt war.

»Also handelt's sich auch um moralischen Verfall ... Das sind feine Sitten!«

»Vielleicht ist sie mit ihm verwandt?«

»Denk mal dialektisch, Verkarmar. Wenn sie mit ihm verwandt wäre, würde sie ihn besuchen, nicht er sie. Er ist schließlich älter. Semjon hier, ein Mann mit Familie, kann's dir erklären: Wenn zum Beispiel seine Schwester oder seine Tante käme, wo würde er sie dann treffen? Natürlich bei sich zu Hause, zusammen mit seiner teuren Gattin. Wenn aber eine seiner früheren Flammen auftaucht – ›Liebster, erinnerst du dich noch an unsere Mondnächte?‹ –, dann nimmt er sie doch nicht zu Rita mit, sondern trifft sich andernorts mit ihr ... Gut, wenns 'ne berühmte Schönheit ist, die im Hotel wohnt. Sonst müßte er uns bitten, ihm die alte Bude zu überlassen und ein bißchen spazierenzugehen. Das sollte sogar Genosse Stilwass begreifen, obwohl er ein junges Kalb ist. Und du sprichst von 'ner ›Verwandten‹ ... Das ist ganz gewöhnliche Hurerei. Völlige Zersetzung!«

»Was hast du dir da bloß ausgedacht? Hab überhaupt keine Schwestern und Tanten und schon gar keine früheren Flammen. Du müßtest wohl Romane schreiben ... Aber deine Phantasie ist doch ziemlich lahm. Was soll das für 'ne Hurerei sein? Er ist doch mit seinem Taschenträger raufgegangen.«

»Und oben gibt's ein Restaurant mit Büfett. Sieh mal, da steht's an der Wand geschrieben. Der Taschenträger trinkt im Restaurant ein Bier, und der Genosse Volkskommissar bringt der Sängerin Volksbildung bei ... Geh schon, Grischa, du Kundschafter, späh die feindliche Stellung aus.«

»Da gibts nichts auszuspähen. Sie kommen schon zurück.«

Die beiden Garderobiers stürzten ihnen eilfertig mit Pelzmantel, Pelzmütze und Gummischuhen entgegen. Der jüngere schaffte es auch, dem Taschenträger in seinen Ledermantel zu helfen.

Skrypnik murmelte »Danke«, fuhr mit der Hand in die Tasche und steckte dem älteren Garderobier, ohne hinzusehen, einige Münzen zu. Dann gab er auch dem Portier etwas, der die betreßte Mütze abnahm, die Tür weit öffnete und sich tief verbeugte.

»Na, habt ihr's gesehen?«

Wasilij knirschte mit den Zähnen. Bittere Scham ballte sich in seiner Kehle zu einem harten Klumpen. Das Porträt dieses alten Mannes hing in allen Schulen und Universitäten. Nach seinen Büchern wurde unterrichtet. Seine Reden wurden in den Zeitungen unter großen Schlagzeilen gedruckt.

Am selben Abend diskutierten mehrere junge Männer und Mädchen, Studienkameraden von Michail und Semjon, lautstark in ihrem Zimmer. Nur Wasilij und Grischa waren Rabfak-Studenten.

Man beschloß, einen kollektiven Brief an Skrypnik zu schreiben. Darin sollte er aufgefordert werden, die Unwürdigkeit seines Verhaltens zuzugeben und die persönliche Konsequenz zu ziehen, wie es sich für einen alten Bolschewiken und Volkskommissar gehörte. Wasilij wurde beauftragt, den Text zu verfassen, der spätestens am folgenden Tag erörtert, unterzeichnet und abgeschickt werden sollte.

Er schrieb bis Mitternacht. Am Morgen zeigte er Michail und Grischa den Brief. Beide waren einverstanden. Am Abend versammelten sie sich wieder, weniger als am Vortag, aber sie diskutierten noch heftiger.

Die Mädchen bestanden darauf, nicht zu viele barsche Worte zu verwenden: »empörend«, »schändlich«, »zornig verurteilen wir« und ähnliches. Semjon sagte, daß Rita auch empfehle, möglichst zurückhaltend und höflich zu sein, denn Skrypnik sei ein Parteiführer und alter Revolutionär, den die ganze Komintern kenne. Man könne Unverständnis und Erbitterung zum Ausdruck bringen, solle aber auf Demagogie und Beschimpfungen verzichten.

Michail schlug einen zusätzlichen Text als einführenden theoretischen Teil des Briefes vor. Auf zwei Seiten erörterte er die Zählebigkeit der alten Bräuche, Sitten und schlechten Gewohnheiten, die als Überbleibsel des Kapitalismus noch im Bewußtsein existierten, vielleicht sogar in der Psyche und in der Lebensweise führender, urteilsfähiger Revolutionäre, und die gerade deshalb um so gefährlicher werden könnten.

Grischa machte keine Vorschläge. Ihm gefiel das, was Wasilij geschrieben hatte: »Wir, Studenten der Rabfak und des Volkswirtschaftsinstituts in Charkow, frühere Arbeiter, Zöglinge des Leninschen Komsomol, wurden zufällig Zeugen, wie Sie, Mikola Olesowitsch, gestern um ein Uhr, das heißt während der Arbeitszeit, ins Hotel Krasnaja kamen, um eine mit Ihnen bekannte Dame zu besuchen . . .«

Wegen des Wörtchens »Dame« entstand ein erbitterter Streit. Eine lockenköpfige, dunkelhaarige, undeutlich sprechende Studentin widersprach. Sie wurde von den anderen Mädchen und dann auch von Semjon unterstützt. Sie versuchten zu beweisen, daß dieses Wort zu grob und kränkend für eine sowjetische Künstlerin sei.

Jemand schlug einfach »Bürgerin« vor, aber die Mehrheit war dagegen. Das sei unpassende Förmlichkeit. Wasilij wollte »Person« einsetzen, Semjon fügte »Person weiblichen Geschlechts« hinzu. Dies, sagten die anderen, sei spöttisch, ironisch. Skrypnik habe schließlich weniger als eine halbe Stunde bei ihr verbracht. Semjon entgegnete, daß in Ilja Ehrenburgs Roman ›Trust D. E.‹ der Vater des Helden nur für fünf Minuten zu dessen zukünftiger Mutter gegangen sei, sie nie wieder gesehen, aber einen Sohn gezeugt habe. Alle brachen in Gelächter aus.

Grischa bemerkte melancholisch: »Als die Kosaken von Saporoshje den Brief an den türkischen Sultan schrieben, lachten sie nicht über solche Kindergartenwitze.«

Gegen Mitternacht war der Brief fertig, und Michail schrieb ihn sorgfältig ab. Er hatte eine deutliche, schöne, große Handschrift.

»Wir, Studenten der Rabfak und des Volkswirtschaftsinstituts, drücken unsere Verwunderung und Erbitterung darüber aus, daß ein alter, hochverehrter Genosse, ein Volkskommissar und berühmter Bolschewik sich Handlungen erlaubt, die unseres neuen proletarischen, sozialistischen Lebens vollkommen unwürdig sind. Und wir bitten Sie inständig, Genosse Skrypnik« – die Mehrheit hatte die Anrede mit Namen und Vatersnamen als zu vertraulich abgelehnt – »wir bitten Sie, uns zu antworten, wie Sie persönlich diese Tatsache bewerten, und wir hoffen, daß Sie in Zukunft einsehen, wie unangebracht solche Überbleibsel sind . . . Hochachtungsvoll . . .«

Dann folgten sieben Unterschriften. Neben den vier Freunden unterschrieben die stimmkräftige Nina und noch zwei Studenten. Die übrigen sagten: »Dort steht: ›Wir sahen, wir wurden Zeugen ...‹, aber wir waren nicht dabei. Das wäre die Unwahrheit.«

Der Brief wurde per Einschreiben abgeschickt. Unter »Absender« waren die Adresse des Instituts und die Familiennamen von Wasilij und Michail angegeben.

Die beiden wurden eine Woche später ins Dekanat gerufen. Ein Milizionär mit einer Aktenmappe gab jedem eine Vorladung: zum Inspektor Sowieso im Bezirksrevier der Miliz »... im Falle des Nichterscheinens ohne hinreichende Gründe werden Sie zwangsweise im Konvoi vorgeführt ...«

Im Bezirksrevier brauchten sie nicht lange zu warten.

Ein kleines, quadratisches, helles Zimmer, ein breiter Schreibtisch, ein Kleiderschrank in der Ecke, mehrere Stühle, an der Wand Porträts von Tschubar und Dsershinskij.

Der Inspektor war jugendlich, schneidig, trug ein blaues Militärhemd, das die muskulöse Brust umspannte, duftete nach Kölnisch Wasser, nach dem Leder seines Portepées und der Revolvertasche und nach der Wichse frisch geputzter Stiefel.

»Die Genossen Studenten seien bestens begrüßt von der Arbeiter- und Bauernmiliz. Bitte, setzen Sie sich. Rauchen Sie? Bitte sehr ... Sie nagen also mit ihren jungen Zähnen am Granit der Wissenschaft? Wie sind die Erfolge an der Unterrichtsfront? Alle Prüfungen bestanden? Se-ehr schön! Ausgezeichnet!«

Ein etwas älterer Mann in dunkler Jacke, hochgewachsen, mit schmalen Schultern, trat leise ein.

Der Inspektor erhob sich ein wenig. »Ah, Nachbar, setz dich! Warte ein bißchen! Unterhalte mich gerade mit den Genossen Studenten.«

Der andere nickte schweigend und nahm an der Seite Platz.

»Ja, also, liebe Genossen ...« Der Inspektor öffnete eine vor ihm auf dem Tisch liegende dünne Akte. »Sie haben diesen Brief an den Genossen Skrypnik geschrieben und abgeschickt? Sie persönlich? Ja, ich sehe hier sieben Unterschriften. Aber nicht alle sieben können einen Stift gehalten und einen Umschlag getragen haben. Wer hat also persönlich geschrieben? Wessen Handschrift ist das? So, so. Verfaßt haben's alle, und geschrieben haben Sie. Klar, deshalb stehen auch auf dem Umschlag gerade Ihre Familiennamen ... Also, Sie haben geschrieben, und Sie haben auch den Brief abgeschickt? ... Aha, also Sie haben's verfaßt, erst einen Entwurf, ein Konzept zu Papier gebracht, und Sie haben's also ins reine geschrieben? So, so, natürlich ... Und wer von Ihnen hat den Volkskommissar im Hotel belauert? ... Weshalb gefallen Ihnen denn meine Worte nicht? Das sind ganz richtige, präzise Worte. Sie haben doch heimlich beobachtet, wie er sich den Pelzmantel und die Schuhe ausgezogen hat. Wenn Sie andere Menschen wären, könnte man sogar sagen: Sie haben dem Volkskommissar nachspioniert, ihm böswillig aufgelauert ...

Und bitte, ich bitte Sie, Genosse Petrenko – ach so, entschuldigen Sie, Genosse Petrik –, ich bitte Sie, nicht laut zu werden! Ich spreche schließlich auch höflich mit Ihnen. Entschuldigen Sie, aber wir sind hier nicht auf dem Markt, nicht in der Straßenbahn und nicht bei einer fröhlichen Gesellschaft. Wir befinden uns im Revier der Arbeiter- und Bauernmiliz unserer roten Hauptstadt Charkow, das heißt, wir befinden uns in einer staatlichen Behörde, und ich bitte Sie nachdrücklich, nicht die Stimme zu heben, denn wir wollen höflich miteinander umgehen. Ich wiederhole: Wer von Ihnen befand sich persönlich, wie aus diesem Dokument hervorgeht, am Montag der vergangenen Woche im Gebäude des staatlichen Hotels Krasnaja, und zwar um 13 Uhr oder um diese Zeit herum? ... So, so, Sie beide und dazu noch zwei, Ihre Genossen Proskurjak und Grintschenko. Und diese anderen drei Genossen Karamyschew, Bowerman und Siwolajtschenko befanden sich auch dort? Nein? Aber sie haben doch als Zeugen unterschrieben. Das ist, wissenschaftlich gesprochen, ein großes Minus für sie. So, so. Erlauben Sie mir die Frage, was hatten Sie dort vor? Was haben unsere Studenten in einem so berühmten Hotel zu suchen? ... Aha, Sie ließen sich also fotografieren? So, so, und Sie haben dem Volkskommissar nicht aufgelauert, sondern bloß zufällig gesehen ... Sie wollen die Formulierung präzisieren. Das ist gut. Ich bin auch für präzise Formulierungen. Das ist sogar unsere Pflicht, immer alles präzise zu formulieren. Sie haben also zufällig gesehen, wie er hereinkam ... Und wie er hinausging, haben Sie auch zufällig gesehen? Haben Sie sich fotografieren lassen, bevor der Volkskommissar kam oder danach? ... Aha, nachdem er kam und bevor er hinausging. Sehen Sie, also haben Sie absichtlich gewartet, das heißt, ihn doch belauert, ihm nachgespürt ... Und das ist die präziseste Formulierung ... Was wolltest du fragen? Ja, natürlich. Der Genosse von der GPU möchte wissen, wer von Ihnen als erster drauf kam, dem Volkskommissar nachzuspüren, wer genau ergriff die Initiative?«

Michail rutschte auf seinem Stuhl hin und her, errötete, blickte verstört mal auf die Fragenden, mal auf Wasilij, der bleich, unbeweglich dasaß und die Fäuste auf die Knie preßte. Wasilij schaute dem Milizionär direkt in die Augen – hellgraue, sehr ruhige, gleichmütige Augen über einem fröhlichen Lächeln mit weißen Zähnen, über einem flinken Mundwerk. Er sagte nicht laut, aber mit fester Stimme (»Der Witzbold soll nicht denken, daß ich Angst habe.«): »Das ging alles von mir aus, Genosse Inspektor. Ich sah ihn als erster und war sehr empört. Dann hab ich vorgeschlagen zu warten, bis Genosse Skrypnik zurückkehrt ... Um zu überprüfen, ob er diesen ... Kriechern Trinkgeld gibt. Und wir haben's gesehen. Daraufhin schlug ich vor, dem Volkskommissar als einem Genossen einen persönlichen Brief zu schreiben. Und wir erwarteten von einem Genossen eine Antwort. Ich begreife nicht, weshalb wir, statt eine Antwort bekommen zu haben, einem Verhör unterzogen werden ...«

»So, so, Sie begreifen nicht. Ich sehe, daß Sie vieles noch nicht begreifen, lieber junger Genosse. Zum Beispiel begreifen Sie nicht, daß dies durchaus kein Verhör ist. Ich notiere doch nichts, gar nicht zu reden von dem Protokollformular, wie's für ein Verhör vorgeschrieben ist. Wir führen einfach ein Gespräch, ein Gespräch unter Genossen eben ... Seit wann sind Sie im Komsomol? ... So, so, das heißt, erst drei Jahre. Und ich seit 1920, schon acht Jahre. Auch in einer der Komsomolzen-Brigaden war ich, hab gegen Banden gekämpft, wurde im Kampf verwundet. Und bin schon Kandidat der Partei. Deshalb bin ich für dich durch meine Erfahrung beim Komsomol und als Parteimitglied ein älterer Genosse. Da ich für die Miliz arbeite und wir in einem Dienstgebäude sind, bin ich verpflichtet, ›Sie‹ zu sagen, aber als Genossen können wir auch schlicht und einfach reden ... Und jetzt sage ich euch: Ein Quatsch ist das, Jungs! Ja, ja, ihr macht 'nen demagogischen Quatsch. Dieser Brief ist nämlich die reinste Demagogie und sogar – entschuldigt – eine Rüpelei. Denkt mal nach: Ein sehr alter Bolschewik, Führer der Partei und der Komintern, Mitglied unserer Arbeiter- und Bauernregierung, kommt mit einem Gehilfen, um eine Volkskünstlerin im Namen des Volkskommissariats zu begrüßen. Die Hotelbedienung erweist ihm Achtung, hilft ihm, da sie Verständnis für sein Alter und seine schwache Gesundheit hat. Aber plötzlich, wie aus heiterem Himmel, denken sich übergebildete Studenten irgendeine Demagogie aus, machen Quatsch und schreiben einen rüpelhaften Brief ... Was heißt schon Tatsachen? Wo soll hier Kritik und Selbstkritik sein? Ja, begreift ihr denn nicht, wer er ist und wer ihr seid? Man muß schon – entschuldigt – sehr unverschämt sein, um einem solchen Genossen einen so gemeinen Brief zu schreiben ... Was wünschst du?«

Der Schmalschultrige fragte mit leiser, knarrender Stimme: »Sagen Sie bitte, Genosse Petrik, haben Sie irgendwann an Versammlungen teilgenommen, bei denen innerparteiliche Diskussionen erörtert wurden? Haben Sie an solchen Versammlungen teilgenommen?«

»Natürlich. Bin doch Komsomolze.«

»Wann und wo sind Sie für das Programm der Opposition eingetreten? Und genau welche Punkte dieses Oppositionsprogramms haben Sie unterstützt?«

»Ich? Wie kommen Sie denn auf solchen Unsinn?«

»Halten Sie Ihre Zunge im Zaum, Genosse Petrik! Ich habe Sie doch gebeten, daß wir höflich miteinander umgehen sollen. Der Genosse GPU-Bevollmächtigter redet keinen Unsinn, sondern stellt eine ernste Frage.«

»Genau. Ich frage, wann und wo Sie persönlich als Verteidiger der Opposition oder einzelner Oppositioneller oder einzelner Punkte des Oppositionsprogramms eingetreten sind? Ich bitte Sie, konkret zu antworten.«

»Das läßt sich allerdings konkret sagen: Nie und nirgends.«

»Sie erinnern sich genau?«

»Ganz genau: Ich habe weder Oppositionelle noch irgendwelche ihrer Punkte verteidigt.«

»Das heißt, Sie haben sich für die Generallinie eingesetzt?«

»Nein. Ich spreche überhaupt selten auf Versammlungen. Ich bin kein Redner.«

»Dafür aber schreiben Sie gern. Man hat Ihnen ja den Spitznamen ›Großer Dichter‹ gegeben. Und nun haben Sie so was zusammengeschrieben, daß sich die Miliz einschalten muß und bei uns in der GPU schon darüber geredet wird.«

»Sonderbar. Ich versteh nicht, was es da zu reden gibt.«

»Und ich finde es sonderbar, daß Sie, ein ausgezeichneter Student am höheren Kurs der Rabfak – wir Tschekisten wissen ja alles über Sie, mehr, als Sie selbst wissen –, daß Sie immer noch nicht verstehen können oder wollen, daß Sie einen schädlichen Brief geschrieben haben. Einen sehr schädlichen. Einen parteifeindlichen.«

Er sprach, ohne die Stimme zu heben, monoton, fade und blickte Wasilij starr an, aus winzigen zusammengekniffenen Augen. Der forsche Milizionär schwieg, nickte nur beifällig mit dem hellbraunen Schopf, schob verschiedenfarbene Akten auf dem Tisch hin und her.

»Und außerdem scheint uns recht sonderbar, daß Sie so eifrig versuchen, sich selbst als Hauptanstifter in dieser Sache hinzustellen. Ich sage Ihnen offen, das ist kein guter Eifer. Denn die ganze Sache ist nicht gut, nicht sauber. Der Genosse Inspektor hat zu Recht hervorgehoben, daß die Angelegenheit nicht nur rüpelhaft, sondern vollkommen parteifeindlich ist. Sie aber schieben sich dauernd in den Vordergrund: ›Ich bemerkte ..., ich schlug vor ..., ich schrieb ...‹ So ein Geltungsdrang ist eines Komsomolzen unwürdig, auch in einer guten Sache. Und in einer so schlechten Sache ist er sogar mehr als seltsam. Zum Teil deshalb könnte man vermuten, daß Sie sozusagen kameradschaftlich fremde Schuld auf sich nehmen wollen und daß der Hauptinitiator Michail Sidorowitsch Kutenko ist, der sich hier ausschweigt, als hätte er 'ne heiße Kartoffel im Mund.«

Wasilij hörte der faden Stimme zu. So sind sie, die Tschekisten. Weshalb verdreht er denn seine Worte?

Michail stand so abrupt auf, daß der Inspektor zusammenfuhr und zurückschrak. Aber der Tschekist zuckte mit keiner Wimper und betrachtete Mischa mit seinen kleinen Augen, die so dunkel waren, als hätten sie kein Weißes.

»Gestatten Sie mir ein paar Worte. Hier gibt's ein Mißverständnis. Ich will nicht schweigen und die Verantwortung nicht abwälzen. Du, Wasilij, hast wirklich übertrieben ... Du solltest dich nicht in den Vordergrund schieben. Meine Verantwortung, meine Initiative ist genauso groß. Wir alle haben's gesehen und erörtert, aber geschrieben hab nun mal ich. Das da ist doch meine Handschrift. Und meine Verantwortung ist größer, weil ich an Jahren und Erfahrung älter bin. Wenn also ein Fehler oder sogar eine Schuld vorliegt, dann bin ich bereit, meine Verantwortung anzuerkennen und zu tragen.«

Wasilij musterte den aufgeregten, schweißroten, dicklippigen Mischa. Er trat vor dem Schreibtisch ungelenk von einem Fuß auf den anderen und zerzauste sich mit allen fünf Fingern die ohnehin schon zerzauste Frisur. Und er sah von oben hinunter auf den Inspektor und auf den GPU-Mann.

Mischa ist ein guter Freund, dachte Wasilij. Ein ehrlicher, offenherziger Bursche. Aber die da: dieser großschnäuzige aufgeblasene Milizionär und der langweilige Beamte, der sich Tschekist nennt? Was geht in ihren Köpfen vor? Mischa sagt immer das, was er gerade denkt. Die aber können doch selbst nicht glauben, was sie zu beweisen versuchen.

Die Unterhaltung dauerte mehr als zwei Stunden. Der GPU-Bevollmächtigte fragte, welche Dokumente der Opposition sie gelesen hätten, was ihnen aus den Schriften Trotzkijs, Sinowjews, Preobrashenskijs[16] in Erinnerung geblieben sei? Lasen sie die Bücher Winnitschenkos[17], Gruschewskijs[18], Chwyljowyjs? Was dachten sie über die Ukrainisierung?

Er führte nun das Gespräch. Der Inspektor spielte nur noch eine Nebenrolle. Bald drohte er mit offizieller Anklage und Gerichtsverhandlung wegen politischen Rowdytums, bald redete er vertraulich auf die jungen Genossen ein, riet ihnen, zu Verstand zu kommen und den Fehler zuzugeben, der ihnen in einem so entscheidenden politischen Moment unterlaufen sei. Der GPU-Mann, der sich während des Gesprächs als Alexander Petrowitsch, Bevollmächtigter der Sonderabteilung, vorgestellt hatte, begann ebenfalls, fast freundschaftlich zu sprechen.

»Denken Sie doch nur mal nach, was vorgeht. Wie schwer es jetzt für unsere Partei und für die ganze Sowjetmacht ist: Hier sind diese Schweine, die Trotzkisten, die Sinowjewisten, die Chwyljowisten, Nationalisten und Großmacht-Chauvinisten – alle möglichen Oppositionellen werfen uns Knüppel zwischen die Beine. Und dort dieser Chamberlain – das Scheusal des Imperialismus bricht die Beziehungen völlig ab. In Warschau hat ein weißgardistischer Faschist den Genossen Wojkow ermordet, und in China hat der Lump Tschiang Kai-schek uns das Messer in den Rücken gejagt, so viele unserer Genossen bestialisch gefoltert. Und auch in der Wirtschaft gibt's Schwierigkeiten: Die Kulaken verstecken Korn, treiben die Preise

[16] Jewgenij Preobrashenskij (1886–1937), seit 1920 Politbüromitglied; Mitherausgeber der ›Prawda‹; seit 1923 Angehöriger der Trotzkistischen Opposition; starb in Haft. (Anm. d. Übers.)

[17] Wladimir Winnitschenko (1880–1951), ukrainischer Schriftsteller; Sozialdemokrat; einer der Führer der ukrainischen Volksrepublik zwischen 1917 und 1920. (Anm. d. Übers.)

[18] Michail Gruschewskij (1866–1934), ukrainischer Historiker; von orthodoxen Kommunisten als Nationalist beschimpft. (Anm. d. Übers.)

hoch, die NÖP-Leute spekulieren, die Arbeitslosen machen Lärm, weil ihre Kinder nichts zu essen haben ... Und die Kriminalität hat stark zugenommen, besonders das Rowdytum. Gestern haben Rowdys auf der Kotschanowka wieder einem Milizionär – einem guten Genossen und Komsomolzen – die Kehle durchgeschnitten. Die Lage ist momentan so schwierig, wie sie nach dem Bürgerkrieg noch nie war. Und da erlauben Sie sich – Komsomolzen, und was für welche: Studenten des Volkswirtschaftsinstituts, zukünftige Führungskader unserer Wirtschaft –, so einen Quatsch anzuzetteln. Und dann noch gegen den Volkskommissar für Bildung ... Das müssen Sie doch selbst begreifen. Ihr seid schließlich fortgeschritten, urteilsfähig, gebildet. Wir wissen alles. Sie zum Beispiel, Genosse Petrik – das sage ich Ihnen nicht als Tschekist, als Mitarbeiter der Sonderabteilung, sondern einfach als Parteigenosse, der zu einem Komsomolzen spricht: Du bist ein junger Mann mit sehr guten Voraussetzungen, Sohn eines ländlichen Proletariers, selbst ein hervorragender Facharbeiter, aktiver Arbeiterkorrespondent, lernst, wie man sagt, sehr gut, hast Autorität bei Kameraden und Lehrern. Vor dir liegt eine große Karriere in der Wirtschaft oder in der Partei, vielleicht auch bei den Tschekisten. Denn wir benötigen solche mutigen, ehrlichen Burschen ... Und Ihnen, Genosse Kutenko, sage ich: Ihre soziale Herkunft ist vielleicht ein bißchen schlechter – Ihre Eltern sind Angestellte. Aber immerhin Dorflehrer. Die ländliche Intelligenz ist dem Proletariat klassenmäßig näher als die städtischen Professoren, die früher die Uniformröcke der Zivilbeamten trugen. Nicht zufällig warst du, der Sohn von Lehrern, der erste Komsomolze in deinem Dorf. Uns ist alles über Sie bekannt. Wir achten Sie für Ihre Verdienste, für Ihre Erfolge in der marxistisch-leninistischen Wissenschaft und auch wegen Ihrer großen Autorität unter den Studenten. Aber, wie man sagt, wem viel gegeben ist, von dem wird auch mehr verlangt. Sie sind älter – ein oder auch zwei Jahre – als die Kameraden, mit denen Sie zusammenwohnen ...«

Wasilij dachte: Wieso spielt der sich auf, als sei er allwissend; all das kann man doch in einer Stunde in der Kanzlei erfahren, braucht nur in den Akten unsere Fragebögen und Bescheinigungen nachzusehen. Tut aber so, als ob er ein Nat Pinkerton oder Sherlock Holmes wäre. Er wollte schon sagen, daß sie sich auch gut an ihre Fragebögen erinnerten, aber dann fuhr ihm ein Gedanke durch den Kopf: Die wollen uns reinlegen, geben sich demagogisch, das heißt, daß auch ich schlau sein muß, bevor ich was sage. Bis zehn oder sogar zwanzig zählen. Die sind gerissen, aber ich bin schließlich auch kein Trottel. Dafür kann ich den Dummkopf spielen.

Der GPU-Mann bemühte sich dauernd, ihnen starr in die Augen zu schauen. So hatten sie als Kinder in der Schule ein »Blinzelspiel« gemacht: Zwei starrten einander an, und wer als erster blinzelte, hatte verloren. Wasilij war der Meister seiner Klasse gewesen und hatte auch viele Ältere besiegt. Nun schaute er auf die Nasenwurzel des GPU-Mannes, schaute ihn unverwandt, ohne zu blinzeln, mit aufrichtigem, »offenem« Blick an. Und er sprach leise, stockend, als denke er laut nach.

»Mhm, vielleicht haben Sie recht ... Vielleicht haben wir den Bogen überspannt, uns geirrt. Wollten was Gutes, aber dann ist genau das Gegenteil rausgekommen ... Also, was sollen wir nun machen? Uns entschuldigen? Und wie – mündlich oder schriftlich? Und wenn schriftlich, dann alle gemeinsam oder einzeln? Wenn alle zusammen, dann muß es noch 'ne Versammlung geben. Und Sie müssen kommen – sprechen, erklären. Sonst kann ich das einfach nicht so beweisen. Bin bereit, meinen Fehler zuzugeben und die Strafe zu akzeptieren. Aber die anderen überreden – das kann ich nicht.«

Er hörte, wie Mischa auf seinem Stuhl hin und her rutschte, und sprach hastiger weiter.

»Und trotzdem bin ich sicher, daß mein Fehler am größten war. Der erste Vorschlag stammt von mir, ich hab den Brief verfaßt, und Michail hat ihn bloß abgeschrieben. Will mich überhaupt nicht in den Vordergrund schieben, aber ich bitte, mich strenger zu bestrafen als alle ...«

»Das sind schon ganz andere Töne, Genosse Petrik. So spricht ein echter Komsomolze. Gestehst deinen Fehler aufrichtig ein ... Nein, Versammlungen werden wir nicht abhalten. Bringen wir die Sache hier zu Ende. Und Sie, Genosse Kutenko? Stimmen Sie Ihrem Vorredner zu?«

Der GPU-Mann lächelte zum erstenmal, so daß sich sein ganzes schmales Gesicht in Falten legte. Michail nahm die Brille ab, rieb sie und schaute hilflos aus seinen hervorquellenden braunen Augen.

»Ich ... ja, natürlich ... Hab aber schon gesagt, daß mein Fehler nicht geringer war. Bin bereit, es zuzugeben ... Wir ... ich bin zu weit gegangen. Um's genau zu formulieren, müßte man noch'n bißchen nachdenken ... Aber ich geb's auch zu ...«

»Dann ist ja alles in Ordnung. In diesem Fall nehmen der Genosse Inspektor und ich diese positive Tatsache einfach zur Kenntnis. Auf Protokolle, Geschreibsel können wir, glaube ich, verzichten. Und weil auf dem Umschlag nur Ihre beiden Namen stehen, brauchen auch die anderen Genossen, die unterschrieben haben, nicht vorgeladen zu werden. Sie können denen alles in groben Zügen kameradschaftlich erklären. Und in der Komsomol-Zelle hat's keinen Zweck, die Frage aufzuwerfen. Das heißt, es kann auch keine Strafen oder Verweise geben. Weil wir – Miliz, GPU – Verwaltungsorgane sind, können wir nur für strafrechtliche Dinge zuständig sein. Da gibt's schon ganz andere Möglichkeiten, sogar Haftstrafen. Aber weil Sie beide Ihren Fehler aufrichtig gestehen, können wir uns auf dieses kameradschaftliche Gespräch beschränken. Doch Sie müssen den anderen alles erklären, wie der Inspektor und ich es Ihnen erklärt haben: ehrlich, nach Bolschewiken- und Komsomolzenart, in aller Offenheit. Und zwar so, daß man die Frage nicht mehr aufzugreifen braucht. Aus und vorbei, vergeben und vergessen! Weitere Gespräche soll's über diese schlimme Sache nicht mehr geben. Klar? Nicht das geringste Geschwätz. Kein Sterbenswörtchen! Ich warne Sie – wieder freundschaftlich, kameradschaftlich: Wenn irgendein Klatsch verbreitet wird, sei's auch mit Flüsterstimme, wir hören's doch. Wenn sich jemand das Maul über den Genossen Volkskommissar zerreißt und demagogisches Gerede anbringt, dann werden wir's schon als bösartige parteifeindliche, trotzkistische Agitation und Propaganda betrachten ... Und dann führen wir keine Gespräche mehr, sondern wenden die strengsten Maßnahmen an ... Klar? Schön, lebt wohl, Genossen Studenten!«

Die beiden erzählten Semjon und Grischa von dieser Unterhaltung. Semjon wurde wütend. »Was für'n Blödmann ich war, mich auf die Schreiberei einzulassen! Rita hat mit Recht gewarnt: ›Vorsichtig mit den Ausdrücken, so was kann als Demagogie bewertet werden.‹ Aber daß sich Miliz und GPU mit solchen Sachen abgeben, hätt ich nie gedacht. Und wenn wir alles noch mal bekakeln? Wieso haben die solche Angst vor Gesprächen. Euch beiden haben sie 'nen schönen Schrecken eingejagt, aber dann haben sie euch nur befohlen, den Mund zu halten. Aber vielleicht müßte man das alles weiter nach oben melden: nach Moskau, an den Genossen Menshinskij[19] für die GPU, an Lunatscharskij fürs Volksbildungskommissariat und sogar Bucharin für die ›Prawda‹ . . . Müssen Rita um Rat fragen. Vielleicht zeigen wir's dem Genossen Volkskommissar noch, der so großkotzig geworden ist.«

Grischa goß Wasser aus einem Krug in ein Glas. Er reichte es Semjon. »Trink, Gevatter, und beruhige dich. Weißt du, was aus dem Bäuerlein wurde, das mit dem Gouverneur prozessieren wollte? . . . Zuerst haben sie's verprügelt, dann aufgehängt. Und der Gouverneur, der wartet noch auf 'nen Gerichtsentscheid. Nei-ein, vergeude deine Kräfte nicht, Gevatter. Damit beweist du gar nichts. Bleib schön sitzen, streng deinen Grips an, und sei dankbar, daß sie nicht dich, sondern Wasilij und Michail gekrallt haben . . . Du und ich, wir hätten uns an ihrer Stelle vielleicht in die Hosen gemacht.«

»Du kannst dein Wasser selbst trinken! Und sprich gefälligst auch für dich selbst. Als ich noch 'ne Rotznase und obdachlos war, hatte ich nicht mal vor richtigen Schlägern Angst. Auch vor dem Messer nicht, als mir 'n baumlanger Gauner auf den Leib rückte. Weshalb soll ich denn jetzt Angst haben, wo ich doch nichts Schlimmes getan hab. Hab nicht gestohlen, nicht randaliert.«

Sie debattierten nicht allzu lange, sondern einigten sich, daß es sich nicht lohne, neue Pläne zu schmieden; um keine weiteren Anklagen auf sich zu ziehen, beschlossen sie, Gespräche zu vermeiden.

Semjon kam immer seltener ins Wohnheim. Die Freunde argwöhnten, daß sich der Einfluß der vorsichtigen Rita bemerkbar mache; dafür lud sie die Gevattern häufig zum Tee mit Gebäck ein. Sie saß still an der Seite, las, schrieb, mischte sich nicht in ihre Unterhaltungen ein oder brachte das Gespräch auf neue Filme und Theaterstücke. Sie liebte das Theater und besorgte Karten für alle. Nachdem sie ein Stück von Kulisch[20] gesehen hatten, diskutierten sie mehrere Abende lang. Michail hielt das Stück für nationalistisch und idealistisch; obwohl ihm der Schauspieler, der die Hauptrolle spielte, sehr gefallen hatte, sagte er über die Aufführung: »Zu verzwickt . . . Arbeiter und

[19] Wjatscheslaw Menshinskij (1874–1934), ab 1926 Vorsitzender des Staatssicherheitsdienstest. (Anm. d. Übers.)

[20] Mykola Kulisch (1892–1937), ukrainischer Dramatiker; starb in Haft. (Anm. d. Übers.)

Bauern kapieren solche Schnörkel nicht.« Semjon und Rita verteidigten das Stück und die Inszenierung, Wasilij und Grischa stimmten sowohl dem Lob wie den kritischen Bemerkungen zu. Als sie am späten Abend nach Hause gingen, meinte Grischa: »Meine Mama wollte auch immer, daß ich mich mit den Burschen in der Nähe rumtreibe, damit sie mich im Auge hat.«

Nach einer Vorlesung kam ein unbekannter junger Mann auf Wasilij zu und reichte ihm einen Umschlag.

»Nimm und lies, aber so, daß dich keiner bemerkt.«

Das kleine Blatt war mit Bleistift mit akkuraten, geraden Buchstaben vollgeschrieben:

»Lieber Genosse Petrik! Ich muß mit Ihnen ein wichtiges Problem besprechen. Ich hoffe, daß Sie sich an unser Gespräch bei der Miliz erinnern. Jetzt handelt es sich um etwas ganz anderes, etwas ganz Geheimes. Zeigen Sie diesen Zettel niemandem und bringen Sie ihn mit, wenn Sie am Mittwoch um 6 Uhr abends da und dahin kommen. Wenn Ihre Genossen Sie fragen, wohin Sie gehen, sagen Sie, in die Bibliothek, oder denken Sie sich etwas anderes, aber völlig Überzeugendes aus. Mit Komsomolzengruß Ihr Bekannter Alexander Petrowitsch.«

Wasilij war verstört. Er sollte schon am nächsten Tag zu dem Treffen gehen. Am Abend bemerkte er, daß Michail mal aufgeregt, mal bedrückt wirkte. Er setzte sich zum Lesen hin und blätterte lange keine Seite um, sprang auf, ging schweigend im Zimmer hin und her, nahm sich die Brille häufiger als sonst ab, um die Gläser zu putzen.

Als Grischa das Zimmer verlassen hatte – ein vierter Mitbewohner war ihnen noch nicht zugeteilt worden –, sagte Wasilij leise: »He, Gevatter Verkarmar, was bist du so nervös? Hast wohl 'nen Brief gekriegt?«

»Du auch?«

Nun stellte sich heraus, daß derselbe GPU-Mann Michail am selben Tag zur selben Adresse eingeladen hatte, nur drei Stunden später. Er hatte Michail vorgeschlagen, seiner »Freundin, der Genossin Natascha«, zu sagen, daß er sich unbedingt auf ein Seminar vorbereiten und sich deshalb »früher als gewöhnlich verabschieden« müsse ... Er wollte also wieder zeigen, wie informiert er war.

Wasilij konnte nicht begreifen, weshalb man sie wieder vorlud, dazu noch ganz geheim. Doch Michail glaubte, den Grund erraten zu haben.

»Wahrscheinlich will er uns als geheime Informanten anwerben. Im letzten Jahr hat mir schon einmal einer zugesetzt. Wir wollten damals an der Rabfak eine Zeitschrift rausgeben und mit dem Vervielfältigungsapparat dreißig, vierzig Stück abziehen. Der Sekretär des Direktors meinte, dafür brauche man die Genehmigung der Abteilung für politische Kontrolle, der GPU. Bin also zur Tschernyschewskij-Straße gegangen ... Da empfing mich ein Bevollmächtigter, ein junger Kerl in zwangloser Kleidung: Jacke, Schlips. Er gab mir die Genehmigung und fing dann an, mich zu umwerben. Sprach von der historischen Situation, der Klassenkampf habe sich verschärft, die Opposition sei in den Untergrund gegangen, die Feinde schickten aus dem Ausland Agenten. Außerdem gäb's noch Menschewiken und Nationalisten ... Das heißt, ich als urteilsfähiger Kommunist müsse geheimer Mitarbeiter werden, ein Pseudonym annehmen, zu konspirativen Treffen kommen und mal mündlich, mal schriftlich Meldung machen. Worüber? Über alles, was es an Ungesundem oder Verdächtigem an der Rabfak, im Wohnheim und zu Hause gibt, wer meine Eltern besucht, worüber sie reden. Und später würde man mir auch andere Aufgaben geben, und ich sollte 'nen Revolver kriegen ... Na, da hab ich wie verrückt drauflos geschwafelt ... Was heißt, warum? Kapierst du denn nicht, was da los war? Bin schließlich ein echter Komsomolze, hundertprozentig bei der Sache. Wenn man mich direkt zur Tscheka schickte, würde ich natürlich gehorchen und dort arbeiten. Aber ehrlich gesagt, mein Charakter eignet sich dafür nicht. Tauge eher für Wissenschaft und Propaganda, kann Berichte machen, Artikel schreiben, Seminare führen ... Aber als Spitzel – das ist ganz was anderes. Da muß man leisetreten, lauschen, sich verstellen: das eine denken und was anderes sagen. Da gibt's Schwierigkeiten, mit denen werde ich nie fertig ... Aber das konnte ich dem Bevollmächtigten nicht direkt sagen, hätte ihn kränken können. Sagte also, was für Krankheiten ich hab, und das ist sogar wahr: Bin kurzsichtig – minus Zehn –, hab schwache Nieren und werd jeden Sommer von Malaria geschüttelt. Sagte dann noch, daß ich mich meiner Nerven wegen überhaupt nicht verstellen kann, hätte mich nicht in der Gewalt und könnte keine Geheimnisse für mich behalten ... Redete und redete, bis ich ins Schwitzen kam ... Dann meinte er ärgerlich: ›Ein schlechter Komsomolze sind Sie, haben 'ne intelligenzlerische Psyche.‹ Mußte ihm 'ne Unterschrift geben, keinem ein Sterbenswörtchen von dem Gespräch zu erzählen

... Tja, hab doch versprochen, ihn sofort anzurufen – er hat mir seine Nummer gegeben –, wenn ich irgendwas von der Konterrevolution oder irgendeiner Opposition höre oder sehe ... Das will ich morgen genauso erklären. Es gibt nun mal ernste Gründe, und bei meinem Charakter ... In einem Jahr hat sich schließlich nichts geändert ... Und du?«

»Gut, daß du mir das erzählt hast. Jetzt bin ich vorbereitet. So leicht kriegen die mich nicht. Werd nicht flunkern, aber als Zuträger laß ich mich nicht anheuern.«

Alexander Petrowitsch empfing Wasilij in einer alten, dämmrigen Wohnung, die mit sperrigen Schränken, schweren Stühlen und Sesseln eingerichtet war. Er saß an einem großen Schreibtisch im Halbdunkel, und weil die Lampe unter dem grünen Schirm Petrik blendete, bemerkte er das ihm gereichte Päckchen teurer Papirossy nicht sofort.

»Danke. Rauche nicht.«

»Verzeihung, hab's vergessen. Aber ich weiß, daß du nicht trinkst. Deine Zukünftige wird sich freuen.«

Er begann, fast wortwörtlich so zu reden, wie Michail es am Vorabend beschrieben hatte, und zum Schluß sagte er, als habe er keinen Zweifel an Wasilijs Zustimmung: »Treffen werden wir uns hier. Ein bequemer Ort. Schreib dir die Telefonnummer besser nicht auf, behalt sie im Gedächtnis.«

Wasilij hörte aufmerksam, mit ernster Miene zu. Während er antwortete, starrte er auf die Nasenwurzel des anderen, zuckte nicht mit der Wimper, sprach höflich, aber entschieden:

»Nein, Genosse ... Alexander Petrowitsch, das ist nichts für mich ... Was heißt: keine Achtung? Ich achte die Genossen Tschekisten sogar sehr. Ihre Arbeit ist wichtig, ehrenhaft, heroisch, kann man sagen. Das verstehe ich sehr gut. Wäre stolz, wenn mir so eine Arbeit anvertraut würde. Aber nur in aller Offenheit. Ich möchte überall sagen können: ›Ich bin Tschekist.‹ Voller Stolz. Aber für Geheimniskrämerei taug ich nicht. Heimlich, still und leise arbeiten, das kann ich nicht, bin nicht dazu fähig ... Wieso sind das Vorurteile? Hab überhaupt keine Vorurteile. Ich rede doch ganz offen mit Ihnen, kann gar nicht anders. Verberge nichts. Stoß ich auf einen Konterrevolutionär, spring ich dem gleich an die Kehle. Ist er stärker, ruf ich meine Freunde und meld es Ihnen natürlich auch. Und wenn mir einer von der Opposition auf die Pelle rückt, versuch ich, ihn nach Komsomolzenart zurechtzustutzen. Klappt's nicht, dann sag ich, daß er mir den Buckel runterrutschen soll ... Anders kann ich nicht ... Nein, Entschuldigung, jetzt bin ich nicht mit Ihnen einverstanden; es kann doch nicht angehen, daß alle Komsomolzen bei Ihnen geheime Mitarbeiter werden sollen ... Das ist kompliziert, da braucht man nicht nur die richtige Einstellung, sondern auch Fähigkeiten ... Ich, zum Beispiel, bin Schlosser, kenn mich auch mit dem Schmiedehandwerk aus, kann auch mit der Drehbank und dem Bohrer halbwegs umgehen. Aber eine Uhr reparieren oder einen Elektromotor – daraus wird nichts, und wenn Sie mich schlagen. Dazu braucht man besondere Kenntnisse, besondere Fähigkeiten. Oder ein anderes Beispiel: Ich kann singen und treffe meist den richtigen Ton, kann aber kein einziges Instrument spielen, weder Klavier noch Harmonika noch Balalaika. Nicht mal ein kinderleichtes Klimpern kann ich, hab's oft vergeblich versucht. Deshalb glaub ich, man muß auch für die Tschekistenarbeit ein Spezialist sein, wie die Schlosser, Uhrmacher oder Elektriker. Und Qualifikationen darf man nicht durcheinanderbringen ... Nein, nein, ich will mich nicht aus der Schlinge ziehen, ganz im Gegenteil, ich spreche so, wie mir der Schnabel gewachsen ist. Kann gar nicht anders, Geheimnistuerei liegt mir einfach nicht. Und weshalb soll ich nichts erzählen? Wenn ich schon für Sie arbeite, dann müßte natürlich alles geheimgehalten werden ... Aber wenn wir nichts Schlechtes geredet haben, wie Sie selbst sagen, weshalb es dann verbergen, wo ich doch kein geheimer Mitarbeiter geworden bin? ... Also gut, wenn Sie drauf bestehen, geb ich mir Mühe, den Mund zu halten. Rumquatschen werd ich nicht. Bin überhaupt kein Schwätzer, da können Sie alle fragen, die mich kennen. Red nur eben immer und überall freimütig, ohne was zu verbergen. Das hat mir mein Papa beigebracht, und das wird auch im Komsomol gelehrt: Nichts ist wichtiger als die Wahrheit. Lügen tut nur, wer was angerichtet hat: Der hat kein reines Gewissen ... Aber ein ehrlicher Proletarier, ein ehrlicher Komsomolze sagt allen immer und überall die Wahrheit, nichts als die Wahrheit ... Na klar – das versteh ich natürlich: Gegen den Feind geht's nicht ohne List und Tücke. Bloß hab ich noch nie Feinde getroffen. Ich kann ihre Listen nicht durchschauen und deshalb auch selbst nicht listig handeln ... Nein, kann's jetzt nicht lernen und will's, ehrlich gesagt, auch nicht. Muß vieles andere lernen, und hab so wenig Zeit. Ich habe Ihnen doch erklärt: Ich bin Schlosser und Schmied, nicht Uhrmacher oder Elektriker oder Bergmann ... Und 'ne neue Qualifikation kann ich mir nicht mehr zulegen ... Sicher, ich überleg's mir natürlich. Muß Ihnen aber offen gestehen, ich hab weder die Fähigkeiten noch den Wunsch ... Ich werde mich also kaum anders entschließen.«

7

In jenen Tagen begegnete ich Wasilij Petrik zum erstenmal und wurde mit ihm bekannt. Er kam zu den wöchentlichen Versammlungen unserer Literaturgruppe »Jugend« in den Literaturklub und las seine Erzählungen vor, die meinen Freunden und mir gefielen. Wir schlossen engere Bekanntschaft im nächsten Winter (1928/29), als wir beide der neuen Literaturgruppe »Aufbruch« angehörten. Damals war er schon Student im ersten Lehrjahr des Volkswirtschaftsinstituts.

Bei mehreren lautstarken Auseinandersetzungen stellte sich heraus: Unsere Urteile und Ansichten über das, was in den untersuchten Gedichten und Erzählungen, die wir besprochen hatten, gut und was schlecht sei, waren sehr ähnlich. Nach den Versammlungen gingen wir gemeinsam fort; ich wohnte in der Nähe der Studentensiedlung.

Auf den gemächlichen Abendspaziergängen zeigte sich auch die Ähnlichkeit unserer Vorstellungen darüber, daß die russische Literatur die reichste und revolutionärste der Welt, daß die Ukrainisierung notwendig sei und die ukrainische Literatur erst noch in ihr »Goldenes Zeitalter« eintreten werde. Wir beide waren überzeugt, daß das ukrainische avantgardistische Beresil-Theater alle Formen des Realismus auf weiter Flur übertreffe, daß Majakowskij der größte aller lebenden Dichter sei, aber zu überheblich und ungerecht über Gorkij geschrieben habe, daß Jessenin als Poet noch größer gewesen, leider aber ideologisch zurückgeblieben sei und deshalb seinem Leben ein Ende gesetzt habe, daß Pawlo Tytschin ein Genie, Wladimir Sosjura aber nur ein Talent sei, jedoch die Massen der Arbeiter und Bauern Sosjuras Gedichte nötiger hätten, ebenso wie die ganz einfachen Novellen von Grigorij Epik zugänglicher seien als die herrliche poetische Prosa von Jurij Janowskij. Wir erkannten die Vorzüge des Konstruktivismus an, hielten jedoch Extreme, in Architektur, Malerei und Bildhauerei für sinnlos. Wir waren beide der Meinung, daß die jüngsten Diskussionen in der Partei nicht ganz ehrlich geführt worden seien und daß man mit den Oppositionellen – »Die wollten ja schließlich auch nur das Beste« – zu streng abgerechnet und ihnen Schandtaten zur Last gelegt habe, die sie in Wirklichkeit gar nicht begangen hatten.

Nach dem zweiten oder dritten dieser Spaziergänge wurde unsere Bekanntschaft und literarische Kameradschaft zur Freundschaft von Gleichgesinnten. Damals fing Wasilij an, mir in allen Einzelheiten von sich, von allem zu erzählen, was ich hier wiederzugeben versuchte.

Er war fünf Jahre älter als ich; ein echter Proletarier, ein Komsomolze schon seit drei Jahren, ein erwachsener Mann und Student. Ich aber, der sechzehnjährige Sohn eines Angestellten, war wegen Teilnahme an ganz gewöhnlichen Besäufnissen und Schlägereien aus der Berufsschule und aus dem Komsomol – ich war erst Kandidat – ausgeschlossen worden. (Zugegeben, in der Versammlung, die darüber entschied, sprach einer meiner Gegner auch von meinen fehlerhaften Auftritten im Geiste trotzkistischer Ansichten über die chinesische Revolution. Aber diese ideologischen Fehler waren bloß erschwerende Umstände. Die Hauptanklage lautete: »Rowdytum«.)

Zu Wasilij blickte ich auf. Mir gefielen die Abschnitte aus seinem Roman mit dem schönen, nach Altväterart verschnörkelten Titel ›Zitronenkeuschheit oder Seiten aus der Lebenschronik eines jungen Arbeiters‹.

Er las sie bei einer Versammlung des »Aufbruch« vor. Angespannt, rot im Gesicht und seine Verlegenheit unterdrückend, blätterte er das Manuskript um, ohne den Kopf zu heben, und las mit dumpfer, monotoner Stimme.

Die meisten Zuhörer lobten ihn. Ich sagte begeistert, daß ich zum erstenmal in unserer Mitte »die lebendige Stimme eines wirklichen Proletariers« gehört hätte. Und beinahe wuterfüllt widersprach ich denen, die sich über die aufgesetzte Schönheit, die Banalität der Natur- und Menschenbeschreibungen lustig machten. Ich versuchte zu beweisen, daß seine Mängel leicht zu korrigieren, durch Erfahrung und Ausbildung zu überwinden seien; dafür klängen seine Dialoge ungewöhnlich echt, seien die verschiedenen Stimmen deutlich zu hören, träten die verschiedenen Personen klar hervor ...

Diese entzückten Äußerungen trugen wohl dazu bei, daß er mir vertraute. Doch er schloß auch mit denen Freundschaft, die ihn wegen übermäßiger Sentimentalität und altmodisch-hochgestochener Ausdrucksweise streng und sogar spöttisch kritisierten. Einige Kritiker warfen ihm Nachahmerei vor und nannten mehrere russische, ukrainische und ausländische Schriftsteller, die ihn beeinflußt haben sollten.

Solche Behauptungen schienen ihm sogar schmeichelhaft; alle konkreten kritischen Einwände notierte er sich sorgfältig, wobei er manchmal traurig den Kopf wiegte.

»Oh, stimmt, ja-ja, so ist's. Ist allem Anschein nach richtig bemerkt. Das hab ich Trottel geschrieben, ohne richtig nachzudenken.«

Mich freute besonders, daß er seine Überlegenheit nicht zu erkennen, nicht zu spüren schien; er sprach mit mir wie mit einem Ebenbürtigen, fragte mich um Rat, bewunderte meine Kenntnisse fremder Sprachen und mein Gedächtnis, in dem historische Ereignisse, Daten und politische Formulierungen damals leicht haften blieben.

Als wir Freunde geworden waren, erzählte er mir von dem Brief an Skrypnik, von allem, was danach folgte, und von dem Versuch, ihn als Spitzel anzuwerben.

Seine Erzählung veranlaßte mich, auch ihm gegenüber offen zu sein. In jenen Tagen gab mir mein Cousin Mark, der zum »Charkower Zentrum der Bolschewiken-Leninisten« (der Opposition) gehörte, Flugblätter zu lesen, beauftragte mich, Teile einer Handdruckmaschine und Säcke mit Satztypen zu verstekken. Und ich bemühte mich, mehrere Freunde und Bekannte zu uns zu »bekehren«. Ich erinnerte mich an alles, was ich früher über die »Narodnaja Wolja«[21], die illegalen Gruppen der Sozialrevolutionäre und Sozialdemokraten, die Geheimorganisationen der Karbonari und Blanquisten gelesen hatte, schätzte mich selbst als erfahrenen Verschwörer ein und wollte »Dreiergruppen« und »Fünfergruppen« gründen, die nichts voneinander wissen sollten. Jeder der ersten fünf von mir angeworbenen Verbündeten sollte Führer einer solchen Dreier- oder Fünfergruppe werden.

Wasja war der erste »Erwachsene«, dem ich ›Lenins Testament‹, ›Das Programm der 83‹, Trotzkijs Broschüre ›Kritik des Programms der Komintern‹, die Aufzeichnung des Gesprächs zwischen Bucharin und Kamenew (August 1928) und andere

[21] »Volkswille« bzw. auch »Volksfreiheit«: russische revolutionäre Geheimorganisation, die mittels terroristischer Anschläge auf die höchsten Würdenträger (1881 ermordeten ihre Mitglieder den Zaren Alexander II.) eine liberal-demokratische Verfassung und verschiedene Reformen erzwingen wollten. (Anm. d. Autors)

Materialien gab, die im Untergrund kursierten und die man heute als »Samisdat« bezeichnen würde.

Schon nach der ersten Lektüre sagte er: »Jetzt wird mir alles klar. Unsere Geschichte mit Skrypnik war kein Zufall, sondern nur ein Beispiel für den Verfall des Apparats. Nun heißt es also schon, daß Bucharin, Rykow und Tomskij auch nichts mehr taugen. Wer bleibt uns also noch von den Führern? Der schlaue Bürokrat Stalin? Der ›Steinarsch‹ Molotow[22]? Der Muschkote Woroschilow[23]? Der Flickschuster Kaganowitsch? Der hochwohlgeborene Pan Skrypnik? ... Hab nach dem Büchlein ›ABC des Kommunismus‹ von Bucharin und Preobrashenskij gelernt; schon als Bengel wußte ich, daß Lenin und Trotzkij die Hauptführer der Sowjetmacht sind. Alle diese Leute haben wir gekannt und geachtet. Die haben ja für die Revolution gekämpft, die Sowjetmacht aufgebaut. Sollen mit einemmal alle Abweichler, Abspaltler, Parteifeinde sein? ... Nei-ein, ich seh's so: Denen tut's in der Seele weh um die Arbeiterklasse und die Weltrevolution. Wollen gegen die Kulaken, die Bürokraten, die Spekulanten kämpfen. Aber die neuen Federfuchser – wie die Nörgler von der GPU – bringen sie zum Schweigen, ziehen sie durch den Dreck, ohne Scham und Gewissen ... Nein, das kann man doch nicht aushalten. Gehandelt muß werden, und das jetzt mit Schläue und List. Das habe ich schon damals begriffen, als sie Michail und mich durch die Mangel drehten. Man braucht eine eiserne Verschwörung, um dann die ganze Arbeiterklasse auf die Beine zu bringen.«

Wasilij hatte bald eine »Fünfergruppe« zusammengebracht. Ich hielt mich an unsere Regeln, fragte ihn nach niemandem, und er machte mich nur mit seinem Stellvertreter Michail bekannt. Außerdem erzählte er, daß sein Freund Grischa die Teilnahme verweigert hatte.

»Laß mich erst mal ausstudieren, dann werd ich schon anfangen, andere zu belehren. Was soll ich in der Parteiopposition, wo ich doch nicht in der Partei bin und im Komsomol erst ein

[22] Wjatscheslaw Molotow (geb. 1890), Partei- und Staatsfunktionär; zu Kriegsbeginn Vorsitzender des Rates der Volkskommissare (Ministerpräsident) und Volkskommissar für Äußeres; 1957 von Chruschtschow aller Ämter enthoben. (Anm. d. Übers.)

[23] Klimentij Woroschilow (1881–1969), Arbeiter, seit 1903 Anhänger Lenins; Bürgerkriegskommandeur; 1925–1940 Volkskommissar für Verteidigung; 1941 Oberbefehlshaber der Nordwestfront; 1953–1960 Vorsitzender des Präsidiums des Obersten Sowjets (Staatsoberhaupt). (Anm. d. Übers.)

paar Tage ... Find mich nicht zurecht, ob Trotzkij besser ist als Stalin oder schlechter. Und du solltest dich auch raushalten. Seit langem heißt's: Wenn die Herren sich prügeln, verlieren die Bauern ihre Haare. Und wenn unsere Herren sich prügeln, dann können unsere Bauern auch noch die Köpfe verlieren.«

Wasilij begnügte sich nicht mehr damit, nur zu lesen und das Gelesene zu erörtern. Die Berichte von Verhaftungen, Verbannungen, Inhaftierungen in Sondergefängnissen schreckten ihn nicht.

»Wenn wir jetzt nicht die Sowjetmacht retten, ist's morgen zu spät. Iljitsch hatte recht, hat alles richtig vorhergesagt. Allein die Bürokraten können unser Land ruinieren, sie tun's schon mit ganzer Kraft. Es muß gehandelt werden.«

In den Winterferien fuhr er ins Donbass, um eine Fünfergruppe aus alten Freunden anzuwerben.

Ich erzählte Mark von meinen organisatorisch-propagandistischen Erfolgen, nannte aber keine Namen, machte ihn mit niemandem bekannt. Wasja begegnete uns einmal zufällig. Aber er kam nicht auf uns zu, hatte erraten, daß dies »der Cousin, das Mitglied des Zentrums« war. Mark nahm die Konspirationsregeln ebenso ernst und stellte mich nur einem der Führer des Zentrums vor. Es war ein stellvertretender Direktor irgendeines Trusts: »Genosse Michail«, Parteimitglied seit 1917. Breitschultrig, mit geschorenem Kopf, erschien er mir als alter Veteran, obwohl er kaum viel älter als dreißig Jahre war. Mark sagte, daß ich zu einer »ganz geheimen« Fünfergruppe mit vielen Ablegern gehörte. Danach sahen wir einander nie mehr, doch Mark überbrachte mir von ihm »Richtlinien und Anweisungen«.

Zu jener Zeit wohnte in einer der Donbass-Bergbausiedlungen mein alter Freund Schura Merejnis, der als Lader in einer Grube arbeitete. Er war früher als ich zu der Überzeugung gekommen, daß die »Leninsche Opposition« recht habe, sowohl in der Theorie wie darin, daß sie ihre Propaganda nicht mehr auf die Partei beschränkte. Im Herbst 1928 kam er auf Urlaub nach Charkow, und wir entdeckten schon in unserem ersten Gespräch, daß wir Gleichgesinnte waren. Seinetwegen besorgte ich bei Mark für eine neue Donbass-Fünfergruppe einen dicken Packen Broschüren und Flugblätter. Kurz vorher hatte die GPU im Donbass große Razzien durchgeführt. Nach Angaben von Leuten aus Charkow waren die dortigen Zentren völlig zerstört worden oder hatten den Kontakt mit der Stadt verloren. Deshalb konnte Mark mir keine Adresse für Kontakte geben. Aber Schura war nicht entmutigt. Bald darauf erhielt ich von ihm einen langen, scherzhaften Brief über ganz alltäglichen Kleinkram. Doch als ich das Blatt über einer Kerze erwärmte, traten deutlich die braunen Buchstaben des wirklichen Textes hervor, der mit Milch geschrieben worden war. Schura teilte mit, daß er schon drei Fünfergruppen habe, zu denen Arbeiter aus zwei verschiedenen Zechen gehörten, und er habe mehrere einzelne Angestellte angeworben, die mit der Sache sympathisierten.

Ich gab Wasilij eine Empfehlung für Schura. Er brachte ihn noch mit zwei oder drei seiner alten Freunde in Verbindung, die er während der Ferien von unserer Sache überzeugt hatte.

Gerade damals beschloß Wasilij, Ljuba, seine jüngste Cousine, zu heiraten; sie hatte schon die Chemie-Abendschule abgeschlossen und arbeitete in einem Fabrik-Laboratorium. Ob er ihr von der Opposition erzählte, weiß ich nicht – über solche Dinge sprachen wir nicht.

Wasilij und Schura fanden Gefallen aneinander. Wahrscheinlich auch deshalb, weil ihre Charaktere und Schicksale geradezu entgegengesetzt waren.

Schura war ungeheuer agil, ein Schwätzer, Streithahn und Spötter. Manchmal schien er allzu eilig, leichtsinnig und überheblich-selbstbewußt, aber in Wirklichkeit war er bedächtig, immer mit sich unzufrieden und versuchte hartnäckig, sich selbst zu ändern, umzuerziehen, umzukrempeln. Er war ein feingliedriger Junge mit einem großen Kopf aus einer jüdischen Intellektuellenfamilie (sein Vater war Rechtsanwalt, seine Mutter Ärztin), wollte sich aber zu einem richtigen Proleten, einem schroffen proletarischen Bergmann erziehen.

Mit sechzehn Jahren war er von zu Hause ausgerissen, aus Kiew ins Donbass gefahren und hatte begonnen, in einer Zeche zu arbeiten. Zuerst lachten die anderen über ihn, nannten ihn »Phylosophus«, weil er ununterbrochen las, aber nach mehreren Prügeleien und offenherzigen Gesprächen erkannten sie ihn als einen der ihren an.

Im Frühjahr 1929 organisierten Schura und seine Gruppen in zwei Bergwerken Streiks: Sie forderten eine Normsenkung, eine Tariferhöhung, verlangten, daß der Arbeitsschutz weiter verbessert und die Berufskleidung häufiger gewechselt werde. Die Streiks dauerten in der einen Zeche zwei, in der anderen – in der von Schura – drei Tage. Die Forderungen wurden teilweise erfüllt, doch man verhaftete Schura und noch zwei Rädelsführer.

Bei den Verhören benahmen sie sich schlau, außer ihnen wurde niemand mehr verhaftet. Schura nannte weder Wasja noch mich. Aber alle drei gaben ihren politischen Fehler zu, unterschrieben eine Erklärung über ihre »Lossagung von der Opposition« und verpflichteten sich feierlich, nicht mehr illegal tätig zu sein.

Im Keller der GPU hielt man sie nicht länger als zwei Wochen fest, riet ihnen aber bei der Freilassung, sich auszahlen zu lassen und »möglichst weit weg zu fahren, damit's nicht schlimmer kommt«.

Schura fuhr nach Charkow und fing an, als Kranführer in einem elektromechanischen Werk zu arbeiten.

»Bin froh, daß ich in der Opposition war. Und daß ich gesessen hab, freut mich auch. Eine nützliche Erfahrung. Aber jetzt werd ich anders leben. Du gibst ja auch zu, daß der Fünfjahresplan unsere Hauptwidersprüche beseitigen wird. Nun heißt's arbeiten und keinen Unfug machen. Will jetzt überhaupt auf dem geraden Weg bleiben. Hab mein Wort gegeben: Ein Mann, ein Wort. Wenn du dich noch mit denen von der Opposition abgibst, sind wir keine Freunde mehr. Ich werde mich nicht mehr mit dir treffen, bis du dich lossagst. Und sag Pjotr (das war Wasjas Deckname), er ist ein guter Kerl, aber ich werd nichts mehr mit ihm zu tun haben, will's nicht. Nicht nötig. Auch wenn du dich lossagst, ist's besser, daß wir uns seltener sehen. Und denk daran: Als ich die Erklärung schrieb, wollte der Untersuchungsrichter, daß ich alle aufführe, mit denen ich aus der Opposition Kontakt hatte oder irgendwie bekannt war. Hab gesagt, daß ich keinen nach Familiennamen, sondern nur nach Decknamen kenne und ich mich bloß an einen einzigen erinnere. Dann hab ich so ungefähr das Äußere von deinem Cousin beschrieben. Der sitzt ja sowieso. Und er kennt mich nicht. Der Untersuchungsrichter hat sich's nicht mal notiert: ›Junger Mann, das glaubt Ihnen doch kein Schwein ... Uns kommt's jetzt nur darauf an, daß Sie die Erklärung ordnungsgemäß unterschreiben und so schnell wie möglich von hier verduften. Wenn Sie aber in den Komsomol eintreten, müssen Sie alles bis zum letzten gestehen, vollkommen auspacken ...‹ Du weißt also Bescheid, wenn man dich fragt. Ich hab deinen Namen verschwiegen, und um nicht zu lügen, kannst du ja sagen, daß du erst später, nachträglich von unseren Streichen im Bergwerk erfahren hast. Und erklär's Pjotr. Hab nichts von ihm gesagt, sein Äußeres nicht beschrieben. Er hat Köpfchen, der läßt sich was einfallen.«

Ein Jahr später fuhr Schura weg. Er hatte sich in die Braut eines gemeinsamen Freundes verliebt, und sie empfand Gleiches für ihn. Dieser Freund arbeitete in Magnitogorsk, das waren gewissermaßen dessen »Wanderjahre« – wir waren ja alle erst achtzehn Jahre alt. Das Mädchen und ihr Vater, ein alter Parteigenosse, hatten darauf bestanden, daß der Bräutigam vor der Hochzeit erst einmal sich selbst und den anderen beweisen müsse, »daß er schon ein richtiger Mann« sei.

Schura mußte schwere Zweifel überwinden – auch seine frühere Liebste wohnte in einer anderen Stadt. Und dem Freund gegenüber hatte er schwere Gewissensbisse. Ihm wurde die gleiche Bedingung gestellt: Um sein Recht auf die neue Liebe zu untermauern, mußte er wegfahren, wenn auch nicht so weit wie sein Vorgänger, der in Sibirien war. Er ging nach Saratow, wo ein Kombinenwerk aufgebaut wurde, dessen Direktor Iwan Nikititsch Smirnow war, ein langjähriger Freund Trotzkijs. (Smirnows beharrlichen Rückzug aus der Opposition im Jahre 1929 nahmen sich viele zum Vorbild, die sich mit der kaum noch Verständnis heuchelnden Partei versöhnen wollten.)

Schura arbeitete auch dort als Kranführer und wurde ein so fleißiger Arbeiterkorrespondent, daß man ihn einige Male als »Beschaffer« auf Dienstreisen schickte; er sollte Baumaterialien besorgen und Lieferungen aus anderen Fabriken vorantreiben. Im Dezember 1931 machte er, aus dem Donbass unterwegs, in Charkow halt, um seine Braut zu besuchen. Er erkrankte an Flecktyphus. Als er schon geheilt und in die Genesungsabteilung verlegt worden war, gingen sie eines Abends zu zweit vor dem Krankenhaus spazieren. Eine Straßenbahn raste aus einem dichten Schneesturm auf sie zu. Die Braut erlitt eine schwere Gehirnerschütterung, Schura hatte einen Schädelbruch. Er verlor die Erinnerung an die letzten paar Jahre, erkannte die Braut nicht, schwärmte für die frühere Freundin, war wieder Trotzkist, rief zu Streiks auf, sprach von Flugblättern und geheimen Treffpunkten. Er starb einen Monat später. Offenbar gab es unter den Kranken und Ärzten keinen Denunzianten. Schura hatte auch vor seinem Tode niemanden verraten ...

Im Frühjahr 1929 wurden die Rechtsabweichler – Bucharin, Rykow und Tomskij – in den Zeitungen schon offen angeprangert. Man schrieb viel über die schwindelerregenden Vorhaben des ersten Fünfjahresplans und über die Großtaten der fernöstlichen Einheiten der Roten Armee; sie hatten die Truppen des Generals Tschang Hsüeh-liang zerschlagen, von denen die Chinesisch-Östliche Eisenbahn blockiert worden war. Zum erstenmal seit 1920 hatte unsere Armee die Grenze überschritten, doch diesmal war sie mit einem Sieg zurückgekehrt.

Ich traf mich mit Wasilij in einem Waldpark außerhalb der Stadt. Wir wanderten zu fernen Lichtungen und überzeugten uns, daß wir von keinem »Schatten« verfolgt wurden. Er war mürrisch geworden, sprach manchmal unsicher und beinahe ärgerlich. Aber wir stritten uns nicht, da auch ich von der Opposition enttäuscht war. Beim Sprechen schlug er die Faust in die Handfläche, als markiere er die Punkte in seiner abgehackten Rede.

»Das Geschluder muß aufhören, mein Lieber, aufhören. Man kann's nicht mehr in die Länge ziehen. Das geht nicht ... Nichts werden wir erreichen. Nicht mit Papierchen und nicht mit solchen Streiks, wie Schura und ich sie organisiert haben. Die Arbeiterklasse wird uns doch nicht folgen, das steht fest. Über den Fünfjahresplan – da hast du auch ganz recht gesprochen. Bei uns im Volkswirtschaftsinstitut war ein Dozent aus dem ZK. Ein vernünftiger Bursche, kein Angeber, überhaupt kein Apparatschik. Hat den ganzen Fünfjahresplan erklärt. Einholen und überholen – darauf kommt's an. Werden den NÖP-Schiebern und Kulaken Saures geben. Früher haben die Rechten denen geholfen, aber jetzt ist die Generallinie anders, auch Preobrashenskij und Radek erkennen das an. Meinungsverschiedenheiten kann's bei uns nicht mehr geben, darf's nicht. Haben schließlich überall Feinde: dort die Chinesen, hier die polnischen Pans, überall die Chamberlains ... Deine Entscheidung? Willst dich lossagen wie Iwan Nikititsch in seiner zweiten Erklärung? Kenn ich. Die ist gut. Der geht wie'n Bolschewik auf die Partei zu, mit offenem Herzen, kriecht nicht auf dem Bauch. Besser als Preobrashenskij, Radek und Smilga[24]. Die geben sich denn doch zuviel Mühe: Schlagen sich an die Brust, daß es nur so kracht ... Ich möchte's auch wie Iwan Nikititsch

[24] Iwan Smilga (1892–1938), Bürgerkriegskommandeur, ein Freund Trotzkijs; während der »Säuberungen« verhaftet und ermordet. (Anm. d. Übers.)

machen ... Wieso nicht nötig? ... Moment, Moment, wenn das nicht Demagogie ist: Bei dir soll's offen, geradeheraus sein, dabei bist du nicht mal im Komsomol – warst mit einem Bein drin und bist gleich rausgeflogen. Und ich als alter Komsomolze und bald schon Parteikandidat soll heimlich, still und leise ... Wer bin ich denn! Kleinmachen soll ich mich? Nein, Bürschchen, denkste! Morgen geh ich in die Komsomol-Zelle, leg alles dar: So und so, bin nach links auf den falschen Weg geraten. Hab alles hin und her überlegt und bin gekommen, um mich vor dem Komsomol und der Partei schuldig zu bekennen. Aufrichtig. Aus ganzem Herzen.«

»Denk noch'n bißchen nach: Und was passiert dann? Deine fünf, deine Burschen und Mädchen, wollen die auch ein Ende machen? ... Gut ... Aber über die weiß noch keiner was. Die können einfach 'nen Schlußstrich ziehen und ganz anders leben – ehrlich leben und arbeiten. Gehst du aber morgen hin, wie du's jetzt willst, mußt du dir auch an die Brust schlagen, daß es nur so kracht. Alles zugeben und alle nennen, die du kennst. Wär's denn sonst aufrichtig? Mich nennst du, versteht sich, aber das ist doch kein Bekenntnis. Hab schon gesessen und sag mich auch selbst los. Bloß den anderen versaust du das Leben. Die wollen doch neu anfangen. Aber vielleicht können sie die Sache nicht an die große Glocke hängen, möchten's nicht. Ich werd deinen Namen nicht nennen. Weiß doch, was für'n ehrlicher, verläßlicher Kerl du bist. Hast du mal beschlossen, der Generallinie zu folgen, dann weichst du nicht mehr von ihr ab. Und wenn ich deinen Namen nenne, nehmen sie dich auch in die Mangel, und was dann? So einer wie du kann für das Land und die Partei nützlich sein. Sehr nützlich, zehnmal mehr als einer, der bereut hat. So sehr du bereust, so viel Mühe du dir auch gibst, ein Fleck bleibt doch auf deiner Biographie. Bist alt genug, weißt ja: Das Vertrauen der Obrigkeit ist wie 'ne Jungfernhaut – ist sie kaputt, läßt sie sich nicht mehr heilmachen ... Schura hat sich losgesagt, ohne deinen Namen zu nennen. Das weiß ich ganz genau. Du kannst sicher sein: Wenn er deinen Namen angegeben oder auch nur gesagt hätte, daß ein Student vom Volkswirtschaftsinstitut – sieht so und so aus – zu ihm kam, dann hätten sie dich schon längst geschnappt. Ein Streik – das ist was anderes als Broschürenlesen. Aber Schura hat sogar mich nicht genannt, obwohl ich ihn in alles reingezogen hab. Legst du ein volles Geständnis ab, mußt du auch von Schura erzählen und wie ich euch zusammengebracht hab. Dann wird ihm gleich was Neues angehängt, weil er Helfershelfer gedeckt hat.«

Ich mußte Wasilij lange und oft zureden. Manchmal explodierte er, wurde blutrot, nagte an den Knöcheln seiner geballten Fäuste.

»Ein parteiloses Bürschchen bist du noch. Und ein Söhnchen von Intelligenzlern. Noch nie an der Produktion geschnuppert. Hast noch 'ne kleinbürgerliche Psyche. Läßt dich deshalb von denen beeinflussen ... Aber ich? Bin doch Proletarier, Komsomolze. Ein Blödmann, ein Scheißkerl bin ich, hab mir zuviel eingetrichtert, mußte mich unbedingt auf die Schreiberei, auf die Politik einlassen ... Nun ist mir klar, daß ich Mist gemacht hab, in die falsche Richtung gegangen bin. Und werd nun hoffen, daß keine Seele was merkt, und auf den richtigen Weg schleichen? Als ob nichts gewesen wäre. Wie die Mädchen, die sich 'ne Zitronenkeuschheit besorgen ... Hör doch auf! Red mir nicht zu wie 'nem kranken Pferd. Willst selbst ganz und gar ehrlich sein, aber mir soll's nichts ausmachen, darf mich mit Zitrone einreiben?«

Je wütender, je verzweifelter er wurde, je unbändiger er bald mich, bald sich selbst beschimpfte, desto sympathischer wurde er mir. Und desto hartnäckiger, leidenschaftlicher versuchte ich, ihn zu überzeugen, ihn zu ermahnen.

»Verschieb doch dein Geständnis. Verstehst du? Verschieb's um ein paar Jahre, sagen wir, bis zum Ende des Fünfjahresplans. Mach dein Studium fertig und fang an zu arbeiten, daß es nur so raucht. Wenn ein Krieg kommt, gehst du an die Front – da kannst du's noch am schnellsten beweisen. Dann gib alles zu: So und so war's, hab Fehler gemacht, bin vor soundsoviel Jahren vom Weg abgekommen, drei, vier Monate bin ich rumgeirrt, hab dann aber selbst zurückgefunden.«

Das leuchtete ihm ein.

»Hm, so wär's vielleicht möglich. Muß noch drüber nachdenken ... Letzten Endes waren wir ja nicht gegen die Partei, nicht gegen die Sowjetmacht ... Nur das neue Bürokratengesocks war mir zum Kotzen und die ganze stinkende NÖP. Und die ganze Linie, die sich die Rechten ausgedacht haben ... Aber in ein, zwei Jahren kann sich vieles ändern!«

Danach begegneten wir einander lange nicht. Zufällig erfuhr ich, daß Wasilij das Volkswirtschaftsinstitut vorzeitig absolviert hatte und irgendwohin gefahren war.

Im Dezember 1932 traf ich ihn an einer Straßenbahnhaltestelle. Er schien wuchtiger, breiter geworden, seine Schultern spannten die schwarze Lederjacke kräftig an, doch sein Gesicht unter der grünen Schirmmütze war schmaler, magerer geworden. Seine Augen waren wie einst ernst, hell und ein wenig hervortretend. Und er lächelte ebenso wie früher, mit zusammengepreßten Lippen; nur die eingefallenen Wangen legten sich um den Mund in halbmondförmige Falten.

Nach den ersten stockenden Fragen – Wie geht's? Wo arbeitest du? – schlug er vor: »Laß uns 'n paar Stationen zu Fuß gehen, 'n bißchen schwatzen ... Bist also Redakteur des Abteilungsblattes bei den Lokomotivwerken ... Und ob ich weiß, was das ist, was ihr da zusammenkloppt. Hast dir also Vertrauen verdient ...Und wirst vom Komsomol schon für die Partei empfohlen? Prächtig, mein Alter, prächtig! ... Und studieren willst du noch nicht? Fernstudium ist schwerer ... Verheiratet – das ist gut. Wenn man den Mädchen nachläuft, gehen zuviel Zeit und Kräfte drauf. Keine Kinder? Wir haben schon zwei: den Bengel Serjoschka – zwei Jahre, und Wolodka – 'n halbes Jahr ... Die nehmen einen ganz schön in Anspruch. Ljuba kann nicht arbeiten und beschwert sich, weil sie zuviel verpaßt. Und ich hetz mich ab wie ein Wilder; hab Glück, wenn ich mal zwei Nächte hintereinander zu Hause schlafe ... Gib's zu: Hast mir wohl nicht geglaubt, daß ich jetzt roter Direktor bin? Der macht Witze, hast du gedacht ... Bin schon fast ein Jahr mein eigener Herr, baue den Sozialismus in einem einzigen Werk auf ...

Erschrick nur nicht: Mein Betrieb ist nicht gerade ein Industriegigant: die mechanische Fabrik Rote Garde. Kader: 264 Arbeiter verschiedener Qualifikation, drei Technikmeister, zwei Ingenieure – ein Chefingenieur, ein Assistent –, na, und natürlich ein Gehilfe für Versorgung und Absatz – und auch ein Hauptbuchhalter, den will ich zum stellvertretenden Direktor befördern ... Haben unsere eigenen Bürokraten, Dienstleistungen, Kantine, ORS[25]. Das ganze Kollektiv hat schon mehr als

[25] Abteilung für Lebensmittelversorgung der Arbeiter. (Anm. d. Übers.)

dreihundert Seelen, davon sind vierzig Parteigenossen: Mitglieder und Kandidaten, und im Komsomol kommen schon knapp hundert zusammen ...

Wir haben vier Werksabteilungen – Gießerei, Mechanik, Reparatur und Transport. Zwei Kupolöfen, einen Kupferschmelzofen. Im Moment bemüh ich mich gerade um 'nen Elektro-Ofen. Stellen Ersatzteile für landwirtschaftliche Maschinen und für unsere Nachbarn her: für die Fahrradfabrik, das Dreschmaschinenwerk, für eine Handwerkergenossenschaft ... Und natürlich Verbrauchsgüter, damit kein Gramm Metall verlorengeht; machen gußeiserne Öfen, stanzen Kessel, Petroleumkocher, Löffel, Gabeln und Messer. Erfüllen den Produktions- und Finanzplan nie um weniger als hundertzwanzig Prozent.

Aber die Hauptsache: Meine Arbeiter, das technische Personal und auch die Angestellten sind wie Suworows[26] Soldaten. Jeder begreift seine Aufgabe und die Richtung des ganzen Regiments. Jeder versteht, wofür gekämpft wird.

Und für die materiellen Anreize – da überschlag ich mich. Hab 'nen Prämienfonds, über die ORS hol ich Verpflegung raus. Hab in 'nem Sowchos nicht weit von der Stadt Gemüsegärten gepachtet, Treibkästen, einen Schweinestall und einen Kuhstall mit 'nem halben Dutzend Tieren. Haben dort unsere eigenen Arbeiter, meist fleißige Invaliden. Die kriegen ihr Geld vom ORS-Amt und dann noch Naturalien. Tja, und unsere Proleten fahren an freien Tagen hin, um an der frischen Luft spazierenzugehen und ein bißchen zu arbeiten. Manche mähen, andere pflügen, machen sich in den Gemüsegärten zu schaffen, helfen bei den Schweinen und Kühen. Die örtlichen Fachleute leiten sie an. Dafür gibt's bei uns in der Kantine fast das ganze Jahr frisches Gemüse. Denken jetzt auch schon an einen Obstgarten. Den Fabrikhof haben wir grün gemacht. Hier 'ne Werkabteilung, da qualmt der Kupolofen, und daneben blühen die Malven. Möchte nun Äpfel-, Pflaumen-, Birnenbäume anpflanzen ... Für den Transport haben wir zwei Eineinhalbtonner, vier Zugpferde, Plattformwagen und 'nen Kremserwagen, zwei Fahrer und zwei Pferdewärter. Bei uns gibt's keinen Stillstand. Wenn nötig, bin ich selbst Fahrer, und der Chefingenieur kann's auch ... Bei uns wird Stoßarbeit gemacht, versteht sich. Manche sind so eifrig, die arbeiten jeden Tag zwei Schichten

[26] Alexander Suworow (1729–1800), russischer Heerführer und Militärtheoretiker, »Marschall Vorwärts« genannt. (Anm. d. Übers.)

durch, und so die ganze Woche lang. Bummelei gibt's kaum. Und wenn einer ohne stichhaltigen Grund bummelt, dann ziehen die anderen von der Brigade ihm so das Fell über die Ohren, daß die Direktion sich nicht einzumischen braucht. Und schon seit mehreren Monaten ist keiner mehr von uns weggegangen, alle bleiben da. Dabei sind wir nur ein Betrieb der zweiten oder sogar der dritten Kategorie – mit den großen Werken gar nicht zu vergleichen.«

Wir gingen über den vereisten Bürgersteig, kamen ins Rutschen, klammerten uns aneinander fest. Während er sprach, holte er weit mit den Armen aus, blieb zuweilen stehen, und ich ließ nur kurze Ausrufe der Zustimmung und der Begeisterung hören. Und er warf mir hin und wieder einen fröhlichen, fragenden Blick zu: Bekam ich genug mit, war ich in der Lage, seine Worte zu schätzen?

»Woher ich jetzt komme? Vom Stadtrat. Ich war da, um 'ne Wohnung für unseren Koch zu besorgen. Hab 'nen erstklassigen Koch. Hat bis zur Revolution bei Fürsten gearbeitet, seit Beginn der NÖP in den elegantesten Restaurants. Aber er macht einem zu schaffen ... Verstehst du? Er ist ab und zu besoffen: Wälzt sich zwei, drei Tage rum, ist kein Mensch, benimmt sich wie'n Schwein. Wurde deshalb schon mehrmals rausgeschmissen, und ein paar Frauen liefen ihm weg ... Also, ich hab ihn aufgenommen. Man muß doch einsehen, daß Trunksucht 'ne Krankheit ist, kein Verbrechen – wie's im Volksmund heißt, keine Schande, sondern ein Unglück ... Haben 'nen Arzt für ihn gefunden, und ich besorge ihm jetzt ein Zimmer. Er hat gerade eine Zugereiste geheiratet. Wohnen in Untermiete, in 'nem kleinen Zimmerwinkel. Hab's mir angesehen ... ein elendes Nachtasyl, wie bei Maxim Gorkij ... Ich halt ihn, laß ihn nicht weg. Was der aus unserer Kantine gemacht hat – da kommen die Leute aus großen Fabriken, um sich's anzugucken. Und damit er durch seine Sauferei nicht zuviel anrichtet, haben der Parteisekretär und ich uns was einfallen lassen. Unser Sekretär ist 'n guter Kerl – hochqualifizierter Dreher, richtiger Prolet, hat im Bürgerkrieg gekämpft. Auch auf den Vorsitzenden des Gewerkschaftskomitees kann man sich verlassen, obwohl er noch jung ist, ein tüchtiger Elektromonteur. Beide sind keine Apparatschiks: Erledigen ihre Aufgaben ehrenamtlich, ohne die Produktion zu vernachlässigen ... Haben uns zu dritt überlegt, daß 'ne ständige Verpflegungskommission aus Frauen, Schwestern und Töchtern, na, und auch den Mütterchen unserer Arbeiter her muß. Machen der Reihe nach in der Küche Dienst, helfen und passen auf. Wer Kinder hat, kann sie mitbringen und bei uns füttern. Damit sich der Koch nichts dabei denkt, nicht gekränkt ist, erklärten wir freiweg: Das ist keine Kontrolle, sondern 'ne Hilfe und 'ne Kaderausbildung für Familien- und Gemeinschaftsverpflegung. Wir haben ihm auch einen schönen Titel gegeben: Chefkoch und Erzieher. Sogar 'nen Lohnzuschlag haben wir uns für ihn ausgedacht. Die Frauen, die in der Küche Dienst haben, kriegen an Ort und Stelle was zu essen. Jeden Tag machen jeweils zwei Dienst, damit sie sich gegenseitig kontrollieren. Schließlich braucht jede Familie Lebensmittel, und manch eine könnte in Versuchung geraten. Sie machen abwechselnd Dienst, jede nicht öfter als einmal in zehn Tagen, damit möglichst viele drankommen und keine sich zu sehr dran gewöhnt. Viele Frauen und Mütter arbeiten auch für die Lebensmittelbeschaffung bei uns im Sowchos und werden dafür mit Naturalien entlohnt.

Nur mit der Kulturarbeit hinken wir noch nach. Die Wandzeitung kommt nicht regelmäßig raus. Ich geb mir Mühe, daß sie alle fünf Tage einmal erscheint. Schreibe selbst, meist unter Pseudonym – der Direktor muß mit seiner Autorität vorsichtig umgehen. Auch die Rote Ecke ist noch kümmerlich: ein Grammophon, ein paar Zeitungen und Zeitschriften ... Ja, auch ein Chor ist natürlich da; da helfen uns auch die Frauen aus den Familien. Und ein Streichorchester: Balalaikas, Dombras. Chor und Orchester treten an Festabenden auf, manchmal in der Mittagspause sogar in den Werksabteilungen – zur kulturellen Aufmunterung. Unsere Patenschule ist auch sehr aktiv; die Pioniere tragen Gedichte vor, singen Lieder, führen Szenen auf ... Aber aus 'nem Theaterzirkel ist bis jetzt noch nichts geworden: Erst einmal gabs 'ne Lebendige Zeitung, und damit war nicht viel los – an Talenten fehlt's ... Doch beim Produktions- und Finanzplan, beim Sozialistischen Wettbewerb, auch im Erzeugen von Gebrauchsgütern und in der Gemeinschaftsküche stehen wir im ganzen Bezirk an erster Stelle. Im ›Charkower Proletarier‹ waren schon Artikel, auch im ›Kommunist‹ ...

Und du, du Redakteur, kommst du bei mir vorbei? Ich schreib dir meine Telefonnummer auf; der Apparat steht im Büro, das heißt in meinem Arbeitszimmer, ich wohn auch ganz in der Nähe. Hab mit 'nem Ingenieur aus der Fahrradfabrik eine Wohnung für zwei Familien, jeweils zwei Zimmer, mit allem Komfort. Kommen gut miteinander aus. Wir versuchen gerade, ein Telefon zu kriegen. Wenn du diese Nummer anrufst – da sitzt immer einer von den Büroangestellten; die rufen mich oder sagen's mir weiter ... Komm doch! Wird bestimmt interessant für dich sein. Schreibst dann vielleicht über uns: Ein positiver Versuch, den Sozialismus in einem Werk aufzubauen. Na, und Stalins letzte Anweisungen – die führen wir strikt aus. Wir sorgen für wirtschaftliche Rentabilität, haben straffe Disziplin, nur einer hat zu kommandieren. Erziehen und bilden unsere Kader selbst aus ... Weißt du noch, wie wir Stalin damals kritisiert haben?«

Er sprach leiser und schaute sich ein-, zweimal sogar nach zufälligen Passanten um.

»Ich war auch später noch manchmal wütend auf ihn. Hab aber geschwiegen, keinem was gesagt, hab mir nur mein Teil gedacht. Als die Kollektivierung anfing und die Entkulakisierung – da brummte einem der Schädel ... Erinnerst du dich? Warst du mal auf dem Dorf? Na ja, dann weißt du Bescheid ... Aber jetzt ziehen wir den Fünfjahresplan durch, und ich seh klar. Wieviel wir doch gebaut, wieviel wir geschafft haben ... Aber die Feinde sind nicht weniger geworden, höchstens mehr ... Die Japaner rücken immer weiter vor, und die sind nicht wie Tschiang Hsüeh-liang, der uns damals verhauen wollte. Samurais muß man als Feinde sehr ernst nehmen ... Und die Krise auf der ganzen Welt ... Hab deutsch gelernt; abonnier jetzt die ›Rote Fahne‹, um's nicht zu vergessen. Lese teils mit Wörterbuch, aber meistens kann ich's mir schon zusammenreimen. Was da los ist! Völliger Zerfall! Die Fabriken stehen still, Arbeitslosigkeit, Armut, Elend ... Uns aber fehlen Arbeiter. Ich meine: Stalin hatte damals eben doch den besten Überblick, und wir waren kurzsichtig. Doch auch wir wollten das Beste ...«

Er sprach halblaut, schwenkte die Arme nicht mehr, blickte eindringlich-fragend. Und ich fügte ebenso halblaut ein: »Natürlich«, »Na, eben«, »Richtig«, »Das glaub ich auch«.

»Natürlich wollten wir das Beste. Mich kotzt es auch jetzt noch manchmal an, wenn gekläfft wird, daß in der Opposition nur Konterrevolutionäre oder Weißgardisten waren ... Aber es soll andere wach machen ... Immer wieder erinnere ich mich an dich und an Schura. Meist sind's gute Erinnerungen. Wie du mir damals abgeraten hast. Und Schura ist tot? Schade, war'n guter Kerl, heißblütig, aber ehrlich ... Ist jetzt schwierig bei uns mit der Vergangenheit ... Du spürst wohl auch die Vergangenheit? Warst zwar noch jung, aber jetzt heißt's trotzdem: Er ist damals abgewichen, abgerutscht ... Sonst wärst du jetzt schon in der Partei und Redakteur von 'ner Fabrikzeitung, nicht nur bei einem Abteilungsblättchen. Wenn ich damals ein Reuebekenntnis abgelegt hätte, wär'n mir überall Steine in den Weg gelegt worden ... War richtig, daß ich's verschoben hab. Drei Jahre sind schon rum, aber ich glaube, daß die Zeit noch nicht reif ist. Wenn wir den Fünfjahresplan erfüllt haben, wenn wir sagen: Der Sozialismus ist ganz und gar fertig, dann werd auch ich alles so erzählen, wie's war – erzählen und beschreiben. Du erinnerst dich noch an meine ›Zitronenkeuschheit? ... Nein, der Roman ist immer noch nicht fertig ... Keine Zeit. Als ich mal zwei Wochen krank war, habe ich wieder viel geschrieben. Ach, hab manchmal solche Lust ... Ruf also an! Jetzt, am Jahresende, sind wir in Druck, da gibt's viel zu tun – ruf doch im Januar an.«

Aber ich rief im Januar nicht an, weil ich zur Getreidebeschaffung aufs Land geschickt worden war. Es war die verhängnisvolle Getreidebeschaffung, der die Hungersnot von 1933 folgte. Danach war ich lange krank, und später wollte ich auf die Universität, hatte die Aufnahmeprüfungen zu bestehen.

Erst im Herbst rief ich bei Wasilij an und hörte, daß er schon ein halbes Jahr zuvor mit seiner ganzen Familie aus Charkow fortgezogen sei; man habe ihn zum Chef der politischen Abteilung einer Maschinen- und Traktorenstation ernannt.

Das war das letzte, was ich von ihm hörte. Er dürfte die Jahre 1934 bis 1939, als in der Ukraine der Terror wütete, kaum überlebt haben.

In dieser Novelle erzählte ich von Menschen, die es wirklich gegeben hat, aber ich habe fast alle Familiennamen geändert, weil diese Menschen vielleicht noch am Leben sind. Die Geschichte von Alexander Merejnis (1911–1932) ist authentisch. Die Texte der Gedichte und Lieder habe ich nicht selbst verfaßt, sondern in den zwanziger Jahren von verschiedenen Leuten gehört.

Von Pferden und Maschinen

> ... Die lebendigen Pferde
> Hat die stählerne Reiterei überholt.
> Sergej Jessenin

1

Nein, nein, nie und nimmer werd ich ein Pferd gegen eine Maschine tauschen! Ich glaube schon, daß die Maschine sehr stark ist; weiß auch, daß sie Nutzen bringt. Sie braucht ja weder Hafer noch Heu, sie frißt nur Öl. Sehr stark ist sie, und gehorsam: Schlägt nicht aus, bäumt sich nicht auf, läuft ihrem Herrn nie weg. Das alles weiß ich, das alles begreife ich, aber das alles kann mich nicht umstimmen. Denn ich liebe das Pferd und achte es, ja, ja, ich achte das Pferd. Weil es nicht von Menschenhand erzeugt, sondern von Gott geschaffen ist. Da gibt's nichts zu lachen und zu grinsen. Ich mache keine Witze, ich sage, wie's ist. Unser Urvater Noah hat auf Geheiß des Herrn sieben Paare von dem reinen und sieben von dem unreinen Vieh in der Arche mitgenommen, und das erste reine Paar waren die Pferde. Genauso ist es ... Das Pferd kann alles, es zieht dir den Pflug, die Sämaschine, die Mähmaschine, treibt den Drescher und zieht den Karren. Gestern hast du noch mit ihm gepflügt, und heute fährst du mit ihm zum Jahrmarkt. Du mußt es natürlich füttern und tränken und pflegen, wie sich's gehört. Saubermachen mußt du's, ihm die Hufe hobeln und beschlagen. Aber es ist dir dafür dankbar. Es arbeitet für dich an Werktagen und erfreut dich an Feiertagen. Und außerdem liefert es dir noch Dünger. Die Maschine dagegen knattert und lärmt ganz scheußlich, macht Verdruß, Schmutz und Gestank. Nicht einmal Mist. Sie scheißt so was Giftiges, daß darauf nicht mal Unkraut wächst. Und mit ihren Eisenrädern macht sie den Boden kaputt. Ihr Gestank bringt selbst die Mücken um, schadet dem Gras und allen Pflanzen. Und bestimmt auch den Menschen, so wie die Gase an der Front ... Ich weiß, daß die Maschine wohl einen viel schwereren Pflug ziehen und tiefer pflügen kann. Aber der Boden wird ja schon vorher von den Rädern kaputt gemacht und vom Öl vergiftet. Ganz scheußlich ist's, hinter einer Maschine zu säen oder zu mähen. Korn und Heu werden verdorben.

Als vor langer Zeit der Herr Gutsbesitzer Dampfantrieb für die Drescher hatte, sagten viele alte Leute, daß das Korn vom Dampf, vom Rauch sauer wird. Und wirklich, das Korn, das mit Dreschflegeln ausgeschlagen wurde, war viel besser – das kann man gar nicht vergleichen. Mit den Vätern und Urvätern hat es angefangen, und in der Heiligen Schrift steht: Im Schweiße deines Angesichts sollst du dein Brot essen ... Wenn ein Pferd den Drescher treibt, na, meinetwegen. Die Dampfmaschinen waren schon eine Verlockung, aber längst nicht so wie die neuen Maschinen. Weil für die Dampfmaschine Holz benutzt wird, Scheite, Kohle. Und sie wird mit so was wie Teer geschmiert. Aber Holzteer kommt aus dem lebendigen Wald. Die Menschen haben schon immer ihre Räder und Stiefel mit Holzteer eingerieben, ihre Fässer damit verschmiert und ihr Vieh damit geheilt. Aber bei diesen neuen Maschinen ist sogar die Schmiere aus Öl – stinkend und ganz leblos.

Hast du einmal zugeschaut, wie eine Ameise ihre Beute in den Haufen zieht, einen kleinen Zweig, einen Halm oder Käfer? Sie zieht das, was zehn- oder zwanzigmal größer und schwerer ist als sie selbst. Aber sie strengt sich an, spannt sich und zieht. Da ist die lebendige Kraft, die Gott gegeben hat, denn auch die Ameise ist ein lebendiges Wesen, von unserem Herrn geschaffen. Auch der Mensch hat seine lebendige Kraft von Gott. Aber die Kraft in der Maschine ist nicht lebendig, nicht von Gott, sondern von Menschenhand und noch von schlimmeren Quellen.

Du sagst, daß sie aus der Gelehrsamkeit, der Schlauheit hervorgegangen ist, du sagst: »Bildung ist Licht.« Nein, nein, mein Lieber, die Kraft der Maschinen ist nicht hell, sondern finster. Das sieht man gleich. Sie macht schwarzen Rauch und Ruß. Da kannst du sie hellrot, golden oder blaßblau streichen. Sie arbeitet, schnauft und wird schwarz. Die alten Dampfmaschinen auf den Höfen der Gutsherrn und die neuen sowjetischen Dampfmaschinen und Trecker kamen alle schwarz aus der Fabrik. Denn ihre Kraft ist nicht von Gott und eigentlich auch nicht von den Menschen, sondern – denk mal ein bißchen nach, und du kommst selbst drauf, von wem.

Nein, nein, mein Junge, das sind keine Märchen. Ich rede von dem, was ich selbst gesehen, selbst gespürt, beschnüffelt und betastet habe. Ich bin in die Kommune gefahren, wo sie diese neuen Maschinen, die Traktoren, haben. Die machen vielleicht einen Krach! Ich hab's aber gewagt und bin mitgefahren. Der

Fahrer war ein freundlicher Bursche: »Komm, Opa, versuch's mal.« Da bin ich aufgestiegen – das Gehämmer geht einem durch Mark und Bein! Die Backen zittern wie Sülze, das ganze Gedärm wird einem umgerührt. Und er fährt, poltert, stinkt. Ich denke mir: Wenn das schon so auf der Straße ist, wie soll's dann erst auf dem Feld sein? Der Fahrer schüttelt sich vorn wie im Fieber, wird taub, blind, atmet Öl, und hinten pflügt der Pflug von allein, die Egge schleift selbst hinterher, die Sämaschine wirft selbst das Korn aus.

Wenn ich pflüge, halte ich den Griff in den Händen, sehe die Pflugschar mit eigenen Augen, wie sie die Erde hochhebt, umwendet, und ich folge ihr, spür den Boden mit eigenen Füßen und Beinen. Wenn du pflügst, allein oder zusammen mit anderen, wenn du eggst oder säst, so müde du auch sein magst, bist du doch froh. Wenn du eine Furche sauber gezogen hast, wird's dir warm ums Herz. Bei der Ernte – ob du mit der Hand, mit der Sichel mähst oder den Mäher von einem Pferd ziehen läßt – tun dir alle Muskeln, alle Knochen weh, fließt dir ein halber Eimer Schweiß am Körper runter, verbrennt dir die Sonne das Fell, sind die Augen salzig und wie durchbacken – und trotzdem bist du dein eigener Herr, überblickst alles vor dir und hinter dir und seitlich und zu deinen Füßen ...

Mit einem Pferd fährt doch keiner vor dem Pflug oder dem Getreidemäher. Mit einer Maschine geht's dagegen gar nicht anders, aber du hast ja hinten, im Nacken, keine Augen. Und wenn du den Kopf dauernd hin und her drehst, verrenkst du dir den Hals und kommst von der Furche ab. Und was soll das für ein Pflüger, Sämann oder Schnitter sein, der immer nur nach vorn guckt? Und der Pflug oder die Sämaschine oder der Mäher werden irgendwo hinten nachgeschleppt. Also muß doch irgendein anderer auf sie aufpassen. Der muß dazu noch rennen, denn der verdammte Traktor wartet nicht, hört auf kein Hü und Hott! Bei dem höllischen Krach hört ja der Fahrer sein eigenes Wort nicht ... Nein, nein, Söhnchen, ich will die Pferde nicht gegen Maschinen eintauschen. Bei so einem Tausch kann nichts Gutes rauskommen.

Das Pferd hat eine lebendige Seele, und die Maschine hat überhaupt keine Seele. Nur tote Kraft ... ja, eine Seele, wirklich! Darüber habe ich mit unserem Popen gestritten. Er hat geschrien: »Du bist ein Ketzer, ein Sünder, sprachlose Geschöpfe haben keine Seele!« Da habe ich ihm bewiesen, daß es darauf ankommt, welches Tier es ist: Kühe, Schweine, Schafe haben wirklich keine Seele und Hühner, Gänse, Enten auch nicht. Aber Pferde und Hunde ganz bestimmt; auch bei Katzen kann man so was bemerken. Deshalb ißt der Mensch Rindfleisch, Schweinefleisch und Hühnerfleisch. Aber das Fleisch von Tieren mit Seele wird er nie essen.

Der Pope meinte: »Wir essen's nicht, aber andere Völker – zum Beispiel die Kirgisen und die baschkirischen Tataren –, die kochen und braten Pferdefleisch mit großem Genuß und trinken Pferdemilch. Dafür wollen sie mit Schweinen nichts zu tun haben. Schweinefleisch zu essen, ist für sie eine Todsünde.«

Und ich antworte: Die sind eben nicht getauft und verstehen nichts von der Seele. Irgendwo hinter den Meeren gibt's Völker, die auch Menschenfleisch fressen; deshalb heißen sie Menschenfresser. Und auch bei uns ist's in Hungersnöten vorgekommen, daß man Menschenfleisch gegessen hat. Im Krieg haben die hungrigen Soldaten das Fleisch von den getöteten Pferden gerissen. Vor Hunger, vor Krieg kann mancher Mensch Seele und Vernunft verlieren. Aber solange ich meine Seele habe, solange ich klar denken kann, weiß ich genau: Pferde und Hunde verstehen alles; sie begreifen es, wenn sie gelobt und wenn sie bestraft werden, und sie können genauso gut lieben wie der Mensch und zornig und froh sein ... Sie haben eine Seele. Die Maschinen aber, auch wenn sie von klügsten Leuten gemacht sind, können das nicht, sie verschmutzen nur die Luft, den Boden und alles, was gedeiht. Sie sind eben unfruchtbar ... Wer sich auf der Erde abmüht – auf dem Feld, im Gemüsegarten, im Garten –, der erntet die irdischen Früchte. Wer Vieh oder Vögel züchtet oder sich in irgendeinem Handwerk anstrengt – eine Hütte baut, einen Ofen setzt, Schuhwerk herstellt –, der tut alles zum Segen der Menschen und liefert gute Früchte. Doch von der Maschine gibt's keine Frucht, da wächst nichts, wie sehr du dich auch abstrampelst, sie wärmt keinen, bietet keinem eine Unterkunft, bringt keinem Freude ...

2

Wer hat das alles gesagt? Ich erinnere mich an die Worte. Ich erinnere mich, wie ich zuhörte und überzeugt war: »Alles Vorurteile!« Ich habe solche Reden mehr als einmal gehört und nicht nur an einem Ort.

Immer wieder zwinge ich mein Gedächtnis, versuche, es aufzurütteln. Ich will mir nichts ausdenken, ich will mich nur erinnern. Aber manchmal, wenn ich verwirrt bin, weiß ich schon nicht mehr, wo, wie, von wem etwas gesagt worden ist.

Vielleicht sind die Stimmen verschiedener Menschen miteinander verschmolzen, haben sich ineinander verflochten? Oder vielleicht sind mir manche Worte nur im Traum erschienen, haben mir vorgeschwebt, sind mir eingefallen, während ich mich erinnerte, während ich davon erzählte?

In meinem Gedächtnis tauchen Gesichter und gesichtslose Umrisse, Silhouetten auf. Sie ziehen undeutlich vorbei, wie im Traum oder im Nebel ...

Ein unfrohes Lächeln, spärliche, dunkle Zähne ... Der starke Geruch von Machorka ... Listig zusammengekniffene Greisenaugen ... Ein großer Garten, fast ein Wald an der Desna. Er heißt Fürstengarten, gehört aber zum Sowchos bei der Zuckerfabrik zwischen den Dörfern Wischenki und Tschereschenki.

Der Wächter ist ein kleiner, dürrer Mann mit abgetragenem Strohhut, einem grauleinenen Hemd und ebensolchen ziemlich weiten Hosen. Er hat ein silbergraues Bärtchen, ein dunkelhäutiges, breitwangiges Gesicht, von kleinen Fältchen überzogen, hellblaue Augen wie Vergißmeinnicht, kindlich hell in tiefen Höhlen unter grauen buschigen Brauen. Er sitzt vor einer dreieckigen Strohhütte, die aber mit sauberer alter Leinwand verhängt ist. An den Stamm eines großen Apfelbaums ist eine einschüssige Flinte gelehnt; in der Mündung steckt ein Spund aus Stoff, wie man sagt: damit weder der Regen noch ein Vogel was reintropfen läßt. Etwas abseits, auf Streu aus Stroh und Leinenfetzen liegen Häufchen von Äpfeln, Birnen, Pflaumen. In mehreren irdenen Töpfen und Körben sind Himbeeren und Johannisbeeren.

»Bedient euch, Leute, eßt! Und nehmt was mit. Sonst wird's nur schlecht. Bis die da oben was gewittert haben, bis die Arbeiter kommen, verfaulen die Gottesgaben. Nehmt wenigstens was fürs Vieh, für die Schweine mit. Dabei haben sie mich mit dem Gewehr hergesetzt: ›Halt Wache!‹ Die Frage ist, vor wem? Der Chef sagt, es sollen später welche aus irgendeiner Kommune kommen, um für ihre Kinder Äpfel zu holen. Ich weiß nicht, was für 'ne Kommune das ist. Witze machen sie drüber: ›Komm-nun, Komm-nie, Komm-andre, Kom-panie ...‹ Es heißt, dort seien alle Faulenzer, haben den Boden der Herrschaft gekriegt, und jetzt werden verschiedene Maschinen aus der Stadt rangefahren. Aber die gucken sich nur an, wer da zu arbeiten anfängt. Den Faulen tun die Hände ja nie weh, dafür halten sie den Suppenlöffel fest. Aber auch bei uns, hier im Dorf, sind die Leute verwöhnt. Es gibt schon Bauern, die sich nur 'nen guten Tag machen wollen. Treiben Weiber und Mädchen raus, damit die Zuckerrüben jäten, malochen, daß das Kreuz bricht, und sie selbst machen sich's auf einer Maschine bequem, die für sie pflügt und mäht. Und wenn dann die Ernte eingebracht und die Zuckerrüben abgeliefert sind, da machen sie sich gleich in die Zuckerfabrik oder in die Branntweinbrennerei auf. Dort arbeiten sie auch an den Maschinen. Da haben sie's fein! Eine Stunde was getan; dann eine Stunde lang Zigaretten drehen und qualmen; wetzen die Zungen, kriegen dafür aber regelmäßig zweimal im Monat ihr Geld.«

Der Alte hielt nicht viel von Maschinen. Von Traktoren war aber damals noch nicht die Rede.

3

Ein dunkelgrüner Park mit den ersten Herbstfarben vor einem weißen säulenverzierten Haus ... Nataljewka, das frühere Gut des Zuckerfabrikanten Charitonenko, eines überaus erfolgreichen Unternehmers und großzügigen Kunstmäzens. Im Park steht die Familienkirche, ein weißer Würfel unter einer gewaltigen Zwiebelkuppel, blau, mit goldenen Sternen übersät. Die breite, geschwungene Bank ruhte auf gußeisernen Füßen. Ich setzte mich, zog eine Papirossa hervor.

»Rauchen Sie mal eine von meinen? Wahrhaftig besser als der Fabriktabak.«

Ein braunhäutiger Mann, mit weißen Schläfen, aber in seinem dichten, dunklen Schnauzbart nur wenige graue Streifen. Eine grüne Tuchmütze mit matt gewordenem, einst lackfarbenem Schirm. Die Stadtjacke über ein besticktes Leinenhemd geworfen. Seine breite, knotige Hand mit harten, schwarzen Nägeln hielt mir eine blecherne Bonbonschachtel mit großkrümeliger Machorka entgegen. Ein würziger Honiggeruch.

»Das ist wirklich Honig. Mein Geheimnis. Aber ich verrat's allen, die's hören wollen.«

Er erzählte ausführlich, wie er den Tabak zuerst direkt unter der Sonne, in der frischen Luft, und danach auf dem Dachboden trocknet. Dann zerhackt, zerkrümelt er ihn und bläst den Staub weg. Der Tabak soll in kleinen Mengen, damit die Schicht nicht zu dick ist, in ein Sieb geschüttet und auf einen Topf mit Honig (»am besten ist Buchweizenhonig, Lindenhonig ist zu süß«) gestellt werden; darauf dämpft der Tabak im Ofen. Schließlich trocknet man ihn noch einmal unter der Sonne, aber auf der Fensterbank, damit der Geruch nicht weggeweht wird.

Hinter dem Zaun donnerte und schnaufte ein Fordson-Traktor vorbei. An den riesigen Hinterrädern, bewehrt mit breiten Eisenzapfen, blitzten rote Speichen. Ein scharfer Benzingestank zog herauf und verdrängte den aromatischen Machorkarauch. Danach kam das Gespräch wohl auf den »Traktor-Krachtor«.

Er sprach gemächlich, im Tonfall des Poltawa-Ukrainischen. In meiner Erinnerung aber haben die Worte über Pferde und Maschinen öfter den harten, hastigen Klang des Russischen jener Dörfer in der Nähe von Charkow, wo einst die Araktschejewschen[1] Militärsiedlungen waren.

Ein Zugabteil der allgemeinen Klasse. Wir sitzen gedrängt, zu viert oder auch zu fünft auf einer Bank. Es ist schwül vom Machorka- und Papirossarauch, vom starken Geruch von Schafspelzen und gekauten Zwiebeln.

Im Korridor stehen zwei »Besprisornyje«, obdachlose Jungen. Der eine, etwas ältere, hat den Schirm seiner Sportmütze nach hinten gedreht; er trägt ein hellblaues, verschlissenes russisches Hemd, das bunt und schwarz befleckt ist. Der andere reicht ihm bis zur Schulter – ein Schmutzfink, zottiges Haar, mit alter Budjonnyj-Helmmütze und langer zerfetzter Frauenjacke mit hochgekrempelten Ärmeln. Sie singen mit heiserem, erkältetem, verrauchtem Diskant. Der Jüngere preßt zwei Holzlöffel zwischen den Fingern einer Faust zusammen und schlägt den Takt wie mit Kastagnetten. Der Refrain ist alt: »Sag was du bist, sag wer du bist. Bin nur ein simpler Infantrist. Beim Batallion, beim Regiment, beim Pam-Regiment, beim Pem-Rumpliment!«

Aber der Text ist aktuell:

> Stalin hockt allein im Garten,
> Mit der Zunge Schuhe flicht,

[1] Alexej Araktschejew (1769–1834), General und Kriegsminister unter Alexander I.; richtete die sogenannten Militärsiedlungen ein, in denen die Soldaten mit ihren Familien gleichzeitig als Bauern leben sollten. (Anm. d. Übers.)

Damit unsre Kommunarden
Barfuß nunmehr gehen nicht.

Wieder kam's zu einem Fall,
Ein ganz seltenes Gemecker,
Eine Kuh verlangte mal
Alimente von 'nem Trecker.

Dann zieht sich der Ältere die Mütze vom Kopf, sie gehen am Waggon entlang und näseln monoton: »Bürger, Genossen, liebe Väter und Mütter, gebt nach euren Möglichkeiten, wenigstens eine Kopeke! Gebt nicht dafür, daß wir singen, sondern dafür, daß wir nicht klauen!«

Ein alter Mann mit einem dichten scheckigen Bart mit abgeschabter Lederjacke und schwarzer Lammfellmütze legt sorgsam eine Münze in die ausgestreckte Kappe.

»Schlitzohren sind's! Klein, aber schon ausgekocht. In früheren Zeiten haben die Waisen um Christi willen gebettelt, die Abgebrannten baten um Brot, weil sie arm und hungrig waren. Aber denen da mußt du zum Dank was geben, weil sie nicht stehlen! Der Krieg ist schon seit so vielen Jahren beendet, es gibt keinen Hunger auf dem Land und in der Stadt, aber für Waisenhäuser reicht's nicht. Auf allen Straßen im Donbass und in Charkow hüpfen sie wie Flöhe rum, stehlen, rauben, verspotten die Menschen und singen noch dazu. Schlau stellen sie's an, so wie diese Burschen hier ... Aber für Kommunen und Traktoren ist Geld da. Für Waisenhäuser gibt's keins, da fragt man sich doch, wo das für die Trecker herkommt. Die werden schließlich im Ausland gekauft, müssen mit Gold bezahlt werden. Und woher nimmt man das Gold? Was vom Zaren, von den Großgrundbesitzern, den Kaufleuten und allen sonstigen reichen Leuten übriggeblieben ist, haben die neuen Obergenossen, die Kommissare, schon längst verpraßt. Man kann doch sehen, wie sie sich in den Städten mit ihren Madames in den Restaurants erfrischen; fahren in Staatskarossen mit Luftreifen oder ganz großkotzig in Automobilen, schneller als eine Lokomotive. Für all das braucht man ja Gold. Unser Papiergeld nimmt im Ausland keiner an. Und wenn kein Gold da ist, dann wird eben Korn verlangt. Rußland hat schon immer alles mit Korn bezahlt, mit Weizen und Roggen. An Gerste, Hafer oder, sagen wir, Buchweizen ist man im Ausland weniger interessiert. Die wollen erstklassigen Weizen oder Roggen, dafür geben sie dir Maschinen und allen Luxus. Den Kommissaren Automobile mit Luftreifen und Musik, dem einfachen Volk Traktoren.«

Er erzählt, wie man in einem Dorf den ersten Traktor begrüßte. Die alten Männer hatten gesagt, daß er den Boden verdirbt. Eine Menge mit Knüppeln, Dreschflegeln und Äxten hatte sich versammelt, den Fahrer verjagt und die Maschine zertrümmert. Die eifrigsten schrien: »Schlagt dorthin, wo's brummt, da steckt seine ganze Kraft!« Er erzählt ironisch – so was Ungebildetes gibt's bei uns noch. Er selbst ist ein erfahrener Mann, hat bei den Soldaten gedient, für den Vater Zar und die Genossen Lenin und Trotzkij gekämpft; in der Stadt Petersburg hat er gelebt, die jetzt Leningrad genannt wird, war auch in Moskau, und am Schwarzen Meer ist er gewesen und am Kaspischen, im Ural und sogar in Sibirien.

Da weiß man schon, daß es dumm ist, einen Traktor in Stücke zu schlagen. Dumm und sinnlos. Die Miliz ist danach angebraust, soundso viele Burschen kamen ins Gefängnis, vor Gericht, nach Sibirien; andere haben ihre Strafen mit Geld oder wieder mit Korn bezahlt. Es hatte natürlich keinen Sinn, auf sie einzuprügeln, sie zu zertrümmern, aber von den Traktoren kann man nichts Gutes erwarten.

4

Es gab noch mehrere ähnliche Gespräche über Nutzen und Schaden von Maschinen auf dem Lande. Ich wiederholte sie oft als Beispiele für die »Idiotie des Dorflebens«.

Ab 1955 mieteten wir eine Datscha bei Moskau, mehr als zehn Jahre lang jeden Sommer. Unsere Hauswirtin und die Mehrzahl der Nachbarn waren damals Kolchosmitglieder. Viele Männer waren jedoch schon darauf erpicht, weiter vom Dorf entfernt eine Stelle als Arbeiter oder Angestellte zu finden.

In den Gemüsegärten beim Gehöft wuchsen Kartoffeln, Radieschen, Gurken, Erdbeeren und Tomaten, in den Gärten standen Apfelbäume, Johannisbeer-, Himbeer-, Stachelbeersträucher, wuchsen Flieder, Phlox und Georginen. Morgens trieb ein Hirte die Herde – mehrere Dutzend »privater« Kühe – auf die nahegelegenen Wiesen. Sie bewegten sich gemächlich, ohne Hast.

Unsere Hauswirtin hatte eine Kuh und ein Kalb, ein gutes

Dutzend Hühner mit einem majestätischen stimmkräftigen Hahn; in manchen Jahren trieben sich auch Ferkel herum. Vor dem Morgengrauen hatte sie schon die Kuh gemolken, die Ferkel und Hühner gefüttert und ein, zwei Beete durchgejätet. Trotzdem kam sie früher auf das Kolchosfeld als die meisten anderen der Brigade. Sogar die feindseligsten Nachbarn sagten von ihr: Sie arbeitet für zwei, betrügt nicht und hat Ausdauer. Abends machte sie sich im Garten zu schaffen, melkte die Kuh, trieb die Hühner hinein, verkaufte uns und den Bewohnern der benachbarten Datschen Milch, Gemüse, Erdbeeren und Blumen – immer streng nach Marktpreisen und stets tadellos frische, schmackhafte und genau abgewogene Ware. »Ich brauche keine fremde Kopeke, verschenk aber auch keinen Groschen von dem, was mir gehört.«

Sie hatte als einzige aus ihrer Familie die Verbindung mit dem Boden bewahrt. Ihr Mann arbeitete bei der Eisenbahn, die Tochter in der Stadt, der Sohn wurde nach dem Armeedienst Programmierer. Manchmal halfen sie ihr im Gemüsegarten, doch mit den Jahren immer seltener. Der Wohlstand im Haus wuchs. Schon bevor sie die Kuh verkaufte und begann, Milch im Geschäft zu holen, hatte sie sich einen Fernsehapparat zugelegt. Als verdiente Kolchosbäuerin bezog sie nun eine Rente. Übrigens erhielt sie von den Datschenbewohnern für einen Monat viel mehr als von der Sozialversicherung für ein ganzes Jahr. Der Gemüsegarten brachte auch Einkünfte; das Vermögen wuchs, die Preise stiegen.

Die meisten Dorfbewohner entfremdeten sich dem Boden immer mehr. Als Chruschtschow begann, Amerika in der Fleisch- und Milchversorgung »einzuholen und zu überholen«, verschwand die Herde der privaten Kühe. Gegen Mitte der siebziger Jahre hatten sich zwei, drei bei den hartnäckigsten alten Frauen erhalten. Dafür gab es auf jedem Hof Fahrräder, Motorräder, hier und da einen Moskwitsch oder Schiguli.

Unsere Kinder begegneten noch zuweilen Pferden, die Karren zogen oder auf offener Fläche grasten. Unsere Enkel kennen sie nur noch von Bildern. Elefanten, Tiger und Löwen hatten sie im Zoo früher gesehen als ihr erstes Pferd oder ihre erste Kuh.

5

Wenn ich als Zwanzigjähriger ehrfurchtsvoll in eine Fabrikabteilung kam, so empfand ich das Donnern, Rasseln, Knirschen als herrliche Sinfonie und den Ruß, die durchdringend ätzenden Düfte, den Qualm der kühlenden Absticke als ermunternde Wohlgerüche der neuen industriellen Epoche. Und wenn ich in ein Dorf kam, so freute ich mich ganz besonders über die neuen Gebäude, Ziegelhäuser unter Eisendächern. Sie erhoben sich siegreich über die alten grau-weißlichen Hütten mit dunkel gewordenen Strohdächern. So freuten mich auch die Traktoren und Autos, die über die Landstraße knarrten. Die Silotürme, die langhalsigen Eisenschornsteine der Maschinen- und Traktorwerkstatt über dunklen Gehöften, die gespreizten Stahlriesen der Stromleitungen, starr über Wäldern und Feldern aufgerichtet, erschienen mir als erhabene Zeichen großer Errungenschaften und Siege. Ohne sie wäre der Anblick der schönsten Landschaft nur malerisch wie stets und immer gewesen, unbewußt rührend wie ein Lied aus der Kindheit – aber genauso unparteiisch und deshalb nutzlos, wenn nicht sogar schädlich, denn es hätte »das revolutionäre Bewußtsein schwächen« können.

Aber wenn ich heute aus der Stadt hinausfahre, freue ich mich an einem Horizont, der frei von Rauch, nicht von Fernsehantennen zerstochen, nicht von eckigen Eisenbetonwaben zerrissen ist; ich freue mich an einem Himmel, der nicht gestreift von Leitungsdrähten, nicht durch die Abgase von Flugzeugen beschmiert, nicht von ihrem Gebrüll und Geheul erschüttert wird.

Ein halbes Jahrhundert nach diesen halbvergessenen Gesprächen über Pferde und Traktoren haben die Maschinen die Pferde nicht nur eingeholt, sondern fortgejagt, vertrieben. Und sie bedrängen, verdrängen auch die Menschen.

In Rußland, in der Ukraine und in Weißrußland sind fast keine Bauern übriggeblieben. In Mittelasien, in Transkaukasien, im Baltikum gibt es noch echte bäuerliche Familien; sie besitzen zwar nur kleine Nebengehöfte, aber sie pflegen noch bäuerliche Bräuche, Sitten, Traditionen und Lieder. Es heißt, daß auch im Norden, in Sibirien und hier und da in fernen, abgelegenen Bezirken Inselchen des russischen und ukrainischen bäuerlichen Daseins und der bäuerlichen Lebensweise erhalten sind. Aber in den meisten russischen, ukrainischen, weißrussischen Dörfern wohnen jetzt keine Bauern mehr, sondern Landarbeiter und -angestellte, Mechanisatoren, Agrotechniker, Fachleute für Haustierzucht, Verwaltungs- und Parteifunktionäre oder Buchhalter. Die alten Leute – die einst Bauern und danach Kolchosmitglieder waren – stochern geduldig in ihren Gemüsegärten, solange sie noch können.

In den Ländern Westeuropas und in Nordamerika weicht das Landleben ebenfalls unerbittlich vor dem Druck der industriellen Zivilisation, die weder Pferde noch Menschen schont. Aber dort wird über all das wenigstens frei und hörbar diskutiert; man forscht, streitet, plant und bemüht sich aus freien Stücken, nicht auf Erlasse und Direktiven hin, die Umwelt und das geistige Erbe der einstigen Bauernschaft zu schützen.

Es wäre albern und absurd, zu einer neuen Maschinenstürmerei aufzurufen, die Rückkehr zu Pflug und Sichel zu verlangen. Und in den Ländern der Dritten Welt, wo Millionen Menschen das tägliche Brot fehlt, wo alljährlich Hunderttausende Hungers sterben, wären solche Aufrufe heute eine unmenschliche Lästerung.

Aber der Gedanke läßt sich nicht unterdrücken, daß die neuen Siege des Fortschritts auch neue Gefahren bedeuten, neue Nöte zeitigen können, wenn auch dort die »stählerne Reiterei« die Pferde, Kamele, Büffel und Arbeitselefanten überholt und vertrieben hat.

Es gibt Menschen, die wissen, was zu tun ist, damit die wissenschaftlich-technischen Revolutionen und Umwälzungen, all die Bemühungen der entfesselten Wissenschaftsanbeter, die keine Wohltat von der Natur erwarten, der ganze unaufhaltsame Ansturm der mechanisierenden, automatisierenden, chemischen Zivilisation nicht mehr Boden, Gewässer und Himmel ruinieren, damit Stahl, Beton, Asphalt, Plastik, giftige Abgase nicht mehr das Leben der Wälder, Felder und Flüsse verkrüppeln lassen, damit die ständig anschwellenden Städte und industriellen Siedlungen – die sich mit Fabriken, Fernheizkraftwerken, Flugplätzen und Autobusbahnhöfen umgeben, die die Erde mit einem immer dichter werdenden Spinnennetz von Autobahnen, Energie- und Gasleitungen überziehen – nicht mehr die Bäume und Gräser, die Tiere und Menschen vergiften oder zum Ersticken bringen.

Ich weiß nicht, was getan werden soll. Aber ich bin überzeugt, daß man sich dem Lauf der Geschichte *nicht* wie einem unabwendbaren Verhängnis demütig-fatalistisch unterwerfen *darf;* wir können nicht gedankenlos immer vorwärts, immer höher eilen, uns von jeder Neuheit und Neuerung, jedem Rekord begeistern lassen, rücksichtslos über alles hinwegtrampeln, was uns »veraltet«, überholt, nicht rationell, nicht rentabel scheint.

Jene mißtrauischen Alten, bei deren Worten wir – die selbstzufriedenen jungen Erneuerer – vor einem halben Jahrhundert geringschätzig abwinkten, haben sich letzten Endes weitsichtiger gezeigt als wir und unsere Führer und Lehrer. Das habe ich erst vor kurzem begriffen. Und ich weiß nicht, wie ich diese neuerworbene Erkenntnis anderen weitergeben soll, vor allem denen, die sie mit Leben erfüllen können.

(Moskau-Shukowka, 1969–1977)

Der Aufrichtige
Ein Sohn unserer Zeit

1901. »Mamachen, Mamachen! 'ne Viertelkopeke, sonst erzähl ich Papachen aufrichtig, wie Sie ihm 'nen Fünfzehner geklaut und hinter der Ikone versteckt haben ... Hab alles gesehen! Er war betrunken und ist eingeschlafen ... Danke, Mamachen, liebes Mamachen! – Und jetzt noch 'ne Kopeke! Sonst sag ich Papachen aufrichtig noch was anderes ... War vorgestern auf dem Gutsfeld, Sie haben Garben gebunden, und der Verwalter hat Sie an die Titten gefaßt, und Sie haben gelacht dabei. Hab's ja selbst gesehen. Geben Sie ein Kopekchen ...«

1904. »Jawohl, sündig bin ich, Väterchen! Jawohl, Väterchen. Gestohlen hab ich. Aber nur Kleinigkeiten: ein Stück Lebkuchen, Bonbons, Zuckerstückchen. Und auch mal 'ne Kopeke. Bin ein Sünder, Väterchen. Ich bekenne es ja aufrichtig. Aber wo soll ein Lehrbursch wie ich viel stehlen? Bin vom Dorf, erst ein Jahr im Dienst. Den anderen, den erwachsenen Verkäufern kleben die Zehner und sogar die Fünfziger nur so an der Hand fest. Ich aber krieg nur Stöße und Püffe, oft auch mit dem Stock, wie's grade kommt. Überall hab ich blaue Flecken. Väterchen, verzeihen Sie meine Frechheit. Ich gestehe alles aufrichtig, wie sich's in einer Beichte gehört. Jawohl, ich soll nicht übel nachreden ... Ich bin sündig, will alles aufrichtig bereuen. Jawohl, Väterchen, ich werde beten ...«

1913. »Gestatten zu melden, Wohlgeboren, Polizeihauptmann, werden alles so ausführen, wie's Euer Wohlgeboren zu befehlen geruht haben und der Herr Geheime erklärt hat. Meine Mannschaft ist vom besten Holz. Nikititsch, mein Landsmann, allein der wiegt ein Dutzend auf. Ist wie ich Hausmeister hier in der Nachbarschaft. Und hochanständig; kann sich mit einem Zweipudgewicht bekreuzigen. Schon als Jungs waren wir zusammen Fleischerlehrlinge. Oft haben wir uns für Zar und Vaterland eingesetzt, haben Studenten und Saujuden und ähnliches Pack von den Suzilisten verprügelt. Euer Wohlgeboren können also ganz beruhigt sein. Ich verspreche ganz aufrichtig: Meine Prachtkerle legen Sie nicht rein. Wir werden felsenfest stehen, wie's befohlen ist: von der Ecke bis zur Bäckerei. Und wenn ein

Fremder kommt, wird er sofort gestellt. Benimmt er sich, wie's sich gehört, dann, bitte schön, in die Seitengasse. Wenn er sich aber sträubt, dann kriegt er's so, daß er keinen Piepser mehr von sich gibt. Und wenn Ihre Majestäten vorbeikommen, dann donnern die Hurras auf unseren Herrscher und Amparator so, daß ganz Moskau uns hört.«

1914. »Jawohl, Hochgeboren, der Einjährigenfreiwillige war's, der Student. Hab ihn schon in der Kaserne bemerkt. Sein Mädchen kam zu ihm, nein, kein Fräulein, eher ein Judenmädchen. Und dann einer, der sah wie ein Fabrikarbeiter aus, und noch einer, ganz fein angezogen. Da konnte man gleich sehen, was das für eine Gesellschaft war. Ich kenne mich da aus, bin lang genug Hausmeister in Moskau gewesen. Gestehe aufrichtig, Euer Hochwohlgeboren, solche Leute würde ich mit bloßen Händen erwürgen. Unser Zug steht wie ein Mann für Zar und Vaterland. Wir sind bereit, auf ins Gefecht ... Die deutschen Wurstfresser hauen wir zu Brei! Aber dieser Einjährige ist ein räudiges Schaf, eine Giftschlange, sag ich. Hochwohlgeboren, mir haben schon zwei Kameraden gemeldet, daß er davon quatscht, daß der Krieg dem Volk nichts nützt, daß nur die Fabrikanten, Generäle und Gutsbesitzer den Krieg wollen. Und über den Amparator, unseren Monarchen, hat er ganz Gemeines gefaselt. Zu mir sagte er neulich: Sie, Gefreiter, sind ein Erzreaktionär, eine Sklavenseele.«

1916. »Ach, Leute! Was heißt das schon, daß ich Unteroffizier bin und einen Orden habe! Brüder, ich gestehe aufrichtig, für diese Dinger hab ich mein Blut literweis vergossen, und für das Georgskreuz hab ich die Hölle erlebt. Ganz aufrichtig: Da zittere ich heute noch, wenn ich dran denke. Dreimal verwundet, zweimal gequetscht und einmal mit Gas vergiftet, und den dritten Winter in den verdammten Schützengräben! Immer am Tod, bei Kälte und Hunger ... Bei uns sind nur die Läuse satt und die Herren Offiziere. Eine verdammte Scheiße ist das! Der Deutsche haut immer wieder zu, mit Schrapnell und schweren Brocken, und unsereiner muß dasitzen und warten, bis es ihn erwischt. Einmal, zweimal ballern unsere Kanoniere, und dann ist's vorbei! Keine Granaten da. Beim Deutschen ist hinter jedem Erdklumpen ein MG, und die rattern und rattern. Bei uns hat 'ne ganze Kompanie nur ein armseliges Maxim, mal schießt's, mal stottert's. Und wozu das alles? Weil sie Rußland verkauft haben – verkauft! Die Zarin, die Deutsche, eine Nutte! Ihr Freier Grischka Rasputin, der Hundesohn, und die Schweinehunde von Ministern und Generälen, an den Galgen gehören sie alle, in der Hölle sollen sie braten! Aber die werden nur fett und fetter. Und der Zar, der Trottel, klappert nur mit den Augen, während wir hier für nichts und wieder nichts krepieren ... Nein, Brüder, ganz aufrichtig: Das kann nicht gutgehen.«

1917. »A-a-chtung! Bürger Kameraden und Bürger Herren Offiziere! Unser Regimentssowjet verkündet eine Serolution. Wir alle ohne Ausnahme unterstützen als Soldaten des freien Rußland die provisorische Regierung. Bürger, Kameraden und Herren, ich kann ganz aufrichtig sagen: Weil der Zar und die deutsche Zarin und alle verräterischen Minister und die ganze Monarchie, unter der wir gelitten haben und für die wir Blut vergießen mußten, nun endgültig gestürzt sind, weil die provisorische Regierung unsere Volksregierung ist, deshalb also wird der Krieg provisorisch bis zum siegreichen Ende weitergehen. Aber das ist jetzt ein anderer Krieg – ein Krieg für das Volk, für den Boden, für die Freiheit! Deshalb keine Gnade für Verräter, für bolschewistische Spione der Deutschen. Sie müssen mit aller Strenge verurteilt werden. Es leben der Bürger Ministerpräsident Kerenskij und der Bürger General Kornilow[1]!«

1920. »Genossen! Unsere heldenhafte proletarische Arbeiter- und Bauerndivision ›Dritte Internationale und Weltrevolution‹ ist in dieser Woche zweimal ohne Befehl und ohne jede Ordnung zurückmarschiert, man kann sogar sagen, einfach getürmt, abgehauen. Wie sind solche schändlichen Tatsachen möglich? Da muß ich, liebe Genossen, ganz aufrichtig sagen, als Sohn des arbeitenden Bauerntums und als Moskauer Proletarier reinsten Wassers, der schon im Jahr 1905 mit seiner schwieligen Faust für die Revolution kämpfte: Ich sehe und vermute, daß es bei uns besondere Militärspezialisten gibt, Kommandeure, die sich gestern noch als Herren Oberleutnants und Stabshauptleute aufspielten und heute keine große Lust haben, gegen das weißgardistische Gesindel vorzurücken. Dafür sind sie ganz groß darin, sich möglichst weit zurückzuziehen. Und ich, Chef

[1] Alexander Kerenskij (1881–1970), von Juli bis September 1917 Ministerpräsident der provisorischen Regierung. – Lawr Kornilow (1870–1918), von Juli bis August 1917 Oberbefehlshaber der Streitkräfte. (Anm. d. Übers.)

der Divisionsetappe, sehe viele dieser Genossen – früher wohlgeborene und hochwohlgeborene Herren – im Troß, bei den Stabsmamsells und den barmherzigen Schwestern. Es fragt sich zum Beispiel, wo der Kommandeur des 2. Regiments in der letzten Woche war, als unsere heldenhafte Division auf Befehl des Genossen Trotzkij in den letzten tödlichen Kampf um das Dorf Sosnowka vorrückte! Wo war der Regimentskommandeur ...? Da heißt es: an Typhus erkrankt! Aber wir wissen, daß es Ärzte und Feldschere, frühere Intelligenzler, gibt, die aus alter Zuneigung bei ihren Spezis Typhus und Cholera – was nur gewünscht wird – feststellen ... Nieder mit den weißen Bestien, Genossen, nieder mit der ganzen Hydra der Konterrevolution! Vorwärts, los, auf die Krim! Auf nach Warschau! Es lebe die Weltrevolution und die Sowjetmacht! Es leben die Genossen Lenin und Trotzkij und unser heldenhafter Divisionskommandeur Genosse Tschubatenko!«

1924. »Im Namen des Gouvernementsgewerkschaftsrats begrüße ich alle Teilnehmer am ersten roten Jahrmarkt des Gouvernements, einer Ausstellung der Errungenschaften unserer neuen ökonomischen Politik und des Zusammenschlusses von Stadt und Land, wie es uns unser unvergessener proletarischer Führer Wladimir Iljitsch Lenin als Vermächtnis hinterließ und wofür wir heute bolschewistische Anweisungen von unserem Allunionsstarosta Michail Iwanowitsch Kalinin[2] erhalten, der selbst aus dem Bauerntum von Twer hervorgegangen und jetzt das Oberhaupt der Sowjetmacht ist, und auch vom Genossen Präsidenten des Sowjets der Volkskommissare Alexej Iwanowitsch Rykow[3], vom Genossen Vorsitzenden der Komintern Grigorij Jewsajewitsch Sinowjew[4], vom Genossen Präsidenten der allrussischen Gewerkschaften Michail Pawlowitsch Tomskij[5] und vom Genossen Sekretär unseres Gouvernementsparteikomitees Fjodor Petrowitsch Iwantschikow. Und ich persönlich möchte zusammen mit euch ganz aufrichtig ausrufen: Es lebe unser roter Jahrmarkt, es leben alle Genossen fortschrittlichen, kultivierten Bauern, die auf Siebenfelderwirtschaft und Neunfelder-

[2] (1875–1946), seit 1922 Vorsitzender des Zentralen Exekutivkomitees; seit 1938 Vorsitzender des Obersten Sowjets. (Anm. d. Übers.)

[3] Siehe S. 45 Anm. 4.

[4] Siehe S. 45 Anm. 8.

[5] (1880–1936), Politbüromitglied, Gewerkschaftsfunktionär; beging Selbstmord, als er verhaftet werden sollte. (Anm. d. Übers.)

wirtschaft übergegangen sind, es leben natürlich auch die Bürger rote Kaufleute, die lernen, nach dem Vermächtnis von Wladimir Iljitsch Handel zu treiben, es lebe unser Gewerkschaftsaktiv und die Weltrevolution!«

1928. »Also, unsere Gruppe von Delegierten, Aktivisten der Partei und des Komsomol, ist grundsätzlich für die vorgeschlagene Resolution. Aber ich persönlich, als Teilnehmer an den revolutionären Kämpfen auf den Barrikaden der Jahre 1905 und 1917 und an vielen Fronten des Bürgerkriegs, möchte ganz aufrichtig sagen: Meiner Meinung nach darf unsere Konferenz aktuelle politische Aspekte nicht außer acht lassen. Ich schlage eine Ergänzung zu der Resolution vor. Die Genossen aus dem Präsidium sollen sie natürlich präzise formulieren, aber der Sinn wäre folgender: Die Kreiskonferenz der Arbeiter an der kulturellen Front zur Liquidierung des Analphabetentums unterstützt vorbehaltlos und mit leidenschaftlicher Zustimmung die Generallinie unserer bolschewistischen Partei beim Aufbau des Sozialismus in einem einzigen und zwar unsrem sowjetischen Land und verurteilt entschieden die gemeinen Abspaltler, die kleinbürgerlichen Verräter des trotzkistisch-sinowjewistischen Oppositionsblocks, fordert, ihnen auf die Finger zu klopfen und begrüßt aus ganzem Herzen die Leninsche Politik unseres Zentralkomitees mit den Genossen Bucharin[6], Rykow, Stalin, Kalinin, Tomskij und Lunatscharskij[7] an der Spitze.«

1933. »Hier im Angesicht der verdienten Kampfgenossen unserer Bezirkskommission zur Säuberung der Partei und im Angesicht des ganzen Kollektivs unseres Trusts, das den Fünfjahresplan in vier Jahren, die sechs Anweisungen des Genossen Stalin sowie alle anderen Anweisungen und Direktiven der Partei und der Regierung erfolgreich erfüllt und übererfüllt, erkläre ich aufrichtig, daß ich nie, nirgendwo und unter keinen Umständen geschwankt habe, nie von der Generallinie der Partei abgewichen bin und niemals irgendeinen Verweis erhalten habe ... Was die Anspielungen auf die Nutzung eines Personenwagens und der Gelder für außeretatmäßige Arbeit betrifft, so ist das nichts als eine gemeine Verleumdung. Man muß im Auge ha-

6 Siehe S. 45, Anm. 4.

7 Anatolij Lunatscharskij (1875–1933), 1917–1929 Volkskommissar für das Bildungswesen. (Anm. d. Übers.)

ben, auf wessen Mühlen in diesem Fall Wasser gegossen wird und woher der Wind weht, das heißt, wer sich eigentlich bemüht, den hellen Tag zu verdunkeln und einen ehrlichen Bolschewiken zu diskreditieren, einen treuen Kämpfer der Partei, der sich immer für die Generallinie und für den Genossen Stalin persönlich eingesetzt hat. Mein ganzes Leben läßt sich auf dem Präsentierteller ausbreiten, liebe Genossen, Kommissionsmitglieder und alle Anwesenden, ich spreche ganz aufrichtig. Ich habe keine Verwandten, denen jemals Bürgerrechte entzogen wurden[8] oder die im Ausland sind, wie manche andere, die sogar in der Nähe des militaristischen Warschau geboren wurden. Ich stamme aus einer verarmten Bauernfamilie. Seit meiner Kindheit habe ich mit meinen eigenen Händen gearbeitet. Danach wurde ich im roten Moskau als Prolet im Klassenkampf gehärtet und brannte vor Klassenhaß. Im imperialistischen Krieg wurde ich einberufen und vergoß – noch parteilos und unorganisiert – mein Blut in den Schützengräben, aber in tiefster Seele träumte ich davon, diesen imperialistischen Krieg in einen Bürgerkrieg nach dem unsterblichen Vermächtnis des großen Führers W. I. Lenin zu verwandeln, und begann durch illegale Agitation der Soldatenmassen gegen den Zarismus zu kämpfen. Als Teilnehmer an der Großen Oktoberrevolution und am Bürgerkrieg sag ich aufrichtig: Nie habe ich dem Verräter Trotzkij und dem Kapitulanten Bucharin und allen, die mit ihnen unter einer Decke stecken, getraut. Im Gegenteil, ich habe sie immer bekämpft und die Generallinie der Partei vertreten.«

1938. »So, so, du hast also früher auf einem anderen Gebiet gearbeitet. Und weshalb bist du weggegangen? Oder bist du vielleicht gegangen worden? Das Stadtkomitee hat dich hierher geschickt – war's der alte Sekretär oder schon der neue? So, so. Der alte ist ja als Spion entlarvt worden, als deutscher oder japanischer. Ich sage dir aufrichtig, Bruderherz, da ich sehe, daß du ein altes Parteimitglied bist und deinen Unterlagen zufolge Vertrauen verdienst: Bei uns hier im Trust ist die Lage höchst kompliziert. Es gab eine feindliche Infiltration, schon zwei Ne-

[8] Den Angehörigen der »fremden Klassen« – Privatunternehmern, Händlern, Geistlichen, Großbauern, vorbestraften politischen Gegnern u. a. – wurden vor 1936 Bürgerrechte entzogen; sie durften weder wählen, noch gewählt werden, keiner Gewerkschaft beitreten usw. (Anm. d. Übers.)

ster sind ausgehoben worden. Und das dritte zeichnet sich ab. Es gab Trotzkisten, Bucharinisten und einfache Saboteure und Spione von verschiedenen feindlichen Geheimdiensten. Na, und natürlich Helfershelfer! Zwei Direktoren wurden geschnappt, einer nach dem anderen, vier Stellvertreter, und ich weiß schon nicht mehr, wie viele Referenten und Angestellte. In der letzten Woche holte man den Sekretär des Parteibüros ab. Wie der sich getarnt hatte, ein ganz gerissener Schurke! Hitler selbst hat ihn noch vor 1917 angeworben. Er schlich sich bei den alten Bolschewiken ein, hat sich sogar einen Orden besorgt. Spielte den schlichten, ehrlichen, bescheidenen Kerl, lief immer nur im alten Armeehemd rum, mit Stiefeln, trank nicht mal Bier, fuhr nur mit der Straßenbahn, lebte zwanzig Jahre mit derselben Frau. Zur Arbeit kam er früher als alle anderen, schuftete bis nachts, ohne Feiertag, ohne Urlaub. Wollte uns Arbeitseifer und Enthusiasmus vormachen, der Hundesohn! Aber wir waren wachsam. Ich sage dir aufrichtig, auch ich hab mich dabei verdient gemacht. Die Einzelheiten darf man vorläufig nicht bekannt geben, das verstehst du wohl – der Fall ist bei der Staatssicherheit. Aber ich habe den durchschaut – trotz all seiner schlauen Verstellung. Ich hab's gespürt: ein Feind ersten Grades! Ein paarmal sagte er was zur Geschichte der Partei, so nebenbei. Wagte sogar, über den Genossen Stalin persönlich doppelsinnige Andeutungen zu machen. Nun ist der Lump bloßgestellt. Aber er hat hier natürlich noch Anhänger. Kein Volksfeind ohne Helfershelfer! Da sollst du, als neuer Kader, besonders aufpassen. Auf einen Neuen fallen sie vielleicht rein. Vor mir nehmen sie sich zu sehr in acht, weil sie meine revolutionäre Wachsamkeit kennen. Außerdem bin ich zur Zeit mit den Aufgaben des Direktors betraut. Du aber bist vorläufig Referent. Sieh dich um, schnüffle ein bißchen rum. Wo's nötig ist, kannst du auch Kniffe anwenden. Aber mach mir persönlich sofort Meldung. Die Partei vertraut dir, wünscht dir Erfolg bei deiner kämpferischen Tätigkeit und wird dich dafür belohnen. Also los, an die Arbeit!«

1948. »Aber ich bitte Sie, für die Genossen von der zentralen Presse wird sich schon irgendwie Zeit finden. Wir sind sehr erfreut, daß das verehrte Parteiorgan nun auch unserer sonnigen Gegend seine Aufmerksamkeit schenkt. Ninotschka, bewirten Sie uns mit allem, was Gott beschert hat, wie es einst im Volksmund hieß. Direkt hier, im Arbeitszimmer. Willkommen in unserer Hütte. Wir wollen uns stärken und dann zur Sache kommen ... Den ersten Toast nach alter Tradition auf den, dem wir all unsere Siege, alle Errungenschaften, all unser Glück verdanken, auf den weisesten der Weisen, auf den großen Führer unserer Heimat und der ganzen fortschrittlichen Menschheit, auf unseren teuren Vater, den Genossen Stalin! Ich bitte Sie, liebe Gäste, liebe Moskauer, greifen Sie zu. Und jetzt gestatten Sie mir, auf Sie zu trinken, auf Ihre Zeitung, die von unserem ganzen sowjetischen Volk verehrt und geliebt wird, weil sie das Organ der Partei Lenins und Stalins und im Kampf um die Erfüllung der Parteibeschlüsse und für die Errungenschaften des ganzen Volkes immer auf Gefechtsposten ist. Genosse Stalin lehrt uns, der Parteipresse größte Aufmerksamkeit zu widmen. Wir unsererseits reagieren darauf stets aufrichtig und mit gebührendem Interesse und gehorchen ... Bitte, nehmen Sie, frischer Kaviar, ausgezeichneter Störrücken ... – Nun, was Ihre Fragen angeht, so erhalten Sie die erschöpfendsten Antworten im Gebietskomitee. Die Parteiführung ist bei uns auf Draht. Aber einiges kann auch ich persönlich beisteuern – als stellvertretender Vorsitzender des Gebietsexekutivkomitees, der schon im dritten Jahr auf diesem Sessel sitzt. Ich bin seit dem Krieg in dieser Gegend. Damals wollte ich mit dem Gewehr in der Hand an die Front, in den Kampf für die Heimat, für Stalin. Aber ich erhielt den strengen Befehl, überaus wichtige Parteidokumente und staatliche Wertgegenstände zu evakuieren. So kam ich in dieses sonnige Gebiet ... Trinken wir auf unsere hiesigen Errungenschaften, auf die Erfüllung und Übererfüllung der Kampfaufträge in der Baumwollproduktion, in der Schwer- und Leichtindustrie und im Bauwesen ... Ninotschka, suchen Sie die aktuellen Berichte für die Genossen zusammen. Und eine Kopie meines Vortrags im Plenum. Ja, so bin ich hierher gekommen. Bat wiederholt um Erlaubnis, an die Front zu gehen, doch erhielt den strengsten Parteibefehl: Hierbleiben, die Front ist überall, kümmere dich an Ort und Stelle um die Kader. Und im Vertrauen, ganz aufrichtig gesagt, die Kader sind ein schwieriges Problem. Das hiesige Volk ... das könnt ihr euch kaum vorstellen. Asien! Rückständigkeit! Überreste aus dem Feudalismus und vom Islam. Ein Russe kann das nur schwer begreifen. Und die Volksfeinde wühlten fast bis zum Krieg, in der Wirtschaft gab's Schädlinge überall, auf Schritt und Tritt bourgeoise Nationalisten. Ja, ja, es war nicht leicht, mit diesem Volk den Sozialismus aufzubauen! Und jetzt ist es auch noch nicht leichter geworden. Manche von unseren Leuten beschimpfen sie als ›Tschutschmeken‹ oder, verzeihen Sie, ›Schwarzärsche‹. Das ist natürlich unmoralisch und ideologisch unzulässig. Es gibt ja auch gute nationale Kader. Aktivisten in Partei und Komsomol, Stoßarbeiter, Ordensträger. Solche, die dekoriert von den Fronten zurückkehrten ... Aber auf wen hat Genosse Stalin nach dem Sieg einen Toast ausgebracht, erinnern Sie sich? Auf das große russische Volk! Und ich kann und darf ganz aufrichtig sagen: Es gibt keine andere solche Nation auf der Erde wie unseren braven russischen Iwan! Er hat den Sozialismus früher als alle anderen aufgebaut, hat Hitler vernichtet, halb Europa befreit und die ganze Welt gerettet. Ach, meine lieben Moskauer Freunde, wie ich mich nach unserem Moskau sehne. Neulich habe ich geträumt, daß ich im Sandunow-Bad auf der oberen Pritsche liege, heiß, daß einem der Atem stockt. Aber hier, glauben Sie mir, gibt's kein einziges Dampfbad, nicht einmal für die höchste Nomenklatura ... Meine Söhne sind in Moskau; der ältere ist im Parteiapparat des Gebietskomitees angestellt, der jüngere an der Suworow-Schule[9]. Meiner Frau fällt's natürlich schwer. Und ich träume von Moskau ... Aber natürlich ist daran nicht einmal zu denken! Den Posten, den dir die Partei angewiesen hat, hast du zu halten bis zur letzten Stunde, Abweichungen gibt's nicht! Und hier hat mich das Volk wieder als Abgeordneten in den Obersten Sowjet der Republik gewählt und natürlich auch in den Stadt- und Gebietssowjet. Wie es sich für unsere Nomenklatura gehört. Und das Vertrauen des Volkes, das verpflichtet schließlich ... Jetzt haben wir uns ein wenig gestärkt und können zur Sache kommen. Ninotschka, hast du die Berichte zusammengesucht? Ich habe Ihnen – in allgemeinen Zügen – die politische Situation und die Hauptrichtungen zum jetzigen Zeitpunkt dargelegt. Für die Einzelheiten in konkreten Fragen, zur Präzisierung und so weiter schalten wir den Apparat ein. Aber prüfen Sie erst einmal die Qualität der Melonen, der Pfirsiche, der Weintrauben ... Und du, Ninotschka, ruf Anwar her, damit er uns alle Angaben für die Rechenschaftsperiode bringt. Er soll den Genossen von der zentralen Presse Bericht erstatten.«

[9] Höhere militärische Schule; Absolventen werden mit 18 oder 19 Jahren aktive Offiziere. (Anm. d. Übers.)

1952. »Was soll denn das, Genosse? Warum soll gerade ich als Stellvertreter des Vorsitzenden des Gebietskomitees persönlich bei der Kinderkonferenz auftreten? Es gibt bei uns doch jüngere Genossen, die nach Alter und Nomenklatura besser geeignet wären ... Und auch aus Gründen der Nationalität: Die können eine flammende Rede in der hiesigen Sprache halten. Für meine Erfahrung und meinen Rang müßte schon ein anderes Auditorium her ... Also gut, wenn das der Beschluß des Gebietskomiteebüros ist, dann werde ich als alter Kommunist – Hände an die Hosennaht – natürlich sprechen, meine Erinnerungen mit der Jugend teilen ... Liebe Pioniere und Schüler! Im Namen und im Auftrag des Gebietskomiteebüros und des Präsidiums des Gebietsexekutivkomitees und ganz persönlich von mir grüße ich eure Konferenz und gratuliere zur großen Volksfeier, dem fünfunddreißigsten Jahrestag der Großen Sozialistischen Oktoberrevolution! ... Nun, liebe Kinder, sind also schon fünfunddreißig Jahre vergangen. Und ich erinnere mich, als wenn es gestern gewesen wäre ... Ich sage euch aufrichtig, ihr wißt noch gar nicht zu schätzen, welch glückliche Kindheit ihr habt. Wir haben sie für euch erobert – eure Väter und Großväter unter der Leitung der großen Partei und des weisesten Führers und Vaters der Völker persönlich, des genialsten Heerführers aller Zeiten, des Generalissimus Genossen Stalin ... Ihr seid die Blumen unseres Lebens, die unter der Sonne der Stalinschen Verfassung und der Völkerfreundschaft blühen. Und ihr kennt natürlich nicht die Schwierigkeiten – und ihr könnt sie auch noch nicht kennen –, die Leiden, die hinterlistigen Methoden der Feinde, die wir, die ältere Generation, durchgemacht und gegen die wir heldenhaft gekämpft haben ... Als die historische Salve der ›Aurora‹ ertönte, zog ich, wie ich mich jetzt erinnere, zogen wir, alle alten Bolschewiken – das heißt, damals waren wir noch ziemlich jung –, kühn in die Schlacht, in den Kampf gegen den Zarismus, den angloamerikanischen Imperialismus und alle Volksfeinde, die ihnen als Agenten dienten. Im Großen Oktober des Jahres 1917 bekundete ich, wie ich mich jetzt erinnere, bekundete unser ganzes russisches Volk in Leningrad beispielloses massenhaftes Heldentum. Wladimir Iljitsch Lenin persönlich und sein Freund, der große Stalin, sprachen auf den Tribünen genauso, wie ihr es jetzt auf Bildern und in Filmen sehen könnt. Und ich persönlich habe es gesehen, so wie ihr nun mich vor euch seht. Ich schritt damals mit dem Gewehr in der schwieligen Hand in den Reihen der Kämpfer.

Ich war entflammt vor Begeisterung – so sehr träumte ich davon, für die Sowjetmacht, für die Große Sozialistische Oktoberrevolution, für das Vaterland, für Stalin, für die Stalinsche Völkerfreundschaft, für eure glückliche Kindheit zu kämpfen, liebe Pioniere und Schüler!«

1962. »... ab hier kann man schon von der Wolga sprechen; während wir die Schleusen durchlaufen haben, durchgeschleust worden sind, war's der Moskwa-Wolga-Kanal, aber jetzt schwimmen wir schon flußabwärts auf der Mutter Wolga, auf dem freien Strom ... Meine Frau und ich machen die Reise schon zum drittenmal. Ausgezeichnete Erholung für die Nerven und für den ganzen Organismus. Eine verdiente Erholung ist's. Jawohl, ich bin Pensionär, erhalte die höhere Unionspension. Nun habe ich schon bald siebzig Jahre auf dem Buckel ... Enkel sind da, und Urenkel kündigen sich an. Aber, aufrichtig gesagt, ich lasse mich nicht zum alten Eisen werfen. Die Ärzte haben mich gedrängt, in Pension zu gehen. Haben irgendwas am Herzen, an der Leber, an den Nieren, an allen Nerven gefunden. Schließlich habe ich fast zwanzig Jahre in Asien gearbeitet. Dort ruinierte ich meine Gesundheit und hab meine erste Frau begraben – sie hielt das schwere Leben und das Klima nicht aus. Gut, daß ich von Jugend auf gesund war – vom alten Schrot und Korn. Aber trotzdem – drei Kriege, Fünfjahrespläne, das ganze Leben mit gespannten Nerven, besonders zur Zeit des Personenkults und seiner Folgen ... Nein, ich selbst war sozusagen nicht direkt von Repressionen betroffen. Aber ich sage ganz aufrichtig, in der Seele hat's mir weh getan, gelitten habe ich als alter Kommunist der Leninschen Garde. Und in der Familie gab's natürlich Opfer des Kults. Mein Schwager, der Bruder meiner ersten Frau, war Parteimitglied aus dem Leninaufgebot[10], verdienter Ingenieur, hoch dekoriert, hat Erfindungen gemacht. Aber 1937, in der verfluchten Jeshowschtschina[11], wurde er abgeholt, und dann – spurlos verschwunden. Jetzt ist er natürlich postum rehabilitiert worden. Seine Frau hat man damals auch eingesperrt, und die drei Kinder wurden irgend-

[10] Masseneintritte in die KP nach Lenins Tod 1924. (Anm. d. Übers.)
[11] Nikolaj Jeshow (1895–1939), 1936–1938 Volkskommissar für Inneres und damit auch Chef der Geheimpolizei; leitete als Vertrauter Stalins 1936–1938 die zweite Phase der blutigen »Säuberungen«, nach ihm »Jeshowschtschina« benannt. (Anm. d. Übers.)

wohin in besondere Waisenhäuser gebracht. Meine Frau und ich litten sehr darunter, aber wir wagten nicht mal, uns zu erkundigen. Wir verbargen überhaupt, daß wir was von ihnen wußten. Sonst hätte man mich natürlich auch gleich eingelocht. Viele Genossen waren damals von Verletzungen der Gesetze und der Leninschen Normen betroffen ... Bei meiner zweiten Frau fiel die ganze Familie dem Kult zum Opfer. Der Vater war ein Held des Bürgerkriegs, Korpskommandeur, erschossen nach Tuchatschewskij[12]. Die Mutter, Kommunistin seit 1905, starb in den Lagern von Kolyma. Ihr erster Mann, ein roter Professor, bekam zehn Jahre, ohne Recht auf Post, auch postum rehabilitiert. Sie selbst konnte sich nur dadurch retten, daß sie alles – die Arbeit, die Wohnung – im Stich ließ und mit ihren beiden Kindern zu einer Tante nach Asien fuhr. Dort mußte sie die Kinder begraben, wurde krank, lebte in Armut. Aber sie war moralisch-politisch so gefestigt, daß sie alle Schwierigkeiten überwand. Sie absolvierte einen Lehrgang für Köche, verdiente sich eine Vertrauensstellung. Und im Gebietsexekutivkomitee organisierte sie die Kantine. Das ist überall eine Arbeit, die an die Nerven geht, aber mit Asiaten, mit Tschutschmeken, ganz besonders. Man kann sagen, daß sie den Titel ›Heldin der Sozialistischen Arbeit‹ weit eher verdient hat als die Weiber, die ich selbst vorgeschlagen habe. Doch ich sage aufrichtig: Kult hin, Kult her, irgend jemand mußte schließlich den Sozialismus aufbauen und die Kultur in Bewegung setzen. Ich persönlich war immer, wie's so schön heißt, für die Arbeit entflammt – hauptsächlich im Bereich der Kader sowohl im Parteiapparat wie in Staatsämtern. Solange meine Gesundheit es gestattete. Wir müssen Nikita Sergejewitsch dankbar sein; er hat den Kult und seine Folgen liquidiert und vernünftige Pensionen eingeführt. Und mir persönlich hat er die Möglichkeit gegeben, endlich ins heimatliche Moskau zurückzukehren. Wir haben eine ordentliche Wohnung, zwei Zimmer in einem großen, neuen Haus, in Tscherjomuschki. Wie sich's gehört, mit einem Fernseher – Marke Rekord – ausgestattet. Ich bin im Pensionärssowjet, na ja, und Vorleser beim Bezirkskomitee und bei der Gesellschaft »Das Wissen«, hauptsächlich auf historisch-revolutio-

[12] Michail Tuchatschewskij (1893–1937), Marschall der Sowjetunion, maßgeblich am Aufbau der Roten Armee beteiligt; 1931–1937 stellvertretender Volkskommissar für Verteidigung; 1937 während der »Säuberungen« hingerichtet; 1956 rehabilitiert. (Anm. d. Übers.)

närem Gebiet. Erzähle aus persönlichen Erinnerungen, berichte über historische Parteidokumente, über die Vorträge von Nikita Sergejewitsch und so weiter ... Nein, noch ist das Pulver nicht verschossen.«

1977. »Was heißt: weshalb bist du nervös? Wie soll man denn nicht nervös sein? Ich erinnere mich genau: Die Medaille war an der hellblauen Jacke. Ich hatte sie am Tag des Sieges einzeln angeheftet. Als Nikita Lärm um den Kult machte, gab es Pensionäre, die sich schämten, sie zu tragen. Weil da ein Porträt Stalins drauf ist. Aber ich werde sie tragen, damit alle sehen: Kult hin, Kult her, aber persönlich bin ich immer fest für die Leninschen Normen eingetreten und habe Achtung auch für die historische Rolle des Genossen Stalin ... Ah, da ist sie ja. Dann hatte ich damals also nicht die hellblaue, sondern die graue Jacke an ... Verdammte Sklerose! Na schön, schön, mach dich nicht über mich lustig. Du hast's grade nötig. Neulich hast du doch bei den Sidorows mit deinem Papa geprahlt – daß er mit Gamarnik und Jakir[13] befreundet war. Und wie hat der Alte mit der roten Schnauze dir das Wort abgeschnitten? ›Konnte Ihr Vater keine russischen Freunde finden? Wegen dieser Juden hat er wohl Schlimmes erleiden müssen‹. Du begreifst eben noch nicht, welche Linie jetzt gehalten wird. Mit der Rehabilitierung ist's vorbei. Und ich sage aufrichtig: Nikita, der Maisnarr, hat alle möglichen freigelassen, auch solche, die 's nicht verdient haben. Eben deshalb sind die Ungarn, die Polen und die Tschechen frech geworden. Nikita wußte die bewährten Parteikader nicht zu schätzen. Er hat die Nomenklatura zerschlagen, in den Ruhestand geschickt. Ich könnte ja auch noch arbeiten. Im Politbüro gibt's Genossen, die nicht jünger sind als ich. Und dort ist die Arbeit wohl etwas kniffliger ... Schön, schön, werd nicht kribbelig. Ein Wort, und du gibst gleich zehn zurück. Bring mich vor der Veranstaltung nicht durcheinander. Wo ist meine Brille? Und wo waren noch die Thesen? Heute kommen auch Leute von außerhalb – aus dem Bezirkskomitee, vielleicht sogar aus dem Stadtkomitee. Schließlich gibt's in unserer Hausverwaltung jede Menge alte Kommunisten, sogar einen Veteranen der 18. Armee, hat an derselben Stelle gekämpft wie Leonid

[13] Jan Gamarnik (1894–1937), seit 1930 stellvertretender Volkskommissar der Verteidigung; Iona Jakir (1896–1937), sowjetischer Heerführer; beide Opfer der »Säuberungen«. (Anm. d. Übers.)

Iljitsch. Heute, nach dem Vortrag über die neue Verfassung, über die Sechzigjahrfeier werden wir ›Das kleine Land‹[14] durcharbeiten. Mir hat man die Einleitung anvertraut. Ah, da sind sie, die Thesen. Verstehst du, was für eine verantwortungsvolle Aufgabe das ist: Alles muß verknüpft werden – das Jubiläum, die neue Verfassung und ›Das kleine Land‹. Ich sage aufrichtig: Wenn einer damit fertig wird, dann ich.«

[14] Titel eines Memoirenbandes von Leonid Breshnew. (Anm. d. Übers.)

Notizen aus einem alten Tagebuch

Die Köchin

Zwei Divisionen Luftlande-Infanterie, also Fallschirmspringer, wurden im Frühling und Sommer 1943 an der Nordwestfront als gewöhnliche Infanteristen eingesetzt. Im Sommer wurden sie fast zur Hälfte in den wütenden und hoffnungslosen Angriffen auf die Stadt Staraja Russa aufgerieben.

Eines der Bataillone der 1. Division befehligte Oberleutnant Schatrow, ein leutseliger, gescheiter und tatkräftiger Mann, der früher Berufssportler gewesen war. Er leitete die komplizierte »Bataillonswirtschaft« sachkundig, ohne überflüssige Hast, er war streng, aber gerecht und fürsorglich. Er vertrug sich mit den Artilleristen, Divisionskundschaftern und Troßchargen und verstand sich gut mit den Pionieren. Die Soldaten liebten ihn, die Vorgesetzten vertrauten ihm, weil sie wußten, daß bei ihm immer alles in Ordnung war: Die Flanken und Nähte waren zuverlässig gedeckt, die Schützengräben tief, die Munition reichte aus, die Soldaten waren satt und gut gewaschen, sie waren an der günstigsten Stelle postiert, und die Beobachtermeldungen waren nicht zusammenfantasiert, sondern echt.

Sein politischer Vize war Hauptmann Rosanow, vor dem Krieg Sekretär des Komsomol-Stadtkomitees von Astrachan. Rosanow war so hager, daß man ihn für schwindsüchtig halten konnte. Neben dem quirligen, lauten, immer zum Lachen aufgelegten Bataillonskommandeur wirkte er manchmal wie ein schlaffer, sanfter Intellektueller. Aber er hatte zu den ersten begeisterten Komsomolzen der zwanziger Jahre gehört, war fanatisch opferbereit, beharrlich, ehrlich und tapfer, ohne sich je in den Vordergrund zu schieben. Er sprach nicht sehr flüssig, aber mit ungekünstelter Begeisterung, die sogar den schwülstigen Klischees der Podiumsfloskeln Lebenskraft einhauchte. Am besten sprach er jedoch, wenn er sich offenherzig unter vier Augen oder mit Soldaten in kleinen Gruppen unterhielt. Er liebte das ganze Bataillon, und viele einzelne Soldaten waren ihm ans Herz gewachsen. Er interessierte sich teilnahmsvoll für die Nöte und Sorgen ihres Alltags zu Hause. Die meisten Soldaten – kurz vorher hatten sie noch auf der Schulbank gesessen – behandelten ihn wie einen Lehrer, der ihnen besonders nahesteht: Sie verehrten ihn bedingungslos.

Rosanow und der Kommandeur waren Freunde. Sie teilten sich immer einen Wohnbunker und waren beunruhigt, wenn sie sich trennten. »Wo es ihn wieder hin verschlagen hat! Wär gar nicht nötig gewesen, dort wird jedes Fleckchen beschossen.«

Die Bataillonsköchin war Warja, ein achtzehnjähriges Mädchen aus einem sibirischen Taigadorf. Sie war hochgewachsen, üppig, hatte aber ein kindlich rundes Gesicht mit breiten Bakkenknochen und einen dichten, dunkelbraunen Zopf. Das einzige Mädchen unter mehreren hundert jungen Burschen.

Für Warja war die Feldküche des Bataillons, die fünf- bis siebenhundert Meter von der Hauptkampflinie entfernt in einem Wald lag, die tiefste Etappe, und sie ärgerte sich sehr, weil ihr nicht die Aufgabe eines Scharfschützen übertragen wurde.

»Dabei hab ich schon mit Großvater Eichhörnchen gejagt, als ich noch in der vierten Klasse war. Und in der neunten war ich die beste Schützin der ganzen Schule. Bei uns in der Schule konnten alle Mädchen schießen. Ich hab besser als manche geschossen – kniend, stehend und auch auf bewegliche Zielscheiben!«

Der Kommandeur und sein Vize verboten ihr streng, sich auch nur für kurze Zeit von den Küchenbunkern zu entfernen. Aber Warja hatte mit den Soldaten, die sie mit Brezeln und Pastetchen fütterte, Freundschaft geschlossen und lief den Verboten zum Trotz oft zur Kampflinie.

»Ich guck nur mal eben nach. Vielleicht ist die Kohlsuppe verschüttet worden. Eine Thermoskanne hat ein Schußloch, das ist schlecht repariert, und bring noch heiße Plinsen zum Beobachtungsposten.«

Und jedesmal brachte sie es fertig, ein paar Schüsse abzugeben. Das fröhliche, gutmütige Mädchen behauptete hitzig: »Da hab ich aber wirklich getroffen. Der Artillerieleutnant hat selbst durch den Feldstecher gesehen, daß der Fritze, der drüben im Schützengraben rumlief – dort, wo die morschen Birken liegen –, auf die Nase gefallen ist ... Seine Stiefel ragten raus, andere kamen und zogen ihn weg, ich schoß noch mal und hab bestimmt noch einen erwischt.«

Alle im Bataillon behandelten Warja wie eine Schwester. Manche zogen sie wegen ihres Ehrgeizes als Scharfschützin und wegen einiger kulinarischer Mißerfolge auf. Auch waren ein paar in sie verliebt. Aber, als gäbe es eine stillschweigende Übereinkunft, es machte ihr niemand den Hof. Rosanow versorgte sie mit Büchern und forderte sie zum Lernen auf: »Nach dem Krieg studierst du und wirst Ärztin!«

Die jungen Ordonnanzen, die in der Erdhütte neben ihr wohnten, fingen manchmal eine Balgerei mit ihr an, doch sie wurde ebenso mühelos mit den kräftigen Fallschirmspringern fertig, wie sie die schweren Thermoskannen schleppte.

Einer der Divisionskundschafter, die im Bataillon zu Gast waren, erzählte in Warjas Gegenwart eine Zote und war nicht zimperlich in seiner Wortwahl. Er wurde ermahnt. Der verwegene Kundschafter, der sich etwas auf seine deftige Ausdrucksweise zugute hielt, war erstaunt über die so ungewohnte Empfindlichkeit und wiederholte das Schimpfwort: Kurzerhand wurde er schweigend, aber gründlich verprügelt.

Die Sorge um das einzige Mädchen wurde für die jungen Soldaten zu einem keuschen ritterlichen Spiel.

Im Sommer 1943 erschien im Bataillon ein neuer Bevollmächtigter der »Sonderabteilung«[1], ein selbstbewußter, sich ernst gebärdender, stutzerhafter Oberleutnant.

Rosanow sagte über ihn: »Der kämmt sich eine halbe Stunde wie ein Flittchen, trägt den halben Tag lang ein Haarnetz und stinkt nach Kölnisch Wasser wie ein ganzer Friseursalon.«

Der Sonderoffizier verlangte, daß Warja ihm das Essen in den Wohnbunker brachte, da er »mit Geheimpapieren beschäftigt« sei oder »einen dringenden Anruf von oben« erwarte... Ein paar Tage später gingen Soldaten aus dem Versorgungszug und Bataillonskundschafter zu Rosanow: Der Sonderoffizier belästige Warja, sie wehre ihn zwar ab, er bedrohe sie aber und habe ihr verboten, sich zu beschweren. Das Mädchen fürchte sich, weine, doch sie wüßten Bescheid und wollten den politischen Offizier bitten, die nötigen Maßnahmen zu treffen. Dieser Schnösel mit den Achselklappen werde den Morgen nicht erleben, wenn er sich noch einmal an das Mädchen heranmache. Man werde sowieso nicht herausfinden, wer ihn sich vorgenommen habe, und sollte man den Verantwortlichen schnappen, könnte man ihn auch nicht weiter als an die Front schicken.

Rosanow entgegnete wütend, daß er die Drohungen nicht gehört haben wolle, und versprach ebenso entschieden, daß niemand mehr Warja beleidigen werde.

Am selben Abend riefen er und der Kommandeur – in Gegenwart eines zugereisten Offiziers – den Schürzenjäger zu sich. Sie

[1] Ein Vertreter der »Staatssicherheit«. (Anm. d. Übers.)

sprachen kurz und unzweideutig mit ihm. Der Sonderoffizier war aufgeweckt genug, um zu wissen, daß dies eine Division war, in der sich alle – angefangen vom Kommandeur Generalmajor Kasankin bis zum letzten gemeinen Soldaten – für Angehörige einer verschworenen Bruderschaft der Fallschirmspringer hielten, auf die »Vögelchen«, die Propellerzeichen, in ihren blauen Kragenspiegeln stolz waren, und in der die Mehrzahl der Offiziere schon im dritten Jahr gemeinsam kämpfte. Da war er hilflos, und all seine umfassenden Vollmachten nutzten ihm nichts. Er kannte diese tollkühn »sich selbst überschätzenden« Frontkämpfer gut genug.

Er hörte finster zu, Rosanow redete, und die beiden Zeugen schwiegen ausdrucksvoll.

Der Sonderoffizier lächelte säuerlich: »Na, wenn das so ist ... Als ob ich auf die dumme Gans angewiesen wäre. Sie hätten nicht auf den Klatsch hören sollen. Aber hier bleibe ich nicht länger, in so einer Situation, wo die Kommandeure sich so stellen, als seien sie machtlos.«

Einige Tage später fuhr er weg, abkommandiert zum Korps.

Die Verwegene

Ljusja war Krankenschwester in einem Infanteriebataillon. Sie war hochaufgeschossen, schlank und hatte goldrotes Haar. Ihr Gesicht war etwas schmal – ein Oval, das sich nach unten verjüngt –, rosig, wie durchscheinend; die Augen von tiefer, fast violetter Bläue. Ihre Lippen leuchteten auch ohne Lippenstift grellrot; auf der Oberlippe ein tiefes, halbrundes Grübchen, geschwungen wie ein Bogen auf alten Bildern. Die Verwegenheit dieses schönen und anmutigen Mädchens wurde sogar von den kühnen Kundschaftern bewundert, die damals, im Winter 1942/43, nicht leicht zu erstaunen waren.

Mehr als hundertfünfzig Verwundete hatte sie aus dem Feuerhagel getragen. Mehrere Male nahm sie mit den Kundschaftern an weiten Spähtrupps ins deutsche Hinterland teil. Während der schweren Kämpfe vor Neujahr 1943 hatte sie einen getöteten Kommandeur ersetzt, die Kompanie zweimal zum Gegenangriff geführt und eine entscheidende Höhe gehalten. Sie besaß eine vollständige Sammlung von Medaillen und Orden, darunter den Lenin-Orden und die »Rote Fahne«.

Aber Ljusja galt als ausschweifend. Man erzählte, daß sie ihre Freunde häufiger wechsle als den Unterkragen der Uniform, und der war immer makellos weiß. Es hieß, daß sie es einmal in der Pause zwischen zwei Angriffen geschafft habe, einem MG-Schützen im Bombentrichter zwischen unseren und den deutschen Schützengräben ein Schäferstündchen zu schenken.

Kurz nachdem sie mit dem Lenin-Orden ausgezeichnet worden war, traf der Stellvertreter des Chefs der politischen Frontverwaltung, Oberst F., in der politischen Abteilung der Armee ein. Er verlangte Ljusja zu sehen.

Als sie eintrat, wies der Oberst allen majestätisch die Tür: »Erlauben Sie mir, wenigstens zehn Minuten unter vier Augen mit dem schönen Kind zu sprechen!«

Aber die ganze Unterhaltung war durch die Sperrholzwand, die den Bunker in das Arbeitszimmer und ein »Vorzimmer« teilte, sehr gut zu hören.

»Also, Ljusja – so heißt du doch? –, du bist ein berühmtes, ja ein heldenhaftes Mädchen. Du hast die höchste Auszeichnung erhalten, die Zeitungen haben über dich geschrieben, man hat Filmaufnahmen von dir gemacht. Du bist, wie man so sagt, unsere Zierde und unser Stolz. Auch wir in der politischen Frontverwaltung wissen über dich Bescheid. Der Befehlshaber selbst und ein Mitglied des Kriegssowjets haben Interesse an dir gezeigt. Dein Ruhm erstreckt sich auf die ganze Armee, auf die ganze Sowjetunion ... Aber weißt du, deshalb hast du auch große Verantwortung. Auf dich blickt die ganze Division, die Armee und vielleicht sogar der ganze Frontabschnitt. Du bist doch Komsomolzin ..., also blickt auch das ganze Komsomol auf dich. Man kann sagen, das ganze Land. Du siehst, welche Verantwortung du hast, wie dein Benehmen zu sein hat. Es muß rein sein wie Kristall, damit niemand was daran aussetzen kann. Tja, dein Benehmen muß, wie soll ich sagen, deines Heldentums und deiner hohen Auszeichnungen und der Aufmerksamkeit des Oberkommandos, der Fürsorge der Partei und des Komsomol würdig sein ... Ich meine dein moralisches Niveau. Sieh mal, da gibt's aber gewisse Zeichen, beunruhigende Zeichen, was deine Moral betrifft.«

»Genosse Oberst, spielen Sie darauf an, daß ich mit vielen Kerlen schlafe?«

Der Oberst brummelte verstört: »Warum so grobe Worte? Ich meinte eigentlich ...«

»Was sollen die Anspielungen, wenn doch alles klar ist. Aber sagen Sie mir: Haben Sie gehört, daß ich je mit einem Feigling geschlafen habe?« Sie sprach leise, ruhig und sehr deutlich.

»Was, wie bitte?«

»Oder daß ich mit einem hohen Offizier was gehabt habe? Sie haben's nicht gehört und werden's nicht hören! Weder mit einem Feigling noch mit einem, der höher war als ein Zugführer, habe ich geschlafen, und das werde ich auch nicht. Sie, zum Beispiel, brauchen sich also nicht zu beunruhigen ...«

»Aber, aber, wer würde denn so was denken ...«

»Das soll auch keinem einfallen. Ich schlafe mit guten, tapferen Soldaten. Und bis jetzt hat sich noch niemand über mich beschwert. Haben Sie etwa gehört, daß man sich meinetwegen gestritten oder geschlagen hat? Oder daß ich jemandem die Stimmung verdorben habe? Oder daß jemand beleidigt war ...? Nein! Und sowas werden Sie auch nie hören. Ich suche mir die Burschen selber aus und sage immer gleich ganz ehrlich: Für die Liebe, mein Freund, haben wir keine Zeit. Es ist Krieg! Wenn wir heiraten würden, könnte einer schon morgen verwitwet sein. Was sollen wir uns noch zusätzlich Kummer machen? So ist's gut – heute sind wir eins, wir zwei, und morgen ist's vorbei. Und keiner ist traurig, keiner gekränkt. Damit sind alle zufrieden, weil sie mich kennen und achten. Sie wissen alle: Mit mir zu schlafen ist etwa so, wie einen Orden zu kriegen. Mancher ist vielleicht zwei- oder dreimal dran, aber ich selbst bin frei. Und ich lasse die Finger von den Vorgesetzten. Die sollen sich mit ihren Hühnchen aus dem Troß abgeben. Ich bin kein Hühnchen, ich brauch keine Hähne, zu mir passen tapfere Falken.«

»Aber wie kannst du nur ...? Und die Liebe? Was hältst du von der weiblichen Ehre? Und wie steht's mit der moralischen Verfassung einer Komsomolheldin?«

»Da gibt's nicht viel zu reden, Genosse Oberst! Liebe ist was für Friedenszeiten. Und meine Komsomol-Moral? Die ist besser als bei denen, die für eine Zusatzration mit einem Kommandeur schlafen oder um sich in der Etappe an der guten Verpflegung ein Bäuchlein anzufressen. Die müßten Sie nach der Moral fragen! Wenn ich mit einem anständigen Kerl schlafe, freut er sich darüber, und mir schadet's nicht. Nach dem Krieg werde ich schon heiraten, dann liebe ich nur einen, und den Kindern bringe ich die richtige Moral bei.«

Der Oberst murmelte etwas vollkommen Unverständliches vor sich hin und atmete schwer.

»Haben Sie noch irgendwelche Befehle, Genosse Oberst? Gestatten wegzutreten?«

»Ja? Aber sieh trotzdem zu, dein Benehmen soll doch etwas ordentlicher sein ...«

»Zu Befehl, etwas ordentlicher, Genosse Oberst.«

Sie salutierte stramm nach Feldwebelart – von der Schulter her ließ sie die Finger aus der Faust herausschnellen –, drehte sich um, schlug die Hacken zusammen und ging hinaus.

Die Offiziere hinter der Trennwand krümmten sich vor unterdrücktem Gelächter. Der rote, schwitzende Oberst blinzelte verstört und wischte sich mit einem zusammengeknüllten Tuch die nasse Stirn und den Hals ab.

»Das ist aber eine! Vielleicht 'ne Schlampe, vielleicht aber auch nicht ...«

Kurz darauf wurde Ljusja schwer verwundet; ihre Hüfte war zersplittert. Aus dem Krankenhaus entlassen, konnte sie nicht mehr an die vorderste Front zurückkehren und arbeitete als Krankenschwester in einem Kriegsgefangenenlager in der Nähe der Front. Sie magerte ab, wurde düster und hinkte schwer.

Als wir ins Lager kamen, um Hörer für die »Antifaschistische Frontschule« anzuwerben, klagte sie uns, daß sie sich sehr nach den alten Kameraden sehne. Die NKWD-Lagerleitung widerte sie an – die aufgeblasenen, kleinlichen Etappenhengste hatten so wenig mit ihren früheren Freunden gemeinsam...

Der Vollstrecker

Der Sicherheitsoffizier für das Kriegsgefangenenlager in Borowitschi war im Sommer 1942 Hauptmann Morosow. Er war klein, hager, gleichzeitig sehnig und muskulös, ein ausgezeichneter Skifahrer, Motorradfahrer, Jäger und Angler. Er hatte ein schmales, kantiges Gesicht mit hervorspringenden Backenknochen, eine hohe Stirn und schütteres Haar. Sein markanter Schädel war von dunkelbrauner Haut straff überzogen. Er war immer sauber rasiert und parfümiert. Seine runden, grauen Augen sahen den Gesprächspartner stets freundlich und direkt an. Nur sein Lächeln war unangenehm: Ein kurzes Blecken seiner großen Zähne entblößte das obere Zahnfleisch.

Morosow wohnte, wie alle Angehörigen der Lagerleitung, in einem kleinen, nicht weit von der Lagergrenze entfernten Haus.

Ein Zimmer war für die Allgemeinheit bestimmt; dort aßen gewöhnlich auch wir zu Mittag, wenn wir von der Front hierher abkommandiert wurden.

Morosow war zu uns besonders freundlich, lud uns häufig ein und bewirtete uns mit Wodka und Hasenbraten. Fast täglich ging er auf die Jagd und brachte zwei oder drei Hasen mit. Wenn er getrunken hatte, beklagte er sich, daß er gezwungen sei, in der Etappe zu sitzen, obwohl es ihn an die Front dränge. Man gestatte es aber nicht, weil er zu viel wisse. Leute wie er dürften nicht in Gefangenschaft geraten. Er gab sich sehr viel Mühe, uns zu beeindrucken, wir, die Frontkämpfer, sollten ihn respektieren; wir sollten verstehen, daß er eine bedeutende Persönlichkeit und sein Aufenthalt in einem öden Lager hinter der Front nur Zufall sei.

Wenn er viel getrunken hatte, sprach er langsamer und seine Augen wurden glasig, aber er hielt sich gerade und geriet nie aus dem Gleichgewicht. Doch einmal ging er aus sich heraus:

»Wer ich war? Ein Vollstrecker! Verstehen Sie nicht? Vollstrecker der Höchststrafen im ganzen Leningrader Gebiet ... Können Sie sich das vorstellen? Hab nie gezählt, wie viele ich eigenhändig abgeknallt habe. Seit 1920 arbeitete ich in dieser Sparte. Mein Vater war im Putilow-Werk und in der Roten Garde. Ich ging als Junge mit ihm. Danach war ich in der ersten Abteilung der Tscheka. Als ich größer war, wurde ich mit dem Posten des Vollstreckers betraut. Vorher, im Bürgerkrieg, hatte immer der diensthabende Zug die Erschießungen vollzogen, aber später machten das speziell beauftragte Vollstrecker. In Leningrad gab es nur drei von uns. Der eine verlor den Verstand, der zweite erschoß sich selbst, aber ich wurde erst 1940 auf Anraten der Ärzte freigestellt. Die Arbeit machte einen wirklich völlig fertig! Überleg mal, welches Pensum wir nach dem Kirow-Fall[2] hatten, besonders 1937 und 1938. Manchmal waren es etwa ein Dutzend pro Wache – und die hatte 24 Stunden! Aber ihr seht ja, ich bin noch völlig bei Sinnen ... Und warum? Weil meine Lebensweise richtig ist. Jeden Tag morgens und abends Gymnastik, an freien Tagen zum Angeln oder auf die Jagd. Keine Unmäßigkeiten: Hab wenig getrunken, erst

[2] Sergej Kirow (1886–1934), Sekretär des Parteigebietskomitees von Leningrad, wurde am 1. Dezember 1934 – wahrscheinlich auf Veranlassung Stalins – ermordet. Der Mord löste die großen »Säuberungen« der dreißiger Jahre aus. (Anm. d. Übers.)

jetzt, im Krieg, erlaube ich mir mehr. Und mit den Weibern, gar nichts. Ich habe Familie und liebe die Ordnung ...«

Seine Frau – sie war eine hochgewachsene, kräftige Blondine: schön, bösartig und dumm. Er vergötterte sie, ebenso wie seine vierjährige Tochter, ein blasses, blauäugiges, sehr verwöhntes und herausgeputztes Mädchen. Er wurde von den beiden herumkommandiert, die Frau pflegte ihn wütend anzuschreien und soll, wie die Nachbarn erzählten, ihren furchterregenden Mann sogar geohrfeigt haben.

(1943)

Ein Morgen im Mai 1947

»Keine Bewegung zu hören!«

Ein breitschultriger Major sitzt an einem Tisch mit Telefonen, in einem geräumigen, hellen Vorzimmer, dessen Boden mit einem bunten Teppich ausgelegt ist. Er läßt sanft den Hörer sinken und erhebt sich. Durch die Glastür zur Terrasse tritt ein General, setzt vorsichtig einen Fuß vor den anderen – ein behäbiger Mann mit einem rosigen Gesicht über den goldenen Achselklappen des weißen Uniformrocks, in blauen, dunkelrot betreßten Reithosen. Er flüstert heiser: »Wer war das?«

»Genosse Berija[1]«, antwortet leise und deutlich der Major. »Und vorher haben Genosse Malenkow und Swetlana Iosifowna[2] schon zweimal angerufen.«

»Hört man was?«

»Mitnichten, Genosse General.«

Durch die hohen Fenster strahlen das Grün der Bäume und das Himmelblau eines Maitages herein. Der General sieht sich um: Einige Stühle stehen im Raum, eine rot bezogene Sitzbank. Eine große, weiße Tür, dunkel drapiert, führt ins Innere des Hauses. Auf den matten, hellen Tapeten hebt sich ein einziges farbiges Quadrat hervor: Ein großes Foto zeigt lachende Mädchen, von Kälbern umringt, auf einer grellgrünen Wiese.

Durch die Terrassentür zwängt sich ein Knirps von Mann; der runde, glattrasierte Schädel sitzt fest zwischen den in einen grauen Anzug gezwängten wulstigen Schultern. Unter der Achsel hält er eine Mappe aus Saffianleder, in der Hand eine große Aktentasche. Ein freundliches Nicken zum General hin, ein fragender Blick für den Major.

Der General brummt vorwurfsvoll: »Nein, nein, ist noch nicht aufgestanden. Und du rückst schon mit der Aktentasche an? Solltest lieber eine Weile im Park spazierengehen. – Still!«

[1] Lawrentij Berija (1899–1953), engster Vertrauter Stalins, wie dieser Georgier; seit 1938 Leiter des Volkskommissariats bzw. des Ministeriums des Innern; 1953 gestürzt und hingerichtet. (Anm. d. Übers.)

[2] Georgij Malenkow (geb. 1902), unter Stalin einer der führenden Partei- und Staatsfunktionäre; nach dessen Tod 1953 1. Parteisekretär und Ministerpräsident; 1957 nach dem Versuch, Chruschtschow zu stürzen, seiner Ämter enthoben. – Swetlana Iosifowna (geb. 1926), Stalins Tochter; 1967 in die USA emigriert. (Anm. d. Übers.)

Schritte sind zu hören. Der Major hebt besänftigend die Hand. »Das ist Walentina Sacharowna.«

Eine rotwangige Frau mit weißem Kopftuch und weißer Schürze kommt herein. Das große Tablett ist mit weißen Servietten zugedeckt. Sie schreitet sicher aus, sogar der Teppich kann ihre Schritte nicht dämpfen.

Der General winkt aufgeregt mit seinen kurzen Ärmchen. »Wohin denn? Was denn? ... Sind noch nicht aufgestanden!«

Sie antwortet laut: »Weiß ich. Aber Poskrjobyschew ist schon da. Und ist er mal aufgestanden, laßt ihr ihn nicht mehr frühstücken mit eurem Papierkram.«

Der Major wendet sich plötzlich abrupt um, schlägt die Hakken zusammen und nimmt Haltung an. Ein kurzes Zischen: »Achtung! Bewegung hörbar!«

Die Tür wird aufgestoßen. Herein tritt ein kleiner alter Mann in einem hellen Uniformrock aus chinesischer Rohseide und ebensolchen weiten Hosen, die in Kalbsleder-Stiefeln stecken. Er hat graues, borstiges Haar über der niedrigen, gelben Stirn, dunkle, bohrende Augen unter schweren Lidern, die unteren Augenlider hochgezogen wie ein Vogel; die Nase ist schwer und pockennarbig, der Schnurrbart grau. Seine Hände sind klein, scharf geschnitten; die linke klammert sich an die Knopfleiste des Rocks. Die rechte hebt er zum Gruß.

»Guten Morgen!«

»Guten Morgen, Genosse Stalin! Guten Morgen!« ertönen rasche Männerstimmen.

»Der Morgen ist längst vorbei, mein Lieber. Rechtschaffene Leute setzen sich bald an den Mittagstisch. Zwei Uhr vorbei. Kaffee habe ich schon, wer weiß wie oft, gekocht.«

»Richtig, Walja. Sie sind die einzige unter uns, die für Ordnung sorgt.« Er lächelt mit den Augen und einer Schnurrbartspitze.

»Ist Berija schon da?«

»Hat vor einer halben Stunde angerufen ...«

»Schönes Wetter heute. Werden im Garten frühstücken, Walja, in der Laube. Und dort auch arbeiten.«

Sein Schritt ist schnell, leicht; er setzt die Zehenspitzen zuerst auf, geht, ohne sich umzusehen. Der General trabt schwerfällig hinterher.

Der Garten beginnt gleich an der Terrasse mit Fliederbüschen. Dahinter das Dunkelgrün der Tannen und das Hellgrün der Birken. Blumen leuchten an den Wegen im hohen, ungemähten Gras.

Er atmet die in der Hitze stärker werdenden Gartendüfte. Wie angenehm es ist, die federnde Leichtigkeit der eigenen Schritte zu fühlen ... Hinter ihm keucht der General.

»Keuch nicht, Wlassik, schämst du dich nicht? Bin zehn Jahre älter, aber im Gehen nehm ich's mit dir auf ...«

Der General grinst. »Nicht nur mit mir, Genosse Stalin. Und nicht nur im Gehen.«

»Laß das Schmeicheln, Wlassik, das paßt nicht zu einem General. Bist zu fett geworden, mein Lieber. Möchte gern wissen, was bei dir schwerer ist, der Wanst oder der Arsch.«

»Das kommt darauf an ... Wenn ich gegessen habe, ist's natürlich der Bauch ... Und wenn ich verdaut habe, ist's folglich umgekehrt.«

»So, so. Bist ein Witzbold, Wlassik ... Wärst du nicht General, könntest du's als Schauspieler oder Schriftsteller im komischen Fach versuchen.«

Der Gartenduft, die Sonne, das Grün, der federnde Schritt – sie machen ihn beschwingt und froh.

Nachts hatten sie lange bei Tisch gesessen und viel getrunken; Gäste waren dagewesen, viele unangenehme Gesichter darunter. Ein zigeunerhafter Jugoslawe mit durchdringendem fragendem Blick, der trank so vorsichtig – wohl aus Angst, die Kontrolle über seine Zunge zu verlieren. Und sein Freund, betont geschwätzig, gab aber nur Lappalien von sich: Wo man was ißt, Witze, montenegrinische Legenden über Stalin. Ein schlauer, schmeichlerischer Kerl. Die wollen ein eigenes Reich dort auf dem Balkan. Ihren eigenen Sozialismus. Ohne uns heißt gegen uns. Der Schönling Tito sieht sich schon als Bonaparte. Partisanenallüren. Wie Sorokin oder Grigorjew. Nein, wie Betal Kalmykow[3]: Sozialismus eigener Art im kabardinischen Krähwinkel. Titos Augen, schlaue Augen, hinter dem Lächeln verbirgt sich Anmaßung. Frech ist er geworden, war früher anstellig, hat einem zugehört. Jetzt hat er eigene Pläne. Ein Fremder eben.

[3] Iwan Sorokin (1884–1918), 1918 Kommandeur der 11. Armee; rebellierte gegen das Oberkommando, wurde verhaftet und erschossen. – Nikolaj Grigorjew (1878–1919), 1919 Kommandeur der 6. Ukrainischen Division; nach seiner Rebellion gegen die Sowjetmacht ermordet. – Betal Kalmykow (1893–1940), im Bürgerkrieg Partisanenführer; danach Sekretär des Gebietsparteikomitees der autonomen Kabardino-balkarischen Republik im Nordkaukasus, eigenwilliger und volkstümlicher Führer dieses regionalen Staatsgebildes; starb in Haft. (Anm. d. Übers.)

Und Dimitroff[4] tuschelt mit ihm. Will sich ebenfalls hinterm Balkan verstecken, hat einen eigenen Vertrag mit Rumänien gemacht. Trieb schon in der Komintern ein falsches Spiel, schickte ins Lager Pakete für seine Freundchen, als ob sie ihn nicht hätten umbringen wollen. Hat's also nicht geglaubt. Hat um Gnade für sie gebettelt, Manuilskij[5] die Ohren vollgesäuselt: Ihm gehe nicht ein, daß Popoff und Taneff[6] Verräter seien. Ein Mißverständnis! Der schlaue Zigeuner möchte ein sozialistischer Zar in Bulgarien werden, ein mildtätiger Zar. Ist nicht dumm, da liegt Verrat nahe.

Böse, nagende Gedanken. Das Tageslicht verdüstert sich. Plötzlich die eklige Kälte der nächtlichen Angst. Dort, hinter den Bergen, rattern die Druckpressen, Blatt um Blatt werfen sie aus. Grausige Worte, wieder wie damals: Für den Sozialismus, aber gegen ihn, für die Revolution, aber gegen ihn, für Lenin, aber gegen ihn. Trotzkijs Kneifer. Der hochmütige Blick, das herablassende Grinsen. Bucharins[7] düstere Miene, zornig schüttelt er seinen kümmerlichen Bart. Mit Erde vollgestopft sind die verfluchten Mäuler. Aber die anderen, die leben. Dort, hinter dem Balkan, haben sie Soldaten, Druckereien, Rundfunkstationen. Doch auch hier gibt es welche von der Sorte. Vielleicht ganz nahe. Und wer ist wo? Der Feind läßt sich nicht in die Augen schauen. Bereitet den plötzlichen Dolchstoß in den Rücken vor, heimlich, aus dem Hinterhalt.

... Bittere, böse Gedanken. Er beschleunigt sogar die Schritte, setzt die Füße schwerer in den weichen Sand. Es bedarf einer Anstrengung, um den trüben Schleier der Angst zu zerreißen ... Die dicken Brillengläser vergrößern Berijas Augen, ihren offenen, direkten Blick voll Ruhe, voll Sicherheit. Alles wird in Ordnung sein. Er lächelt. Er weiß, was not tut. Tito wird wie ein Operettentenor vergöttert. Da hilft kein direkter Schlag, nein, so wie mit Kirow[8] muß es geschehen. Danach kann man

[4] Georgij Dimitroff (1882–1949), bulgarischer Kommunistenführer; 1933 Hauptangeklagter im Leipziger Reichstagsbrandprozeß; Vorsitzender der Komintern; 1946 Begründer der Volksrepublik Bulgarien.

[5] Dmitrij Manuilskij (1883–1959), Parteifunktionär; seit 1928 Sekretär des Exekutivkomitees der Komintern, dort Vertrauensmann Stalins.

[6] Blagoj Popoff und Wassil Taneff waren in Leipzig Mitangeklagte von Dimitroff; lebten nach ihrem Freispruch in der Sowjetunion; während der »Säuberungen« verhaftet, später rehabilitiert. (Anm. d. Übers.)

[7] Siehe S. 45, Anm. 4.

[8] Siehe S. 146, Anm. 2.

alle anderen zu Mördern und Verrätern erklären, zu Söldlingen von Churchill und Truman; hängen wird man sie mit Applaus. Berija hat recht. Es gibt nichts zu fürchten. Überall stehen unsere Soldaten. Unsere Panzer. Unsere Kanonen. An der Elbe, an der Donau. Er hat Europa das Knie auf den Bauch gesetzt, die Hand an seiner Gurgel, den linken Stiefel auf dem Balkan. Die Kanonen sind ausgerichtet. Die Soldaten stehen bereit. Er braucht nur den Befehl zu geben. Und die Soldaten ohne Uniform, Berijas abertausend Burschen, die haben Tito und Dimitroff und all diese Lehnsfürsten im Visier.

Immer wieder erlebt er furchtbare Minuten und Stunden. Entsetzen würgt ihn: Was, wenn alles umsonst war! Irgendwo lauert ein unsichtbarer, unerkannter Feind, der schrecklichste aller Feinde. Der rüstet zum unerwarteten Schlag, wie damals, beim XVII. Parteitag, als Kirow plötzlich die Mehrheit erhielt. In den grauen, namenlosen Zettelchen hatte sich ein unsichtbarer Feind verborgen. Jagoda[9] konnte nichts finden, war scheinheilig, liebäugelte mit Kirow, und Kirow – schallendes Lachen, ein einfaches Gemüt, dem Anschein nach ganz offen, ganz redlich, ein guter Kumpel, gab sich familiär, als schriebe man noch immer 1919. Hatte gelernt, ausgewachsene Tölpel in sich verliebt zu machen. Wurde gefährlicher als Trotzkij, gefährlicher, weil er Russe war, für die Masse ihr eignes Blut. Und auch deshalb gefährlicher, weil er Streit mied, niemals Kontra gab. Aber er war dem schlauen Freund zuvorgekommen, ausgetrickst hatte er ihn. Zu Recht heißt es bei den Amerikanern: Gut schießt, wer zuerst schießt. Am besten aber schießt, wer's zuerst und zuletzt tut. Damals ließ er sich nicht hintergehen, bezwang die Angst. Schlug als erster, traf den Freund, den Gevatter ohne Vorwarnung. Und schlug Kirows Kumpel mit Kirows eignem Sarg nieder. Schuf Platz, und schon atmete sich's leichter. Schreckte nicht davor zurück, auch Eichen zu fällen. In der dichten Finsternis lauern die Schlangen. Weit wurde die Axt geschwungen, die Späne flogen nur so. Jeshow[10] war wie eine Maschine, ohne Augen, ohne Hirn, nur mit zwei Pranken. Ach was, der ist passé ...Und wieder beschleicht ihn die Angst,

[9] Genrich Jagoda (1891–1938), 1934–1936 Volkskommissar für Inneres; 1936 zum Tode verurteilt und hingerichtet. (Anm. d. Übers.)

[10] Siehe S. 135, Anm. 11; Nachfolger von Jagoda als Volkskommissar für Inneres; 1938 gestürzt und von Berija abgelöst; vermutlich hingerichtet. (Anm. d. Übers.)

schlimmer als je. Die dumpfe Juni-Nacht[11]. Molotow[12], die Augen vor Schreck geweitet, stotterte mehr als sonst bei jedem Wort. Der verdatterte Timoschenko[13], beinahe in Tränen: »Ihre Befehle, bitte, Ihre Befehle!« Berija, blaß wie Schnee, schweißnaß. Die Deutschen hatten zugeschlagen. Er wollte es nicht glauben. Wollte niemandem glauben, dachte, sie drohten bloß und stellten seine Nerven auf die Probe. Aber Hitler hatte ihn reingelegt. Jede Erinnerung an jene Nacht beschert ihm ein widerliches Zittern, Übelkeit und Kälte in den Gedärmen. Schlimmeres hat es nicht gegeben. Sogar später nicht, als die Front auf Moskau zukroch, als Bomben rund um den Kreml einschlugen, und auch dann nicht, als man ihm von der Atomexplosion der Amerikaner berichtete. Nein, nichts war schlimmer als jene Nacht. Aber jetzt klingt etwas an von jener schauerlichen Angst, sobald er sich an die Augen dieses Serben erinnert, leicht verschleiert durch ein ehrfurchtsvolles Lächeln. Nein, jetzt droht ihm nichts mehr. Er hat sie durchschaut. Er ist auf der Hut.

Das frische Maigrün rauscht freundlich um ihn. Der Garten atmet Zuspruch, hinter sich hört er das eifrige Schnaufen.

»So, so, Wlassik, mit dem Marschieren ist's bei dir nicht weit her. Dafür bist du ein geborener Komiker. Und kannst das Soldatspielen nicht lassen ... Ein Intelligenzler wie du ...«

»Hm ... Belieben zu scherzen, Genosse Stalin! Ein Intelligenzler! Ich bin ein Bauernsohn, Soldat der Revolution ...«

Wlassik, krebsrot und verschwitzt, schnappt nach Luft, bleibt aber nicht zurück.

»Hab von den Intelligenzlern genug fertiggemacht.«

»Oh, das ist nicht schön, was du da sagst, Wlassik, gar nicht schön. Es war die bürgerliche Intelligenz, die wir früher ein bißchen fertigmachen mußten. Aber jetzt ist es unsere Intelligenz, die Arbeiter- und Bauernintelligenz, unsere Parteiintelligenz ... Und du, du sträubst dich dagegen. Was sind wir denn, ich und du und Poskrjobyschew? Wir sind die neue sowjetische Intelligenz.«

»Hm. Belieben zu scherzen. Wie kann man das vergleichen? Sie und wir. Sie sind klüger als zehn Millionen Intelligenzler.«

[11] 22. Juni 1941: Hitlers Einfall in die Sowjetunion. (Anm. d. Übers.)

[12] Siehe S. 96, Anm. 22.

[13] Semjon Timoschenko (1895–1970), Marschall der Sowjetunion, zu Kriegsbeginn Volkskommissar für Verteidigung; bis 1942 Oberbefehlshaber der West- und Südfront; mitverantwortlich für die Niederlagen der Roten Armee in der ersten Kriegsphase. (Anm. d. Übers.)

»Laß die Lobhudelei, Wlassik, wie oft hab ich dir schon gesagt: Gewöhn dir nicht das Schmeicheln an.«

»Ich schmeichle nicht. Ich bin Soldat, und Sie kennen mich seit dreißig Jahren. Ich sage immer, was ich denke. Das ist nicht Lobhudelei, sondern die reinste Wahrheit. Das weiß die ganze Welt. Und wir beide, Poskrjobyschew und ich, sind überhaupt keine Intelligenzler, sondern Tschekisten im Kampf ... Intelligenzler, das sind Leute, die bloß tüfteln, Philosophie betreiben, die ganze Welt durch ihre Bücher betrachten, kurzum, wie man so sagt, die Weisheit mit Löffeln gefressen haben. Auch von unsereinem ist mancher so geworden. Aber ich halte mich da fern. Bin ein einfacher Mann.«

Sie treten in die hellgrüne Bretterlaube im Schatten von üppigen Birken. Ein runder leichter Tisch, geflochtene Stühle, einige Liegen. Walja deckt schnell auf, zündet den Kocher unter der Kaffeekanne an. Auf den Tellern liegen Radieschen, Gurken, Schinken, georgischer Käse, Eier.

Er ißt behutsam, mit Freude am Essen. Eine Freude ist es für die Zunge, den Gaumen, den ganzen Körper. Schön ist es, in ein Radieschen zu beißen, den Duft des frischen Brots zu riechen, das prickelnde Mineralwasser die Kehle hinunterlaufen zu lassen.

Poskrjobyschew hat sich, Mappe und Aktentasche auf dem Schoß, gegenüber hingehockt. Wlassik steht in der Tür und wischt sich mit einem bunten Tuch den Schweiß vom Nacken. Walja steht am Tisch, die Arme unter der schweren Brust verschränkt, und beobachtet ihn mit strengem, sorgendem Blick.

»Hört ihr, Freunde, was Wlassik sagt? Er will kein Intelligenzler sein. General kann er sein, und gegen den Marschall hat er wohl auch nichts, aber ein Intelligenzler – um keinen Preis. Wie soll man das verstehen? Ein unintelligenter General. Da lachen die Hühner ... Was meinst du, Poskrjobyschew, lachen die Hühner unseren Wlassik aus?«

Die winzigen Igelaugen starren in den kauenden Mund, auf den Schnurrbart, an dem Käsekrümel hängen. Die Äuglein sind wachsam, und die langen weichen Lippen kräuseln sich zu einem Lächeln.

»Na, was denkst du, lachen die Hühner über Wlassik?«

»Weiß nicht, Genosse Stalin, bin kein Hahn.«

Er lacht schallend, wischt sich den Schnurrbart ab. Walja fällt ein. Wlassik kichert.

»Wie hast du gesagt? Kein Hahn? Poskrjobyschew ist also

auch nicht auf den Mund gefallen. Wie angenehm, mit fröhlichen Leuten zu arbeiten. Wie's im Volksmund heißt: Frohes Leben – gute Arbeit. Stimmt's, Walja?«

»Es stimmt, aber auch wieder nicht ganz. Sie denken immerzu nur ans Arbeiten. Die da werden sich wohl satt gegessen haben, ehe es ans Scherzen ging. Aber Sie haben kaum zu Ende gekaut und wollen schon mit der Arbeit beginnen. Die sollten Mitleid mit Ihnen haben, wenn Sie selbst so hart zu sich sind.«

»Da müssen Sie sich, liebe Walja, bei Berija beklagen. Ein Anschlag auf den Genossen Stalin, auf seine Morgenruhe. Sobald Berija erscheint, bringen Sie gleich Ihre Beschwerde vor.«

»Hat keinen Zweck ... Über Sie müßte ich mich beschweren, bloß bei wem? Sind doch nicht aus Eisen. Müssen sich doch um ganz Rußland, um die ganze Welt kümmern. Und dazu braucht man auch Ruhe. Gestern war's dasselbe: Kaum aufgestanden, schon am Schreibtisch. Und danach die Sitzungen in der Stadt, ganz blaß und müde sind Sie heimgekommen, aber da haben schon die Gäste gewartet, ein Gelärme bis nach Mitternacht. Sind ja nicht mehr der Jüngste, sollten sich schonen.«

Walja spricht, während sie den Tisch abräumt, ihm nochmals Kaffee einschenkt. Er folgt ihr lächelnd mit dem Blick und zwinkert Poskrjobyschew und Wlassik zu: Seht mal, wie böse sie ist.

Ja, das sind wirklich Männer, auf die er sich verlassen kann. Der Kommandant Wlassik war schon bei Zarizyn[14] sein Adjutant. Ein stupsnasiger, strohblonder Bauernbursche, dem Genossen Volkskommissar übereifrig ergeben. Auch jetzt ist er, genau wie damals, bereit, ohne Überlegung sein Leben für ihn zu opfern: treu ergeben wie ein großer Hund, mißtrauisch gegen jeden anderen, grimmig eifersüchtig auf alle, die seinem Herrn nähertreten. Der reißt jeden in Stücke, brauchst es ihm nur zu befehlen. Poskrjobyschew ist mißmutiger, böser, aber vom gleichen Stamm. Treuherzig zu seinem Brotherrn, Fremden gegenüber listig und schlau. Spielt nicht den Obergescheiten, ist aber aufgeweckt, philosophiert nicht herum, ist dafür frei von Zweifeln, gehorcht, ohne zu zögern. Besitzt nicht sonderlich viel Bildung, dafür das Gespür eines Windhunds. Wittert Falschheit auf eine Meile, sei sie auch wissenschaftlich verbrämt ... Ein Witzbold hat einmal gesagt, daß Dankbarkeit eine

[14] Das spätere Stalingrad, heute Wolgograd; 1918 im Bürgerkrieg heftig umkämpft. (Anm. d. Übers.)

Hundetugend sei, und der Mensch, da kein Hund, nicht ewig dankbar sein könne. Die Opritschnina, die Ordnungstruppe Iwans des Schrecklichen, führte einen Hundekopf und einen Besen im Wappen. Eine treue Garde war es. »Hündische Ergebenheit« – das klingt irgendwie verächtlich. Doch was braucht man mehr im Staate als echte Ergebenheit. Auch Walja, die Wirtschafterin, ist treu, man liest's ihr an den Augen ab. Ein guter Mensch ist sie bis in die Fingerspitzen, ohne Falsch und Hintergedanken. Hat vor niemandem Angst, auch vor ihm nicht, nörgelt dauernd an ihm herum. Sie sind eben das Volk. Wlassik bleibt auch in Generalsuniform ein Soldat, ein Bauer. Poskrjobyschew ist auch mit der riesigen Aktentasche ein Arbeiter. Ein einfacher Mann, aber ideologisch gefestigt. Sie alle, Walja, der alte Gärtner, der Fahrer sind das wahre Volk, und der Umgang mit ihnen fällt ihm leicht. Er vertraut ihnen und spürt ihren Glauben. Und weiß: Darin sind die Wurzeln seiner Kraft, seiner Rechtlichkeit. Die Wurzeln liegen im Volk. Solche Wurzeln hatten weder der Marktschreier Trotzkij noch der verzückte Bücherwurm Bucharin – die waren dem Volk fremd. Ja, sogar Lenin, ein Intelligenzler, ein Schreibtisch-Theoretiker. Ein mächtiges Gehirn, aber im Herzen ein liberaler Volkstümler, der sich wünschte, ins Volk zu gehen, oder Abordnungen von Bauern zu sich kommen ließ. Mußte dauernd zuhören, abwägen. Nein, das war nicht die wahre Volksverbundenheit des Führers. Sie erfordert Wurzeln und absolute Autorität. Glauben und Distanz. Wie bei den großen Herrschern: Dschingis-Khan, Königin Tamara, Iwan dem Schrecklichen.

Dazu braucht man aber echtes Gespür für das Volk. Hitler besaß es. Den vergötterte man. Bloß seine Untergebenen verstand er nicht zu wählen. Sie verrieten ihn, sagten sich von ihm los. Einzig Goebbels blieb ihm treu bis zum Ende. Und Molotow, wäre der geblieben? Ist dumm, aber ergeben. Malenkow ist der klügste. Und der schlauste. Aber verraten wird er ihn nicht, ist noch jung, kann noch abwarten. Zweifelt nicht, daß er später alle an die Wand spielen wird. Ist mit Berija gut Freund, weiß, der ist gescheit genug, um zu begreifen, daß ein zweiter Georgier nur der zweite Mann sein kann. Shdanow ist intellektuell, also auch zu Finten fähig. Berija mißtraut ihm. Woroschilow, Kaganowitsch[15], Chruschtschow, die sind ihm hündisch zugetan. Damals, im verfluchten Juni, drängten sie sich trö-

[15] Woroschilow, siehe S. 96, Anm. 23; Kaganowitsch, siehe S. 45, Anm. 5.

stend und ermutigend um ihn. Hätten ihn aber auch verraten können. Nein, besser, sich nicht daran zu erinnern, nicht an Vergangenes rühren. Wichtig ist alles, was danach kam. Sieger richtet man nicht. Wer erinnert sich noch, daß sie vor den Weißen davonliefen, wo es doch den Sieg von Perekop[16] gab? Wer erinnert sich an 1941, schließlich gab es doch 1945. Leicht war ihm damals ums Herz, an jenem frohen, regnerischen Tag. Zu seinen Füßen marschierten seine Soldaten, Kolonne um Kolonne. Helme, Achselklappen, Orden. Hatten sie sich gut ausgedacht, ihm die deutschen Fahnen vor die Tribüne zu Füßen zu schleudern. Da lagen sie bunt auf dem Asphalt ... In Paradeuniformen seine Marschälle, seine Generäle und eine Menge Gäste aus aller Herren Länder. Und über ihnen allen – er allein. Der Generalissimus. Der Feldherr der besten Armee der Welt. Der Hausherr. So nennt ihn das Volk. Den Zaren nannte man den Hausherrn der russischen Lande. Aber sein Reich ist um vieles größer. Bis zur Elbe, bis zur Adria. Halb Korea hat er in der Tasche. Und die Chinesen versprechen: Bald geht es gegen den Süden. Die Atombombe muß jeden Tag fertig sein. Berija schwört es.

Leichte, morgendliche Gedanken. Er stellt die Tasse hin. Zieht die Pfeife und ein Päckchen Zigaretten hervor. Reißt das Papier auf und bröselt mit kurzen Fingern zwei Zigaretten in den Pfeifenkopf. Bemerkt Waljas vorwurfsvollen Blick.

»Nicht böse sein, Walja, habe die Ärzte nicht vergessen, möchte bloß am Rauch schnuppern, nicht inhalieren. Also los, Poskrjobyschew, eröffne die Sitzung. Was steht auf der Tagesordnung?«

Walja räumt den Tisch ab und geht fort. Wlassik kauert auf der Stufe. Poskrjobyschew steht hastig auf, breitet die Mappe auf dem Tisch aus, öffnet die Tasche.

»Wie gestern befohlen. Hier der Ukas über die Todesstrafe.«

»Wollen sie also aufheben? ...«

»Wie's beliebt, Genosse Stalin.«

»Wie's beliebt, wie's beliebt ... Wie es dem Volk beliebt, so soll es sein. Was denkst du darüber?«

Die Igelaugen sind gespannt. Poskrjobyschew überlegt. Denkt gründlich nach, ernsthaft, mit Hingabe.

»Eigentlich, vielleicht ... Es gibt doch so viele Schweinehunde – entschuldigen Sie das Wort –, die müßte man ausrotten.«

[16] Landenge zur Halbinsel Krim; 1920 die letzte große Schlacht im Bürgerkrieg. (Anm. d. Übers.)

»So, so. Ausrotten sagst du. Folglich nicht aufheben, weiterhin hinrichten? Was meinst du, Wlassik?«

»Zu Befehl, ich höre?«

»Gar nichts hörst du! Ich befehle nicht, ich habe dich gefragt, was du dazu meinst. Sollen wir die Todesstrafe aufheben oder nicht?«

»Wenn Sie dafür sind, dann natürlich. Aber wo's not tut, muß umgelegt werden.«

»Na, unser Wlassik ist heut zum Scherzen aufgelegt, fürwahr ein Gogol, kein Wlassik. Also einerseits aufheben, andererseits umlegen. Wie soll das deiner Meinung nach heißen?«

»Wie's zu heißen hat, so soll's auch heißen.«

»Immerzu dein ›soll‹, ›muß‹. Ist wirklich nicht mehr witzig. Dialektik heißt das, verstehst du, Wlassik? Weißt du, was Dialektik ist?«

Wlassik erhebt sich, das angestrengte Denken treibt ihm die Röte ins Gesicht. »Hab natürlich darüber gelesen. Bloß es zu sagen, zu formulieren fällt mir schwer.«

»Na, siehst du, bist doch ein intelligenter General, nur bescheiden. Gut so. Bescheidenheit ziert den Bolschewiken. Aber, wie ich es verstehe, bist du, Poskrjobyschew, für die Todesstrafe und du, Wlassik, dafür, daß man sie im allgemeinen aufhebt und im besonderen weiter umlegt? Stimmt's?«

»Genau ... Wie Sie sagen.«

»So, so. Seid beide gutherzige Menschen, geradezu Humanisten, Menschenfreunde. Weiche Herzen, Glück und Wonne.«

Poskrjobyschew hat den Kopf noch tiefer zwischen die Schultern gezogen. Wlassik blinzelt, grinst, errät den Scherz aus dem Tonfall.

Von weit her hört man das Knirschen von Schritten auf dem Weg. Wlassik sieht sich um.

»Genosse Berija kommen.«

»Genau zur rechten Zeit. Obwohl man über einen Menschen ›er kommt‹ sagen muß und nicht ›sie kommen‹. Habe dir schon oft erklärt, Wlassik, daß es eine Angewohnheit früherer Lakaien war, von einem Herrn in der Mehrzahl zu sprechen. Du bist ein neuer General, kein alter Lakai. Bist ein sozialistischer General, kein Speichellecker.«

»Zu Befehl.«

»Gamardshoba[17] – guten Tag!«

[17] Georgischer Gruß.

»Sei gegrüßt, Berija. Du kommst gerade recht. Wir haben da eine Debatte über die Todesstrafe. Poskrjobyschew und Wlassik haben mich klar an die Wand gedrückt. Sie sind gegen die Aufhebung, diese Menschenfreunde, verstehst du, die zimperlichen Gemüter.«

Hinter Berijas dicken Brillengläsern ein lustiges Funkeln. Auch er errät den Scherz und freut sich über die gute Stimmung. Die schmalen Lippen, die glänzende Glatze, die weißen, wülstigen Hände, die er aneinanderreibt – alles drückt Freude aus.

»Und was erwidern Sie ihnen, Genosse Stalin? Gestatten Sie mir, Ihnen beizustehen. Zwei gegen zwei, ein Gleichgewicht der Kräfte.«

Stalin lacht. Poskrjobyschew kichert. Wlassik wiehert. Heute ist ein lustiger Tag.

»Ich sage ihnen, daß sie zu milde sind. Sie meinen, ein Übeltäter muß erschossen werden. Ist das nicht reinster Humanismus? Wen erschießen wir? Die Schwerstverbrecher. Das Geschmeiß. Wer aber ein kleinerer Missetäter ist, den schicken wir zur Arbeit oder ins Gefängnis ... Na, siehst du, Berija, du kennst dich da aus, bist ein Oberprofessor in dem Fach. Sag also: Wenn man dich wählen ließe zwischen Erschießung und zwanzig, fünfundzwanzig Jahren Zwangsarbeit oder Einzelhaft, was würdest du wählen?«

»Natürlich die Erschießung.«

»Und du, Wlassik?«

»Na, besser schon gleich Peng-peng und fertig.«

»Und du, Poskrjobyschew?«

»Natürlich ist das Erschossenwerden weniger anstrengend.«

»Anstrengend? Ha-ha ... Ach, Berija, hättest du bloß zugehört. Die reißen den ganzen Morgen lang Späße, wie im Zirkus. ›Kein Hahn‹ ... ›Anstrengend‹ ... Na, da seht ihr selbst. Die Todesstrafe ist für das Gezücht ein allzu humanes Mittel. Wir überlegen das allerdings nicht. Wir vernichten Schwerstverbrecher, Verräter, Volksfeinde einzig aus Reinlichkeitsgefühl. Oder aus dem Gefühl gerechten Zorns. Aber auch, wenn wir ehrlich sein wollen, aus dem Gefühl einer unbewußten Unsicherheit: Wenn wir ihn am Leben lassen, kann er gefährlich werden. Und so kommt es, daß abscheulichste Übeltäter eine relativ milde Strafe erhalten. Wie sagtest du, Wlassik? Peng-peng und fertig! Und der geringere Übeltäter, der arbeitet für uns. Krepiert langsam und bringt auch noch dem Staate

Nutzen. Ist's nicht so, Berija? Wie viele mühen sich da bei dir ab? ...«

»Sie mühen sich redlich. Kohle, Gold, Holz, Uran, Kupfer. Kanäle. Straßen. Sonderbauten ... Sie mühen sich alle.«

»So ist es. Ihr aber meint: Peng-peng und fertig. Nein, ich glaube, daß es für das Volk von Vorteil ist, dieses allzu humane Überbleibsel aufzuheben. Nicht umlegen, sondern zwanzig, fünfundzwanzig Jahre Zwangsarbeit aufbrummen ... Wie das Sprichwort sagt: Auch ein räudiges Schaf wirft ein Büschel Wolle ab.«

»Und nicht nur ein Büschel.«

»Nicht nur ein Büschel, sondern das ganze Fell.«

»Einfach und genial.«

»Exakt die richtigsten Worte, Genosse Berija.«

»Nun denn, laßt uns unterschreiben. Poskrjobyschew, sag Schwernik[18], daß er's unter Dach und Fach bringt. Nicht später als in einer Woche. Und Alexandrow[19] soll dafür sorgen, daß Presse und Propaganda voll einsteigen. Bald feiern wir den dreißigsten Jahrestag der Revolution. Diese Verordnung ist der Ausdruck unseres Humanismus und unserer Kraft. Verstanden?«

»Zu Befehl, Genosse Stalin.«

»Gut, gut. Gehen wir zum nächsten Punkt über ... Nein, wartet. Berija sollte für heute etwas erledigen. Hast du das anonyme Geschreibsel mitgebracht?«

»Jawohl, wie befohlen. Obwohl ich Kopf und Herz hinhalte, daß Sie das Zeug nicht lesen sollten. Der Schweinehund ist festgenommen. Zuerst wollte er nicht gestehen, aber wir haben Fingerabdrücke und ein graphologisches Gutachten. Alles genau ermittelt. Jetzt decken wir die Hintergründe auf. Der Lump ist jetzt Student, war bei der Armee. Sein Vater war Offizier des Zaren, aber seit 1919 in der Partei, trotzkistisch angehaucht. Ist aber noch vor der Entlarvung abgekratzt. Und das Söhnchen ging zur Schule. Dann an die Front. Oberleutnant der Artillerie. Nach 1945 auf die Universität, historische Fakultät.«

[18] Nikolaj Schwernik (1888–1970), langjähriger Vorsitzender des sowjetischen Gewerkschaftsverbandes; 1946–1953 Vorsitzender des Präsidiums des Obersten Sowjets. (Anm. d. Übers.)

[19] Georgij Alexandrow (1908–1961), Parteitheoretiker; Mitglied der Akademie der Wissenschaften der UdSSR; bis 1947 Chef der Propagandaabteilung des ZK der KPdSU; Kulturminister in der Regierung Malenkow. (Anm. d. Übers.)

»Gut, gut. Verbindungen zu ausländischen Geheimdiensten?«

»Bislang nicht festgestellt. War schon in Polen verwundet worden, diente dann im Fernen Osten.«

»Gut, gut. Wer hat ihn also geschickt? Dirigiert? Woher die Ideologie? Wer führt bei dir die Ermittlungen – sowjetische Tschekisten oder zaristische Polizeibeamte?«

»Tschekisten. Es wurden Beziehungen zu ehemals Bestraften aufgedeckt, Kontakte zu Kriegsgefangenen, möglicherweise Wlassow[20]-Leuten, auch zu solchen, die unter der deutschen Besatzung gelebt haben. Wir nehmen seine Kontakte in der Armee, an der Universität sowie sämtliche persönliche Bekanntschaften unter die Lupe. Es gibt Hinweise, daß der Lump konfiszierte Bücher gelesen hat. Trotzkistisches Schmuggelgut in alten Bucheinbänden. Hat alte Artikel studiert, verleumderisches Gewäsch gegen die Sicherheitsorgane, gegen Sie persönlich gesammelt. Erklärt jetzt, daß er Sie hat warnen wollen. Ist mächtig eingebildet, der Schweinehund, spielt sich als Theoretiker auf.«

»Gut, gut. Ich bezweifle nicht, daß die Genossen Tschekisten das Richtige tun. Aber den Brief möchte ich selber lesen. Ist ja geradezu unhöflich von euch: Der Brief war ja an mich gerichtet. Poskrjobyschew hat ihn aber nicht dem Adressaten ausgehändigt, sondern Berija gegeben. Und Berija wieder jemand anderem. Der Absender wollte unerkannt bleiben. Sein Wunsch wurde jedoch nicht erfüllt. Recht so, es war ein krimineller Wunsch. Ihn zu durchkreuzen ist der Tschekisten Pflicht. Aber durchaus legitim ist der Wunsch des Adressaten, den Brief zu lesen, das müßt ihr ihm schon zugestehen. Also, her damit!«

Berija holt aus seiner Aktentasche eine Mappe hervor. Sein Gesicht drückt Ekel aus, während er ein paar Blätter Papier hervorzieht und auf den Tisch legt. Stalin zündet sich die Pfeife an, die Zündhölzer brechen. Er liest, ohne aufzusehen. Seine Augen werden noch schmaler, noch dunkler. Das gelbliche Gesicht mit den kleinen Fältchen und Pockennarben verfinstert sich ebenfalls. Beim Lesen räuspert er sich mehrere Male,

[20] Andrej Wlassow (1901–1946), General der Roten Armee; stellte nach seiner Gefangennahme durch die Deutschen 1944 eine »Russische Befreiungsarmee« aus sowjetischen Kriegsgefangenen auf; 1945 gefangengenommen und hingerichtet. (Anm. d. Übers.)

klopft verächtlich mit dem Pfeifenkopf auf die Blätter mit der akkuraten Maschinenschrift.

»Iossif Wissarionowitsch! Ich schreibe Ihnen, weil ich noch immer auf Ihren Verstand vertraue, weil ich hoffen möchte, daß Ihre politische Vernunft noch nicht durch Schmeicheleien gelähmt ist und Sie sich vorstellen können, wie die heutigen Ereignisse in zwanzig bis fünfzig Jahren eingeschätzt werden. Und daneben möchte ich hoffen, daß Sie tatsächlich an den Kommunismus glauben und den Kommunismus nach wie vor als das Hauptziel Ihres Lebens, Ihres Wirkens ansehen. Aber ich unterschreibe den Brief nicht, da ich nicht sicher bin, ob er Sie erreicht, und da ich weiß, wie gefährlich es bisweilen ist, unangenehme Wahrheiten auszusprechen. Doch Sie sind klug und müßten verstehen, daß Ihnen ein Mensch schreibt, der mit ganzem Herzen, mit all seinen Gedanken dem großen Ringen um den Kommunismus ergeben ist. Als nach dem XV. Parteitag endgültig alle Oppositionsgruppen, alle, die den Mut hatten, Ihnen zu widersprechen, unterdrückt worden waren, und später, 1936 bis 1938, als die früheren Oppositionellen als Feinde des Volkes verhaftet und ermordet wurden – und Hunderttausende von treuen Parteimitgliedern und ehrlichen Sowjetmenschen mit ihnen, da glaubte ich, wie viele andere auch, daß dies notwendig sei. Meine Überlegungen waren einfach: Wir sind von allen Seiten umzingelt, man schickt uns Spione und Saboteure ins Land. Wir müssen hart und wachsam sein. Es sei besser, ein Dutzend Unschuldige zu isolieren, als einen einzigen Feind zu übersehen. Wie alle meine Freunde hielt ich Sie für ein Genie, jedes Ihrer Worte für die reine Wahrheit. Ich war überzeugt, daß für den Sozialismus, für den Sieg der Weltrevolution jedes Mittel recht sei und man vor keinerlei Opfern zurückschrecken dürfe. Später dann, als Jeshow abgesetzt wurde und man daranging, unschuldige Menschen aus den Gefängnissen zu entlassen – darunter viele ehrliche Bolschewiki, die man als Volksfeinde verhaftet hatte, da glaubte ich, daß eine riesige Provokation in Szene gesetzt worden sei. Ich begann mich zu erinnern: War nicht in den Jahren der ›Jeshow-Herrschaft‹ der Großteil der führenden Funktionäre in Staat und Partei vernichtet worden, in allen Republiken und Regionen, in der Armee und in der Industrie? Waren nicht alte Bolschewiken, Mitstreiter Lenins, zu Volksfeinden erklärt worden? Diese Gedanken und Zweifel erfüllten mich mit Grauen, doch alles trat vor der Gewißheit zurück, daß der Faschismus erstarkt und unser

Land die einzige Bastion der fortschrittlichen Kräfte der Welt war. Wir saßen, so meinte ich, in einer belagerten Festung und brauchten daher eiserne Disziplin. Wir müßten schweigen und vertrauen: Die Exzesse würden natürlich beseitigt werden, der Endsieg war uns sicher. Der Garant dafür waren Sie, der geniale und allwissende Führer. – Doch dann kamen plötzlich das Bündnis mit Hitler, die Teilung Polens, der Marsch auf das Baltikum, als hätten Sie nie gesagt: Wir wollen kein fremdes Land! Zu unserer Schande stellte sich heraus, daß wir nicht einmal für den Krieg gegen das kleine Finnland gerüstet waren; man erklärte es mit zufälligen Irrtümern. In unserer Propaganda erklangen immer mehr und immer aufdringlicher nationalistische Motive. Doch noch immer wollte ich glauben, daß das Bündnis mit den Faschisten, die Politik der Eroberungen und die Wiedergeburt des Nationalismus nur befristete Mittel seien. Das Ziel bleibe unverrückbar: der Kommunismus. Und noch immer wollte ich an Ihr Genie glauben. – 1941 jedoch wurde offensichtlich, daß Sie eine Menge gröbster Fehler begangen hatten, daß all unsere Opfer vergeblich gewesen waren. Nein, Sie waren nicht der Weise, Einsichtige. Wollte man weiter an Ihre Weisheit glauben, mußte man Sie verdächtigen, wirklich mit Hitler zusammengearbeitet zu haben, denn alles, was Sie bis 1941, bis 1942 getan hatten, half den Hitler-Faschisten und schwächte ihre Gegner. In unseren Gefängnissen und Lagern gingen mehr Kommunisten zugrunde als in allen faschistischen Kerkern der Welt. Der Vertrag von 1939 hatte Hitler den Rükken gestärkt, ihm moralisch und materiell genützt, während er uns nur schwächte, diskreditierte, desorientierte. Die Gebietserweiterungen im Westen waren ein äußerlicher, ein nur scheinbarer Erfolg. Zu Kriegsbeginn offenbarte sich, daß sie äußerst schädlich für uns waren. Die neuen Grenzen waren weniger befestigt als die alten, das neue Hinterland von bedrohlicher Unzuverlässigkeit: In Riga und Lwow schoß man uns in den Rücken. Die alten Grenzbefestigungen aber waren geschleift worden. Das Oberkommando war total verwirrt und katastrophal hilflos. Die Heerführer, die Sie an die Stelle der ›Volksfeinde‹ gesetzt hatten – Woroschilow, Timoschenko, Budjonnyj, Kulik und andere –, konnten nichts als Schlachten verlieren, ganze Armeen in den Untergang treiben. Aber es war Krieg, und es ging darum, die Heimat vor einem schrecklichen Feind zu verteidigen. Es war nicht der rechte Zeitpunkt, Sie zu kritisieren und über Sie zu Gericht zu sitzen.«

»Dieser Lump war Komsomolze?«

»Jawohl.«

»Wie hat er gelernt? Soll sicher ein Muster-Student gewesen sein? Wer hat ihn für den Jugendverband empfohlen? Wer hat ihm die guten Noten gegeben? Das wißt ihr natürlich nicht! Schlappschwänze ... Scheißkerle! Kontakte wollt ihr ermitteln. Der singt euch vor, was er will. Ihr wollt immer nur einsperren, mehr und mehr, egal wen. Blutknechte, beschissene! Und wer hat ihn in den Komsomol geholt? Unterrichtet? Ihr denkt an rein gar nichts ... Der Teufel hol euch.«

Berija setzt eine leidende und schuldbewußte Miene auf. Senkt jedoch nicht den Blick. Er hat den Ausbruch erwartet. Über den Brief hat er erst berichtet, nachdem der Absender verhaftet worden ist. Verbergen konnte er ihn nicht, denn Poskrjobyschew wußte Bescheid.

»Alles wird aufgedeckt werden, Genosse Stalin. Alles haargenau. Keine Schlange wird uns entweichen. Regen Sie sich bitte nicht auf. Der Lump verdient nicht, daß sich seinetwegen auch nur ein Tropfen Ihres Blutes trübt.«

Er sieht die verlegenen, verängstigten, ergebenen Augen Berijas, den erschrockenen Blick Poskrjobyschews, sieht, daß Wlassik aufgesprungen ist, vornübergebeugt dasteht, gespannt und wachsam, als würde er auf ein Zeichen, auf ein Wort hin, jeden anspringen und überwältigen, sei's auch Berija persönlich.

»Gut, gut. Nun, du hast wohl recht. Es lohnt nicht, sich wegen jedem Scheißer die Nerven kaputt zu machen. Aber weißt du, ich bin den Umgang mit Scheißern nicht so gewohnt wie du, mein lieber Berija.«

Er beugt sich wieder über die Mappe.

»Die Siege gaben Ihnen die verlorene Autorität zum Teil wieder. Doch jene, die um den hohen Preis dieser Siege wußten, die sahen, wie nutzlos und oft auch sinnlos das Blut unserer Menschen vergossen wurde, die konnten die früheren Zweifel und Enttäuschungen nicht mehr vergessen. Und neue gesellten sich hinzu. Eine neue, reiche Kaste wächst heran – Generäle, Offiziere, jede Art von Obrigkeit – und wälzt sich im Luxus, während die gewaltige Mehrheit des Volkes ein Leben in Not und Elend fristet. Immer breiter wird die Kluft zwischen der Hierarchie oben, die schlecht regiert, dafür aber keine Verantwortung trägt, und den arbeitenden Menschen unten, die immer rechtloser werden. Diese Kluft aber ist durch keinerlei nationalistische Propaganda zu schließen. In den Jahren des Krieges schien der Appell an nationalistische Instinkte und Vorurteile ein notwendiges Übel im Kampf gegen die fremden Eroberer. Heute ist dies nicht mehr Kriegspropaganda, sondern Massenideologie, um so gefährlicher, weil sie in zynischer Weise heuchlerisch ist. Man läßt den proletarischen Internationalismus und die Stalinsche Völkerfreundschaft hochleben, während die Wolgadeutschen, die Kalmücken, die Krimtataren, die Tschetschenen, Inguschen und Balkaren Opfer eines unbestreitbaren Völkermords sind. Der Großmachtchauvinismus äußerte sich in abscheulichen Greueltaten und Pogromen nach unserem Einmarsch in Deutschland. Er wird in Zeitungen, im Film, in der Schule weiter genährt und verbreitet. In Potsdam, im Nahen und Fernen Osten ist unsere Politik der Annexionen, Eroberungen und Drohungen genauso ungerecht und brutal wie die Politik jedes beliebigen modernen, imperialistischen Staates. Die jüngsten Gebietsansprüche gegenüber der Türkei – unter Berufung auf das Erbe von Urartu und dem Tigridenreich – sind fürwahr schamloser noch als alle teutonischen Ansprüche der Hitlerleute. Nach den letzten Wahlen zum Obersten Sowjet verglich ich die Wählerzahl mit den Bevölkerungszahlen und demographischen Tabellen aus jenen Jahren, da solche noch veröffentlicht wurden. Die allervorsichtigsten Berechnungen ergeben, daß bei uns zwölf Millionen Menschen kein Wahlrecht besitzen. Dies sind die Häftlinge und Strafverbannten. Jeder zehnte erwachsene Bürger unseres Landes ist entweder eingesperrt oder zwangsumgesiedelt. Wer sind diese Menschen? Heute sind es meist ehemalige Kriegsgefangene oder ehemalige Ostarbeiter, die zwangsweise nach Deutschland verschleppt worden waren. Hunderttausende wurden wegen Fernbleibens von der Arbeit oder bloß wegen einer Verspätung abgeurteilt. Hunderttausende erhielten Strafen wegen Veruntreuung oder Schwarzhandels – in Wirklichkeit nur arme Schlucker, die versucht hatten, ihre hungrigen Kinder satt zu kriegen. Denn in den Dörfern, in den kleinen Städten herrscht schwärzeste Armut. Die Mißernte vom Vorjahr hat an der Wolga und in Mittelrußland zu echter Hungersnot geführt. – Iossif Wissarionowitsch! Verstehen Sie doch, daß unser Staat, der sich sozialistisch nennt, zu einem Staat der Sklaverei und der Leibeigenschaft geworden ist. Millionen und Abermillionen von Bauern und Zwangsumsiedlern sind Leibeigene ohne Paß, folglich ohne Freizügigkeit. Millionen von Häftlingen sind Sklaven. Unser Land ist wahrlich ein Völkerkerker geworden. Ist es möglich, daß Sie das nicht wissen, nicht fühlen? Nein, ich glaube nicht mehr, daß Sie ein Genie sind, ich glaube nicht mehr, daß Sie noch wahrhafter Kommunist sind. Aber ich weiß, daß Sie klug, sogar sehr klug sind. Und ich weiß auch, daß Sie über eine ungeheure und absolute Macht verfügen, eine Macht, wie sie kein Monarch oder Diktator auf Erden besitzt. Und ich hoffe, daß Sie nicht nur klug und herrschsüchtig sind, sondern auch im vernünftigen Maße ehrgeizig und daher nicht wollen, daß die Nachkommen Sie verfluchen und in einem Atemzug mit Hitler und Mussolini nennen. Daher beschwöre ich Sie: Besinnen Sie sich. Heute führt Ihre Politik das Land in die Katastrophe. Die Bürokraten wirtschaften verschwenderisch, sie bringen die Dörfer an den Bettelstab und desorganisieren die Industrie. Sie provozieren die USA und England zu einem dritten Weltkrieg, der Hunderte Millionen von Menschen und als erstes unser Land vernichten würde. Im vergangenen Krieg hat das Volk gesiegt, weil es sein Land gegen einen Eroberer verteidigte, es hat gesiegt trotz aller Fehler und Mißgriffe der Regierung. Aber in einem neuen Krieg würden wir unweigerlich eine Niederlage erleiden, denn die neuen Gegner erheben keinen Anspruch auf unser Land und wollen das Volk nicht vernichten. – Verstehen Sie doch, daß der bürokratische Staat dem Volk immer fremder, von ihm immer mehr als Feind empfunden wird. Verstehen Sie, ehe es zu spät ist! Nützen Sie Ihre Macht, Ihre Autorität gegen die Bürokratie, zum Wohle des Landes und der Menschheit. Schließen Sie einen wahren Frieden. Setzen Sie der Politik der Eroberungen und Abenteuer ein Ende. Geben Sie den Millionen Häftlingen die Freiheit. Erleichtern Sie dem Volk das Leben. Dazu bedarf es keiner Reformen, keiner neuen Gesetze. In unserer Verfassung, die man die Stalinsche nennt, sind ja alle erforderlichen Freiheiten, auch die Unantastbarkeit der Person, verankert. Geben Sie endlich den Befehl, diese Verfassung in die Tat umzusetzen. Sie können dies leicht damit erklären, daß es früher – vor dem Krieg und während des Krieges – unmöglich war, sie inkraft zu setzen. Man wird Ihnen glauben. Denn Sie werden noch immer von vielen Millionen Menschen geliebt und verehrt; Ihre Macht würde dadurch nur erstarken. Hingegen werden echte Wahlen und ein Minimum an Freiheit den durch und durch verfaulten Staatsapparat erneuern und die alles erstickende, verheerende Bürokratie schwächen. Sie aber würden zum wirklichen Haupt des Volkes werden. Das Volk, das nun freier aufatmen könnte, würde besser arbeiten, würde Ihnen danken – nicht auf amtliches Geheiß hin, sondern aus freien Stücken und reinem Herzen. Und was die Geschichte betrifft: Ihre früheren Sünden wären getilgt, und die Dankbarkeit der künftigen Generationen wäre Ihnen gewiß. – Wenn Sie jedoch nicht willens und nicht imstande sein sollten, die Stimme der Wahrheit und der Vernunft zu erhören, wenn Sie es vorzögen, sowohl Haupt und Banner als auch Werkzeug des volksfeindlichen militärisch-bürokratischen Staates zu bleiben, dann würde dies bedeuten, daß Sie nicht nur die Ideale und das Gewissen eines Kommunisten, sondern auch den Verstand verloren haben. Denn niemand soll auf das kurze Gedächtnis von Millionen bauen, selbst die geschickteste Täuschung kann nicht ewig währen, wenn ganze Völker betrogen werden. – Überlegen Sie doch: Sie sind bald siebzig – was werden Sie Ihren Nachfolgern hinterlassen? Werden die sich nicht von Ihnen lossagen müssen, um an der Macht zu bleiben? Ich wünsche Ihnen viele Lebensjahre, damit Sie Zeit haben, alles wiedergutzumachen, was möglich ist. Anderenfalls wünsche ich Ihnen, daß Sie Ihr Nürnberg erleben und am verdienten Galgen sterben. – Ein Bürger der Sowjetunion.«

Graue, gerade Zeilen auf festem Glanzpapier.

Ein Student? Hervortretende Augen, ein Wuschelkopf, schwarze Bluse. Ein wütender Schrei: »Verräter der Revolution! Feinde des Volkes!« Ein sozialrevolutionärer Student im Jahre 1917, nein, 1918. Ob man ihn damals erschossen hat? Und jener andere, düster dreinblickend, absichtlich im Arbeiterkittel, aber ein Intellektueller seiner Sprache nach, der Blick voll Haß und jedes Wort hervorgestoßen wie ein Fluch: »Sie verfälschen Lenin. Sie predigen einen Nationalsozialismus und beschimpfen lenintreue Bolschewiken als Trotzkisten. Sie unterstützen die Neureichen und Großbauern, verraten den Weltkommunismus.« ...

Die brüllten genauso. Beschworen. Verfluchten. Drohten. Bigottes Pack! Don Quijotes! Sie geiferten nur, störten nur, die Revolution aber hat mit ihm gesiegt. Die Neureichen aus der NÖP-Zeit[21], die Großbauern, die sind verschwunden; fortgewischt auch Trotzkij, Pjatakow[22] und Bucharin ... Stalin aber ist geblieben und wird ewig da sein. Du lügst, Rotznase, Stalins

[21] Siehe S. 45 Anm. 6.

[22] Georgij Pjatakow (1860–1937), Partei- und Wirtschaftsfunktionär; zeitweise Anhänger von Trotzkij; 1937 hingerichtet. (Anm. d. Übers.)

Staat ist mit Papierkram nicht zu untergraben. Rotznase, hast dich mit Büchern vollgelesen, willst uns belehren, uns revolutionäre Lektionen erteilen, willst das Land erneuern. Aus solchen Bücherwürmern werden die schlimmsten, die bittersten Feinde.

Er lehnt sich in seinem Strohsessel zurück. Zündet sich gemächlich eine Pfeife an. Lauscht dem gespannten Schweigen der drei Männer, blickt unter gesenkten Lidern von einem zum anderen.

»Gut, gut. Kurzum, ein simpler trotzkistischer Hurensohn. Die haben sich in zwanzig Jahren nichts Neues einfallen lassen. Immerzu nur Bürokraten, Bürokraten und nochmals Bürokraten ... Dummköpfe!«

Er spricht beinahe ruhig. Die ätzende Bitterkeit des Pfeifenrauchs ... Er inhaliert nicht, saugt nur den Mund voll. Bitterkeit steigt von den geraden, grauen Zeilen auf. Was für niederträchtige Wörter: »Nürnberg«, »Galgen« ...

»Gut, gut. Hat nicht an sich halten können, das Studentlein. Winselt. Ein hysterisches Studentlein. Winselt zum eigenen Schaden. Und uns zum Nutzen. Ja, genau, zum Nutzen.«

Er betrachtet Berija, Poskrjobyschew, Wlassik, sieht ihnen in die Augen. Er ist überzeugt, daß sich in den Augen die Gedanken spiegeln. Seine Mutter hat es ihm gesagt. Er sieht dem Gegenüber in die Augen, ist überzeugt, daß er erkennt, ob jener aus Angst, aus Verlegenheit, einer Lüge wegen, aus Begeisterung zu blinzeln beginnt – oder im Bemühen, ein böses Geheimnis zu verbergen. Wehe dem, der es auch nur einmal geschafft hat, seinen prüfenden Blick zu trügen, wehe dem, der undurchschaubar, unverständlich zu sein scheint. Radek und Jenukidse[23], die verstanden es, einem offen und treuherzig in die Augen zu schauen und böse Gedanken zu verbergen. Aber diese drei da blicken so, wie sie denken. Und sollten sie eine List im Sinn haben, sieht man es gleich. Nicht eine List gegen ihn, nein, eine List, um ihm zu gefallen, sich hervorzutun und den Rivalen auszustechen. Wlassik ist eifersüchtig auf Poskrjobyschew, und Poskrjobyschew fürchtet sich vor Wlassik und

[23] Karl Radek (1885–1939), 1919 ZK-Mitglied; 1927–1929 Anhänger Trotzkijs; später leitender Mitarbeiter der ›Iswestija‹, Chef der Auslandsredaktion; außenpolitischer Berater Stalins; 1937 zu zehn Jahren Haft verurteilt, im Lager gestorben. – Awel Jenukidse (1877–1937), Altbolschewik; zuletzt Sekretär des Obersten Sowjet; in Haft gestorben oder ermordet. (Anm. d. Übers.)

Berija. Doch sie können die List nicht verbergen, und es ist immer wohltuend, ihre Finten zu durchschauen. Das bringt sie ihm noch näher. Berija ist ein durchtriebener Kerl. Der kommt jedem Täter auf die Schliche und liefert den eigenen Vater ans Messer. Aber ihm gegenüber ist er aufrichtig, kann nichts verheimlichen, versucht es auch nicht. Verdankt ihm ja alles – das Leben, die Karriere, den Ruhm. Berija ist mehr als die anderen mit den Geschicken seines Staates verwachsen. Auch jetzt bemüht er sich aus Leibeskräften zu erraten, was sein Herr denkt.

»Na, warum denn ist das Brieflein für uns nützlich? Was meint ihr?«

Wlassik zuckt die Schultern, er hat den Brief nicht gelesen. Poskrjobyschew runzelt angestrengt die Stirn und beeilt sich nicht mit einer Antwort, ihm ist es lieber, wegen Begriffsstutzigkeit gerügt zu werden als wegen einer schlechten Antwort. Berija setzt vorsichtig an.

»Nützlich ist er, natürlich, schon darum, weil er geholfen hat, einen abgefeimten Halunken hoppzunehmen. Solche kommen einem nicht jeden Tag unter die Finger.«

»Gut, gut. Bist gescheit, Berija, so gescheit, daß es fast an Dummheit grenzt. Du sprichst von deinem eigenen Nutzen. Dem deines Amtes. Ich hingegen spreche vom Nutzen für den Staat und das Volk ... Haben wir einen Nutzen? Oder nicht?«

Berijas Gesicht verfärbt sich. Auf der breiten Stirn steht Schweiß. Selbst die Brillengläser scheinen beschlagen zu sein. Er rollt die Augen, will erraten, der Schlaufuchs, was zu sagen wäre, und hat Angst, mag nicht zweimal das Falsche sagen. Poskrjobyschew ist ganz verkrampft vor lauter Denken, hat sogar den Mund aufgesperrt. Wlassik starrt vor sich hin, ohne zu zwinkern. Sie alle sind vernünftige, geschickte, in Staatsaffären geübte Männer, trotzdem bleiben sie hinter seinen Gedanken zurück. Nein, er darf ihnen nicht übelnehmen, daß er klüger ist. Darum heißt es ja immer: »Ein Genie«. Was ist ein Genie? Einer, der allein für viele zu denken vermag, denken und lenken. Einer, der zugleich auch den Widerstand, die Gegenwirkung erraten, voraussehen kann. Lenin war ein Genie, freilich nur ein revolutionäres. In der Revolution verstand er zu manövrieren. Im Staat aber offenbarte er dogmatische Beschränktheit, Vorurteile, eine intelligenzlerische, volkstümelnde Moral. In der Praxis wäre er eher mit Bucharin, sogar mit Trotzkij gegangen. Alles zu zerreden, darin war Lenin groß ... Eine Zeitlang schien es, daß Hitler ein Genie sei. Doch nein, dem Schreihals fehlte zum Genie gerade die Fähigkeit, vorauszusehen, jäh das Ruder rumzureißen ... Wie er, Stalin, es mit den Kolchosen getan hat und mit Kirow und mit Tuchatschewskij[24] und damals auch mit Hitler, mit dem Vertrag ... Nein, die Rotznase von Student hat unrecht. Er war es, der die Deutschen überlistet hat, damit sie ihm Europa erobern, seinen Truppen den Weg freikämpfen. Es stimmt, Hitler hat sich früher als erwartet von der Kette losgerissen, aber er hat ihn trotz allem in Stalingrad und in Berlin niedergerungen – niedergerungen und zerrieben. Und auch Churchill hat er hinters Licht geführt, auch Roosevelt, und nun wird er mit den Amerikanern und Jugoslawen ebenso fertig werden.

Er erhebt sich. Räkelt sich. Geht in der Laube auf und ab, weich, entspannt. Ohne hinzusehen, spürt er die lauernden, wartenden Blicke.

»Nun, liebe Genossen, dieses Geschreibsel ist uns doch von Nutzen. Wieso? Sehr einfach! Als abermalige, rechtzeitige Mahnung. Daß nämlich auch nach all unseren Erfolgen und Siegen der Klassenkampf nicht nur nicht erlahmt, sondern umgekehrt – erstarkt. Verstanden?«

»Verstanden!«

»Zu Befehl!«

»Wie immer präzise und weise.«

»Verstanden, verstanden ... Um so betrüblicher ist, daß man euch, werte Genossen, unentwegt daran erinnern muß. Da haben wir heute über die Todesstrafe gestritten. Wollten großmütige Menschenfreunde, gutherzige Onkelchen sein. Wir heben die Todesstrafe auf. Lebt unbehelligt weiter, liebe Feinde. Wie's im Evangelium heißt: ›Liebet die, die euch hassen.‹ Stimmt's, Poskrjobyschew? Bist doch der größte Menschenfreund unter uns.«

»Aber nein, Genosse Stalin, ich hab doch gesagt, man muß das Lumpenpack vernichten!«

»Erlaube, Genosse Poskrjobyschew, haben wir nicht eine andere Entscheidung getroffen? Besprochen und getroffen. Bist du dennoch nicht einverstanden? Möchtest du uns berichtigen?«

»Aber wieso denn, Genosse Stalin? Ich bin, na ja, ganz und gar Ihrer Meinung und keineswegs ...«

»Ich verstehe nicht, was du da murmelst. Ganz und gar und keineswegs ... Verstehst du's, Wlassik?«

»Mitnichten, kann nichts verstehen.«

[24] Siehe S. 136 Anm. 12.

»Na siehst du, sogar Wlassik versteht nichts, unser intelligenter General, auch der versteht nichts ... Was soll das?«

Alle lachen erleichtert auf. Er scherzt. Berija wischt sich über die Glatze. Heiß ist es heute. Als wär's nicht Mai, sondern Juli. Poskrjobyschew kichert und kratzt sich verlegen am Hinterkopf.

»Kratzt du dir schon wieder den Verstand heraus? Paß nur auf. Ist ohnehin wenig übriggeblieben.«

Sie kichern, lachen, wiehern.

»Genug der Scherze. Wie es heißt: Alles zu seiner Zeit. Also, mein lieber Genosse Berija, dieses Brieflein ist wahrscheinlich nicht das erste und nicht das letzte Zeichen für verschärfte feindselige Tätigkeit. Also solltest du nicht mit den Ohren wakkeln, sondern handeln. Die Todesstrafe haben wir aufgehoben, das stimmt. Aber Milde gegen den Feind dürfen wir nicht walten lassen, dazu haben wir kein Recht, kein Recht unserem Volk und der ganzen Welt gegenüber. Das heißt, daß du kraft deines Amtes einige Maßnahmen ergreifen mußt. Sozusagen als Gegengewicht. Ich glaube, für den Anfang wär's nötig, erstens konterrevolutionäre Verbrechen strenger zu bestrafen. Zweitens, das Strafmaß auf fünfundzwanzig Jahre zu erhöhen; und auch die Haftbedingungen müssen für Konterrevolutionäre, Volksfeinde und Verräter schärfer werden als für die übrigen Verbrecher. Isolation in Sonderlagern. Teile ihnen besonders schwere Arbeiten zu.«

Berija hat Notizblock und Füllfederhalter hervorgeholt. Er beginnt, emsig zu kritzeln, und wiegt die Glatze im Takt zu den Worten.

»Habt ja geradezu Kurorte dort eingerichtet. Deine Sträflinge leben besser als die freien, ehrlichen Bürger ... Unterbrich mich nicht, ich weiß, was ich sage. Drittens darf man Volksfeinde, die ihre Zeit abgesessen haben, nicht als gebessert ansehen ... Was meinst du?«

Er ist an den Tisch herangetreten und schlägt mit der Pfeife wütend auf den Stoß Papier.

»Ist ein derartiger Schweinehund zu bessern? Umzuerziehen? Glaubst du, nur er ist so? Wie viele läßt du jetzt wegen Haftverbüßung frei? Fast alle, die Jeshow eingelocht hat. Bald wirst du alle laufenlassen. Und wie viele sind das?«

»Einige Millionen.«

»Einige? Aber genau weißt du's nicht. Wirfst mit den Millionen herum, hm, ein Millionär ... Eine ganze Armee ist das, mehr als die Deutschen an der Front hatten. Millionen von Feinden in unserem Rücken. Überall. Im Herzen des Landes. Weißt du, was das bedeutet?«

Wieder überflutet ihn das nächtliche Entsetzen. Da ziehen sie, grau, mager, mit verhaltenem Haß in den Augen. Die deutsche Wochenschau war darauf aus, mit marschierenden Kolonnen, mit dem Gleichschritt der glänzenden Stiefel, mit dem Vorwärtsrasseln der Panzer Furcht zu erregen. Dies aber ist schrecklicher. Die grauen, unsichtbaren Ströme von Ratten. Sie trappeln, sie kriechen, sie zwängen sich in alle Ritzen, in jeden finsteren Winkel ...

»Ich verstehe. Wir wollen alle nachdenken. Ich bereite konkrete Maßnahmen vor. Wir verzehnfachen unsere Kräfte.«

»Laß die Litanei. Denken ... Bereiten ... Der Truthahn dachte angestrengt nach und verreckte. Handeln muß man. Handeln, nicht sich am Arsch kratzen ... Also, drittens, alle freigelassenen Volksfeinde sind strengstens zu überprüfen. Die bösartigen darunter zu isolieren. Zurück ins Gefängnis, ins Lager, dort ist ihr Platz. Die weniger bösartigen gehören in die Verbannung. Zur ewigen Ansiedlung dort, wo sich die Füchse gute Nacht sagen. Verstanden? Jede Verletzung der Vorschriften an den Verbannungsorten ist strengstens zu ahnden. Wir heben die Todesstrafe auf. Wir erlassen ein Gesetz. Wir sind großzügig und human zu Verbrechern. Doch wir müssen auch dem Volk gegenüber human sein, müssen die ehrlichen Bürger vor den Verbrechern schützen. Daher fügen wir dem Gesetz eine Anweisung bei, für dein Ressort, Berija. Nicht zulassen, daß sich die Millionenarmee der Verbrecher über das Land ergießt. Dies ist die Hauptaufgabe an der Front des Klassenkampfes, der sich mit jedem unserer Siege verschärft. Verstanden?«

»Klar und einfach, eine geniale Lösung. Jahrelang haben wir uns das Gehirn zermartert, und nun ist alles klar wie ein Maientag. Klar und weise, wie alles, was von Ihnen kommt.«

»Ach, laß schon. Singst wie eine Nachtigall. Handeln heißt es jetzt, nicht sich den Kopf zerbrechen. Jawohl. Und den da ...«

Er tritt an den Tisch und schiebt die Mappe zornig Berija zu.

»Erstens ist zu klären, wer ihn unterrichtet, ihm die Flausen in den Kopf gesetzt hat. Zweitens, alle Freunde, die ganze Bande ... Drittens, alle, die er hat beeinflussen können, die Bescheid wußten ...«

Berija macht sich eifrig Notizen.

»Und ihn selbst ... Na ja, wir sind trotz allem Menschenfreunde. Wie Poskrjobyschew gesagt hat, nein, Wlassiks Scherzchen war's: ›Wo's not tut, totschlagen.‹ Diesen Historiker, den Herrn Briefschreiber, wird man danach human totschlagen müssen. Gesetz ist Gesetz, aber für solch einen paßt es eben nicht.«

Er geht in der Laube auf und ab, weich und federnd. Rundum aufmerksames Schweigen. Aufmerksam lauschen sie und folgsam. So wird auf ein einziges Wort aus seinem Mund ein Lebender zum Toten. Auf ein einziges Wort aus seinem Mund setzen sich Armeen in Bewegung, gehen Städte in Rauch und Flammen auf und erstehen neue. Im wärmenden Gefühl der Macht schmilzt der kalte Zorn, der kalt ist wie die Angst.

»Dostojewskij hatte ja doch recht, der Mensch ist ein Schurke! Weißt du, Wlassik, wer Dostojewskij ist?«

»Freilich. Ein Schriftsteller. Schrieb Romane und den Film ›Weiße Nächte‹.«

»Gut, gut. Und hast noch behauptet, kein Intelligenzler zu sein. Sehr richtig hat dieser Schriftsteller gesagt: Der Mensch ist ein Schurke, gewöhnt sich an alles. Hatte er nicht recht? Was meinst du, Berija?«

»Ich meine, er hatte recht, der Mensch gewöhnt sich tatsächlich an alles, er paßt sich an.«

»Gut, gut. Wie oft habe ich's beispielsweise versucht, aber kein Weinstock gedeiht hier, bei Moskau. Jeder ist eingegangen. Mikojan[25] hat versucht, Wüstensträucher anzupflanzen. Vergeblich. Oder bring mal den Eisbären ans Schwarze Meer, er geht ein. Der Mensch aber kommt überall zurecht. Wie viele Südländer wie wir leben im Norden! Seht mich an: Am Jenissej hab ich mir die Schwindsucht auskuriert.«

Er spricht bedächtig und schreitet langsam auf und ab. Jedes Wort klingt fest, fällt gewichtig in das angespannte, jetzt auch noch bewundernde Schweigen. Er weiß, daß sie es mögen, wenn er laut denkt. Berija hat oft gebeten, mitschreiben oder ein Tonbandgerät aufstellen zu dürfen. Um alle kostbaren Gedankenperlen zu sammeln. Nein, das will er nicht. Eine seelenlose Maschine, ein stupides Stenogramm erfassen alles, Gold

[25] Anastas Mikojan (1895–1978), Parteifunktionär aus Armenien, enger Mitarbeiter Stalins; 1935–1966 Mitglied des Politbüros; 1926–1946 Volkskommissar und Minister; 1955–1964 einer der 1. Stellvertretenden Ministerpräsidenten, 1964–1965 Vorsitzender des Präsidiums des Obersten Sowjet (Staatsoberhaupt). (Anm. d. Übers.)

wie Schutt. Alles, das geht nicht. Seine Gedanken, seine Worte müssen streng gesiebt ans Ohr der Welt gelangen. Er muß sie selbst niederschreiben und danach überprüfen. Jedes Stenogramm, jede Aufzeichnung, die ein anderer gemacht hat, prüft er doppelt und dreifach Zeile um Zeile. Wenn man ihn malt oder fotografiert, wählt er selber die Bilder aus, die veröffentlicht werden dürfen. Soll er sich etwa im Bad oder auf der Toilette aufnehmen lassen? Und auch die Worte, die er zu Hause, für die eigenen Leute sagt, brauchen nicht aufgezeichnet zu werden. Wenn er so spricht, unter den ihm am nächsten Stehenden, hört er sich selbst, sieht, wie sie zuhören. Dann erst wählt er mit Sorgfalt und Bedacht aus und schreibt es nieder für alle und für die Ewigkeit.

»Recht hast du, Berija, der Mensch ist ein Schurke. Wer sollte es besser wissen als du? Wer?«

Die Augen hinter den starken Brillengläsern verlieren den Glanz, ein furchtsamer Blick. Sogar der hat Angst. Weiß, daß er ein Lump ist. Braucht jede Woche ein neues Weibsstück. Die unersättliche Wollust und die Rachsucht des Südwestgeorgiers. Würde am liebsten alle Abchasier ausrotten wegen alter Streitereien. Wie er sie gehaßt hat, den Sergo Ordshonikidse[26] und den Awel Jenukidse, hat Kopf und Kragen riskiert, um sie unters Messer zu bringen. Ein Schurke, aber treu und durchschaubar. Alle sind Schurken. Nur, daß die einen aufrichtig sind und die andern verschlagen, als könnten sie kein Wässerchen trüben. Die verstellen sich, sogar vor sich selbst. Wie der mickrige Bucharin, der doppelzüngige Frömmler, wie Sergo, der großsprecherische Trottel – wollte gern den edlen Ritter spielen. Diese Art ist allemal am gefährlichsten. Alle Klugscheißer sind Halunken. Um wieviel besser sind da die ehrlichen Lumpen: Die machen einem nichts vor, sind offen, ohne unverschämt zu sein, so wie Berija, wie Wyschinskij[27], wie Malenkow. Er durchschaut sie wie Glas; sie wissen es und arbeiten, wie sich's gehört. Hehre Helden gibt es nur in Büchern und Filmen, rührselige Dummköpfe ... Narren in Christo ... Don Quijotes ... Manchmal sind sie einem von Nutzen, aber häufiger noch ge-

[26] (1886–1937) Altbolschewik aus Georgien, Partei- und Staatsfunktionär; Volkskommissar für die Schwerindustrie; 1937 in seiner Wohnung ermordet oder zum Selbstmord gezwungen. (Anm. d. Übers.)

[27] Andrej Wyschinskij (1883–1954), nach 1935 Generalstaatsanwalt der UdSSR; Hauptankläger in den Moskauer Schauprozessen 1936–1938; 1949 bis zu Stalins Tod Außenminister. (Anm. d. Übers.)

fährlicher als selbst verschlagene Schurken. Schwer zu erraten, vorauszusehen, was sie im Schilde führen. Wie tobsüchtige Irre. Sind imstande, gegen Windmühlen zu kämpfen, gegen den Staat, die Partei. Können andere mit ihrem Wahnsinn anstekken, solche Rotznasen wie den da. Vor lauter überhitztem Gewissen können sie Verschwörer werden und widerliches Geschreibsel fabrizieren wie dieses Studentenbürschlein.

»Gut, gut. Und doch: Wenn ein Gesetz angenommen ist, muß man sich dran halten. Der Mensch ist ein Schurke, gewöhnt sich an alles. Man muß ihm ... nein, ihn an die Gesetzlichkeit gewöhnen. Sozialismus, das heißt nicht nur Elektrifizierung, nicht nur Kontrolle, Sozialismus – das ist auch Gesetzlichkeit. Das Gesetz gilt für alle. Niemandem soll es erlaubt sein, das Gesetz zu verletzen, weder dem Genossen Stalin noch dem Genossen Berija. Da wir nun mal die Todesstrafe abgeschafft haben, werden wir niemanden hinrichten. Niemanden. Und auch diesen ... Briefschreiber nicht. Eine Sonderkommission soll die Angelegenheit klären und nach Gesetz und Instruktion lösen. Verstanden?«

»Alles klar ... Das Gesetz sieht dafür mindestens zehn Jahre strenger Haft vor. Und die Instruktion? In den Uranbergwerken verliert er nach drei Monaten die Haare, nach einem halben Jahr die Zähne, und nach einem Jahr verreckt er ... Wenn er sich nicht dran gewöhnt, der Lump.«

»Gut, gut. Wenn er sich nicht dran gewöhnt. Seht, Berija versteht sich auch aufs Scherzen. Nun denn, soll er sich dran gewöhnen. Soll sich, der Lump, dem Uran anpassen. Ist für die Wissenschaft von Nutzen. Na, was hast du noch, Poskrjobyschew? Generalsernennungen? Her damit. Das macht Spaß.«

Er setzt sich neben Poskrjobyschew, der springt hastig auf, rückt den Ordner näher, legt ihm die großen Blätter schneeweißen Papiers vor.

»Gut, gut. Für den ist der Generalleutnant noch zu früh. Erinnerst du dich, Berija, das ist der, der einen wackeren Offizier mir nichts dir nichts erschießen wollte. Ein junger, tapferer Bursche, lange ohne Frauenzimmer, wer könnte ihn besser verstehen als Berija? Hat sich halt eine Deutsche geschnappt und ihr dann, besoffen, ein wenig zu arg zugesetzt, wenn ich nicht irre, eine Kugel verpaßt. Und der General, so ein Sittenapostel, stellte ihn gleich vors Kriegsgericht und an die Wand. Gut, daß ich's erfuhr, hab ihn begnadigt. Im Strafbataillon hat er tüchtig gekämpft, alle Orden und Titel zurückbekommen. Folglich soll der moralische General noch eine Weile Generalmajor bleiben ...Rabinowitsch ... Ein Rabinowitsch soll erst gar nicht General werden. Wie klingt das? General Rabinowitsch. Pfui!«

Poskrjobyschew kichert, Berija lacht, Wlassik wiehert.

»Schon genug, daß er Oberst ist. Noch besser, Oberst der Reserve. Wie hat er sich denn halten können? Wo ist die Personalakte? Ein Artillerist, Verwundungen, Auszeichnungen, Erfahrung. Stimmt alles, aber Rabinowitsch bleibt Rabinowitsch. Lassen wir ihm den Oberst mit Pension. Und dieser ... Wartet mal, der war doch verhaftet. Jeshow hat ihn eingelocht, du, Berija, hast ihn freigelassen, erinnerst du dich? Jetzt hat er's auf den Generalleutnant abgesehen. Sieh mal an, wie hurtig. Was steht in der Akte? Heldentaten ... Verwundungen ... Und was ist auf deinem Gebiet über ihn zu sagen? Nichts? Weder Gutes noch Schlechtes? Nicht Fisch noch Fleisch? Dann soll er Generalmajor bleiben. Noch besser, in der Reserve. Überprüfe ihn trotzdem, müssen wissen, ob Fisch oder Fleisch ... Was noch? Aha, Baufinanzierungen ...Gut ... Denen geben wir das Geld ... Weiter! Na, denen auch. Aber sechzig Millionen sind zuviel. Die betteln mit Rücklage, die schlauen Füchse. Wir geben ihnen vierzig. Dann stehlen sie weniger.«

Man kichert. Man lacht.

Er steht auf, reckt sich selbstgefällig.

»Wie spät ist es eigentlich ...? Was ...? Bereits fünf, und ich hätte beinahe gesagt: Das war doch ein fröhlicher Morgen!«

Der Zypressenkrieg

Für Mustafa Dshemilew
und Raschid Dshemilew

Es war Nacht. Im Nikitskij-Garten, einem botanischen Garten in Jalta, kreischten Sägen, hämmerten Äxte.

Eine Zypresse fiel um – ein gedehntes knarrendes Stöhnen, dann ein donnerndes Krachen, dröhnend schlug der Baum auf den Boden.

Die jungen Soldaten in den verschossenen Militärhemden arbeiteten langsam, obwohl sie in der kalten Novemberfeuchtigkeit fröstelten. Nachts wurden keine Holzstöße aufgeschichtet, das Holz mußte tagsüber verbrannt werden.

Auf der Allee hinter den Büschen hatten sich Frauen zusammengedrängt. In der Dunkelheit – sie trugen dunkle Steppjacken und Tücher – war nicht zu erkennen, wer jung, wer alt war. Man versuchte, sie wegzujagen. Einige weinten leise. Andere riefen schluchzend: »Was macht ihr bloß? Was seid ihr für Menschen, daß ihr lebende Bäume umbringt? Unsere Großväter und Urgroßväter haben sie gepflanzt und heranwachsen lassen ... Gelehrte Menschen sorgten für diesen Garten, hier stammt alles von Gott und von der Wissenschaft ... Welcher Unmensch hat diesen Mord befohlen? Nicht einmal die deutschen Faschisten haben so was gewagt. Die zerstörten zwar die Häuser, aber die Bäume haben sie nicht angerührt.«

»Das Schwarze Meer – was ist das?« Stalin zeigte mit dem Stiel seiner erloschenen Pfeife auf das silbern-violette Flimmern im großen hellen Rahmen des Terrassenfensters. »Man könnte sagen: ein riesiges Wasserreservoir, oder: ein Meerbusen. Das wären richtige Definitionen. Formal richtig, aber in diesem Fall leere Worte. Für uns ist das Schwarze Meer vor allem eine Arena des Kampfes oder, noch besser, ein Schlachtfeld. Die Slawen kämpften gegen die Türken ..., das Russische Imperium gegen die Osmanische Pforte. Auch das war ein ideologischer Kampf: zwischen dem Christentum und dem Islam. Und heutzutage geht es um den Kampf zwischen Sozialismus und Kapitalismus.«

Es fiel ihm leicht zu sprechen. Die Gedanken flogen ihm jetzt nur so zu. Er hatte das nirgends gelesen. Er war selbst darauf gekommen.

»Und natürlich sind in einem solchen Kampf die Kräfte des historischen Fortschritts immer auf der einen und die Kräfte der Reaktion auf der anderen Seite. Rußland war, ist und bleibt immer Träger des sozial-historischen Fortschritts. Sein Kampf gegen die Nomaden, die Tataren und die barbarischen türkischen Feudalherren war fortschrittlich. Er nahm ideologische Formen an, wie der Kampf der Orthodoxie gegen die Andersgläubigen. Rußland kämpfte für die Befreiung der Völker des Kaukasus, in Mittelasien und aller Balkanslawen vom türkischen und persischen Joch, vom britischen Kolonialismus und vom deutschen Militarismus.«

»Ganz richtig, Genosse Stalin. Sie formulieren unglaublich präzise. Man könnte noch die Griechen und Rumänen nennen.«

Schwer zu sagen, wie Shdanow[1] dreinblickte – seine Augen waren geschwollen, verschwommen. Er wurde dick und klagte dauernd über seine Krankheiten. Wirklich, er war schlaff geworden, blaßgelb. Ein Schlauch voll ranzigem Fett. Aber alles wollte er besser wissen. Und sein Jurka war genauso. Ein unverschämter Nichtsnutz: Er hatte Stalins Tochter geheiratet und bildete sich ein, er sei der Thronfolger.[2] Schon hatte er begonnen, Lyssenko[3] zu belehren und sich selbst zum Theoretiker aufzubauen. Wahrscheinlich träumte er schon von einer »Shdanowschen Etappe der Entwicklung des Marxismus«.

»Unsinn! Die Griechen gehören zur Antike. Das ist eine andere historische Formation. In unserer Zeit sind sie nur zweitrangige Verbündete der Slawen. Und die Rumänen ... Wie hat Plechanow[4] gesagt? Die Rumänen sind keine Nation, sondern ein Berufsstand; sie spielen in Orchestern.«

»Natürlich, natürlich ... Aber was die Orchester betrifft, das hat, scheint's, Alexander III. schon früher gesagt.«

»Scheint's? Wie das Volk sagt, wenn es dir scheint, dann

[1] Andrej Shdanow (1896–1948), seit 1939 Mitglied des Politbüros; seit 1946 Leiter der ZK-Propaganda-Abteilung und damit verantwortlich für die Kulturpolitik. (Anm. d. Übers.)

[2] Stalins Tochter Swetlana heiratete Jurij Shdanow 1948 in zweiter Ehe. (Anm. d. Übers.)

[3] Trofim Lyssenko (1898–1976), Günstling Stalins; Agrobiologe, der die Genetik als »reaktionär« bekämpfte und eine pseudowissenschaftliche, auf gefälschten Experimenten basierende »marxistische« Vererbungstheorie aufstellte; maßgeblich an der Verfolgung und Vernichtung anderer Wissenschaftler beteiligt. (Anm. d. Übers.)

[4] Georgij Plechanow (1856–1918), marxistischer Philosoph; einer der Gründer der russischen sozialdemokratischen Partei. (Anm. d. Übers.)

bekreuzige dich, Genosse Shdanow, dann wird's dir nicht scheinen. Aber wir wollen nicht vom Hauptthema abkommen. In allen Epochen waren große ideologisch-politische Massenbewegungen, große Nationen und große Staaten die entscheidenden historischen Kräfte. Christentum, Islam, Buddhismus – das sind große ideologische Bewegungen, und sie spielten die wichtigsten Rollen in der Geschichte. Die verschiedenen Sekten und kleinen heidnischen Religionen spielen nur ganz unbedeutende Rollen, sind sozusagen Statisten ohne Worte. Das gilt auch für kleine Länder und kleine Nationen. Griechen, Rumänen, Aserbeidshaner, Armenier, Georgier, Abchasier und andere kleine Völker können nur in Abhängigkeit von Großmächten und großen Nationen existieren. Sie müssen sich dieser oder jener anschließen, dafür oder dagegen sein. Eine dritte Möglichkeit gibt's nicht.«

»Tzz!« Berija[5] schnalzte begeistert mit der Zunge. Er begriff rasch und freute sich, als er das Wort »Abchasier« hörte. Gestern hatte er wieder genörgelt, daß sie Feinde, schlimmer als die Krimtataren, seien, daß sie alle in der Türkei Verwandte hätten. Nun glaubte er, Stalin schon überzeugt zu haben.

»Bei der richtigen Betrachtungsweise wird uns also klar, daß das Schwarze Meer für uns vor allem eine sozialhistorische Tatsache ist. Eine Arena des Kampfes, ein Schlachtfeld.«

Er betrachtete den flimmernden Meeresstreifen hinter dem Staketenzaun der Zypressen und blickte verstohlen zu Shdanow, Berija und seinem Sekretär Poskrjobyschew hinüber; sie saßen in großen Korbsesseln an einem runden Tisch, der mit Flaschen und Speisen vollgestellt war. Er fühlte sich satt und zufrieden. Kinsmareuli war ein prächtiger Wein, und er hatte den Transport mit dem Flugzeug gut überstanden. Aromatisch und schwer, aber ohne Kopf und Magen zu belasten!

»Wir haben die Krim von den Tataren gesäubert, den ewigen Feinden Rußlands, den Agenten des türkischen reaktionären Islam. Sie waren auch Agenten Hitlerdeutschlands ... und wären heute mögliche Agenten des angloamerikanischen Imperialismus. Unsere große historische Aufgabe besteht darin, die Küsten des Schwarzen Meeres von den Feinden Rußlands, von den Feinden des Fortschritts – und das heißt, von den Feinden des Sozialismus – zu säubern.«

»Eine bedeutende Wahrheit, Genosse Stalin, eine bedeutende,

[5] Siehe S. 149 Anm. 1.

dringend nötige Wahrheit! Von türkischen Agenten wimmelt es auch in Bulgarien und bei uns in Abchasien.«

»Ich erinnere mich. Ich erinnere mich an alles, Lawrentij, und deine abchasischen Freunde erwähnst du schon etwas zu oft. Wie das Volk sagt: Hast ist nötig, wenn man Flöhe fängt. Allerdings hopsen unsere Feinde manchmal nicht schlechter als Flöhe.«

Als erster kicherte wie immer Poskrjobyschew, Shdanow lachte schallend, Berija brach in fröhliches Gelächter aus.

»Ja, ja, sie hopsen und springen ... Aber sogar in der größten Eile kommt es darauf an, überlegt zu handeln. Wir werden die Küsten des Schwarzen Meeres säubern. An der Nordküste haben wir schon angefangen – die Tataren und die dort ansässigen Griechen, Bulgaren, die Karaimen, diese unsteten Elemente, sind beseitigt. Aber es gibt noch immer verseuchte Gebiete. Zum Beispiel Odessa. Von alters her eine russische Stadt, heute gehört sie zur Ukraine. Doch fast vierzig Prozent der Bevölkerung, wenn nicht mehr, sind keine Russen oder Ukrainer. Dort gibt's Griechen, Armenier, Türken, Rumänen und natürlich Juden. In Odessa machen sie einen ungewöhnlich großen, man kann sagen: unverhältnismäßig großen Teil der Bevölkerung aus. Und es ist typisch, daß gerade dieser Teil besonders von bourgeoisen und kriminellen Elementen verschmutzt ist. Nicht zufällig nutzen die Volksfeinde so oft die Witzeleien von Odessa für ihre antisowjetische Agitation. Eine kosmopolitische Stadt! Ich glaube, Lawrentij, es wird Zeit, daß wir uns aufmerksamer, wachsamer mit diesem Teil der Schwarzmeerküste befassen.«

»Jawohl, aufmerksamer, Genosse Stalin! Das habe ich auch der Verwaltung eingeschärft.«

»Wir werden auch das westliche und das östliche Ufer säubern. Die bulgarischen Genossen haben sich schon sachte an ihre Türken herangemacht, und wir nehmen uns die Abchasier, die Adsharen, die Mescheten vor. Das sind alles Seuchenherde des Islam, feindliche Nester ... Wir nehmen uns auch die Südküste vor. Zargrad[6]! Der uralte Traum Rußlands. ›Olegs Schild vor den Toren von Zargrad ...‹ Das habe ich als kleiner Junge deklamiert. Das Kreuz an der Hagia Sophia – eine veraltete Zierde! Aber der Rote Stern, der rubinrote Kremlstern, der wird an der Hagia Sophia wohl nicht schlecht aussehen!«

[6] Altrussische Bezeichnung für Konstantinopel (Anm. d. Übers.)

»Vortrefflich ausgedrückt, Genosse Stalin! Stimmt genau. Ganz nach Stalinscher Art.«

»Bei der Säuberung müssen wir ständig an unseren grundsätzlichen strategischen Plan denken. Nur dadurch ist die richtige Einstellung zu allem garantiert – zu den Meeren, den Nationen, der Natur. Zum Beispiel, zu den Bäumen ... Die Birke ist ein nationaler russischer Baum: nützlich und schön! Sehr nützlich ist Birkensaft im Frühjahr. Auf Birkenrinde schrieben die alten Russen, noch bevor man im Westen wußte, was Schreiben ist. Besen aus Birkenzweigen sind gut im Dampfbad. Birkenruten sind gut für die Erziehung.«

Diesmal gackerte Shdanow als erster los, ihm folgte Berija. Poskrjobyschew war der letzte; er hatte die Bemerkung nicht sofort begriffen, aber dafür lachte er lauter als die anderen und rieb sich die Augen.

»Das russische Volk preist seine Birke. Deshalb habe ich gebeten, am Rizasee, bei unserer Staatsdatscha, noch einige Birken anzupflanzen. Prachtkerle, deine Leute, Lawrentij, ein schönes Wäldchen haben sie angelegt. Ein herrliches Plätzchen ist's geworden – die Berge des Kaukasus und die russischen Birken. Nächstes Mal fahren wir dahin. Und die Eiche ist ein guter Baum, unser Baum. Das Volk sagt: ›Mächtig wie eine Eiche.‹ Auch die Kiefer ist nicht schlecht, sie liefert Harz und Teer. Aber man darf vor lauter Kiefern nicht den Wald übersehen ...«

Alle lachten einmütig und klangvoll.

»Aber diese Zypressen! Langweilige Bäume! Ragen hoch, verdecken das Meer. Wozu sind sie da? Zu nichts taugen sie! Und weshalb? Weil sie türkische Bäume sind. Mohammedanische. Sie werden in den türkischen und arabischen Kriegsliedern besungen. Die Türken pflanzen sie auf Friedhöfen an ... Es sind andersartige Bäume. Fremde. Feindliche. Hier, auf der Krim, sind sie scheußliche Denkmäler, Hoheitszeichen der Erbfeinde. Sie wurden unserer Erde aufgezwungen.«

Der Gedanke war ihm ganz plötzlich gekommen. Sein eigener Gedanke, seine Entdeckung! Nicht umsonst hatte er sich mit Aufforstungsplänen beschäftigt. Aus der konkreten Erfahrung war eine originelle theoretische Konzeption erwachsen – aus der Erfahrung der Geschichte und der wissenschaftlichen Arbeit. Irgend jemand mußte das erklären, wie es sich gehörte: als konkretes Beispiel der Stalinschen Genialität. Denn genau das ist Genialität: die Fähigkeit, einfache Fakten originell zu analysieren, kühn zu durchdenken und zu verallgemeinern.

»Ich meine, daß die Küsten unseres Schwarzen Meers von diesen türkischen Friedhofsdenkmälern gesäubert werden müssen.«

Alle waren gleich enorm bei der Sache. Shdanow erst noch etwas betrübt, weil ihm noch nicht ganz klar war, worum es ging. Berija zeigte bereits seinen Eifer. Nur Poskrjobyschew, die einfache Seele, spürte, daß sein Herr etwas Wichtiges sagte. Er zog den Schädel zwischen die dicken Schultern und war bereit, jeden Befehl auszuführen.

»Alle Zypressen müssen beseitigt werden. An ihrer Stelle sind Birken, Fichten und natürlich Eukalyptusbäume zu pflanzen. Das sind nützliche Bäume – sie wachsen schnell, trocknen sumpfigen Boden aus, reinigen die Luft, liefern heilsame Früchte. Das ist bei uns in der Kolchischen Niederung zuverlässig überprüft worden. Nicht wahr, Genosse Berija? Es wachsen Eukalyptusbäume in Abchasien und Adsharien, und sie arbeiten gut für den Sozialismus. Also werden wir sie auch hier anstelle der Zypressen, der türkischen Agenten, anpflanzen.«

»Geniaal! Nur ein Wort: genial! Es gibt nichts hinzuzufügen. Genosse Stalin, Sie gestatten, daß ich die entsprechenden Anweisungen gebe?«

»Lawrentij, du neigst manchmal zu übertriebener Eile. Wollen wir nicht erst klären, welche Anweisungen vernünftig sind? Wir müssen gut überlegen, wer mit der Ausführung beauftragt werden soll. Die örtlichen Kader sind nicht erfahren genug. Und wenn man irgendwelche wissenschaftlichen Schlafmützen oder Bürohengste beauftragt, bohren sie nur in der Nase und stöhnen: Einerseits ... andererseits. Solche Aufgaben müssen ohne Eile, präzise, auf militärische Art gelöst werden.«

»Auf Stalinsche Art«, murmelte Poskrjobyschew halblaut, wie im Selbstgespräch.

»Auf militärische Art – das heißt, ohne Geschwätz, ohne Schlamperei. Und wohlüberlegt. Sorgfältig, von allen Seiten durchdacht.«

Er goß sich Wein nach. Berija zog sofort die Flasche an sich, schenkte sich selbst und Shdanow ein, der verzweifelt auf sein Glas blickte. Poskrjobyschew wartete nicht, sondern griff zur Kognakflasche. Ein russischer Kerl hat es lieber etwas kräftiger, er fürchtet sich nicht vor einem Rausch, sein Gewissen ist rein. Wenn er stark betrunken ist, flucht er wüst, heult, ist aber genauso gehorsam, genauso bereit, alles für seinen Herrn zu tun. Berija wollte schon sein Glas heben und einen Toast ausbringen, aber Stalin winkte ab.

»Warte, mein Lieber. Jetzt wollen wir nicht schwatzen, sondern nachdenken. Trink, doch behalt den Verstand, wie das Volk sagt. Laßt uns überlegen, welche Anweisungen zu geben sind.«

Alle verstummten. Shdanow entspannte sich erleichtert, da er noch nicht zu trinken brauchte. Seit neuestem fürchtete er sich geradezu vor dem Wein. Hatten ihm etwa die Ärzte Angst eingejagt? Oder fürchtete er sich, geheime Gedanken auszuplaudern?

Jetzt mußte Stalin nachdenken. Seine Gedanken sollten zur Tat werden. Zu einer Tat, an die man sich ewig erinnern würde ... Überall tönt es ganz laut: Ein Genie ..., der Weiseste der Weisen ..., der Weit- und Scharfsichtigste ..., die Koryphäe aller Wissenschaften. Das Volk glaubt daran, aber es gibt auch Schmeichler, Schlauköpfe, die etwas anderes sagen, als sie denken. Manche wissen, daß nicht er die genialen Pläne, die Errungenschaften und Theorien ersonnen hat, die sie als Stalinsche bezeichnen. Nein, er hat niemanden nachgeahmt, nichts entlehnt oder ausgeliehen. Ein Wort für Krämer: »ausleihen« – was ausgeliehen ist, muß zurückgegeben werden. Nein, er hat alles an sich genommen wie Kampftrophäen, demontiert wie feindliche Fabriken. Trotzkij und seine Kumpane schwatzten nur von Arbeitsarmeen, vom Druck auf die Kulaken, von der Verbindung der Gewerkschaften mit dem Staat – sie alle schwatzten nur, aber die ganze Welt kennt nun die *Stalinsche* Kollektivierung, die *Stalinschen* Fünfjahrespläne. Bucharin[7] und seine Verehrer faselten nur von der Demokratie, vom klassenlosen Staat, von der Zusammenarbeit mit dem Westen. Bucharin selbst entwarf auch noch die neue Verfassung. Aber für immer blieben die *Stalinsche* Verfassung, die *Stalinschen* Theorien der klassenlosen sozialistischen Gesellschaft. Einfach und schön. Und im wesentlichen richtig. Sie schwatzten, er handelte. Freilich, nicht alle Gedanken und Pläne stammten von ihm ... Der Schweinehund Radek[8], der schlaue Clown, hatte mehrere Male in verschiedener Gesellschaft wiederholt (beim erstenmal hatte noch

[7] Siehe S. 45 Anm. 4.
[8] Siehe S. 169 Anm. 23.

Jagoda[9] darüber Meldung gemacht): »Goethe sagte: ›Ein Talent erfindet etwas, ein Genie stiehlt es.‹ Deshalb ist Koba[10] ein echtes Genie, während Trotzkij und Bucharin bloß Talente sind.« Ein Lump, der Radek, aber ein kluger Lump ... Auch Lenin hatte seine eigenen Ideen gehabt, also war der Alte bloß ein Talent. Nein, doch nicht, er stahl ja bei Plechanow, klaute bei den Sozialrevolutionären das ganze Agrarprogramm, beschimpfte dauernd Bogdanow[11], Trotzkij, Bucharin, aber bestahl sie trotzdem.

Die Zypressen – das war eine neue, ganz neue, nie dagewesene Idee. Einem Genie kann man gestatten, auch noch ein Talent zu sein. Das ist sogar angenehm. Aber darauf kommt es nicht an. Alle schrien, daß Trotzkij »ein Talent« sei, doch er war ein Dummkopf, ein Schwätzer, ein Poseur, ein mieser Schauspieler, keine politische Gewandtheit, bestand nur aus Dogmen und Phrasen. Sinowjew[12] sagte zu Recht über ihn: »Geradlinig wie ein Telegrafenmast.« Er beugte sich nicht, deshalb konnte er leicht gestürzt werden. Sinowjew blies sich auf wie eine Kröte und dachte: Wenn er mich einmal gefördert hat, bin ich für immer sein Freund und Diener. Er war schlau, aber doch ein Trottel, denn er hoffte, Stalin herumkommandieren zu können. Danach kroch er wie eine Schlange, leckte Stalin die Stiefel ... Bucharin war auch ein Schönredner, spielte den Herzensguten, die heilige Einfalt. Aber immer wieder wollte er auch zubeißen, Stalin einen Dolchstoß in den Rücken versetzen, lief durch die Hintertür zu Kamenew[13] ...

Alle diese Talente hatte er gestürzt. Denn er besitzt eine besondere Kraft – noch fehlen die Worte, um es zu formulieren. In diesem Punkt bleibt unsere Wissenschaft hinter der bourgeoisen, hinter Nietzsche und den Religionsphilosophen, zurück. Die wissen, ob der Mensch eine innere Kraft hat: nicht Verstand, nicht Wille, nicht Herz, nicht – weiß der Teufel, wie man es anders nennen soll – Geist. Im letzten Jahr, vor dem Feiertag, war in einem Leitartikel der ›Prawda‹ ein Satz aufgetaucht: »Wenn wir von der Oktoberrevolution sprechen, denken wir an Stalin, wenn wir von Stalin sprechen, denken wir an

[9] Siehe S. 153 Anm. 9.

[10] Spitzname Stalins während der Illegalität. (Anm. d. Übers.)

[11] Alexander Bogdanow (1873–1928), Philosoph und Schriftsteller; führender Theoretiker der russischen sozialdemokratischen Bewegung. (Anm. d. Übers.)

[12] Siehe S. 45 Anm. 8.

[13] Siehe S. 45 Anm. 8.

die Oktoberrevolution.« Er hatte ihn gelesen und sofort das bekannte Frösteln böser Unruhe verspürt; er nannte es bei sich: »Ich wittere den Feind.« Denn das waren seine eigenen Worte. Dies hatte er selbst am ersten Jahrestag über Trotzkij geschrieben, mit dem er einig werden wollte. Der Alte erholte sich damals nur mit Müh und Not von seiner Verwundung. Alle fragten sich: Wer wird ihn ersetzen? Das hätte vergessen werden müssen. Für immer ... Er rief Mechlis[14] an: »Wer hat den Artikel geschrieben?« – »Ich melde mich in zehn Minuten wieder.« Dieser Jude kannte seinen Platz; er setzte ihm nie mit Fragen zu, führte keine klugen Reden, war ihm treu ergeben wie ein Hund, wie Poskrjobyschew ... Er rief fünf Minuten später zurück und meldete genau, wer der Verfasser war, wo er arbeitete. »Welche Anweisungen haben Sie?« – »Sag's Abakumow[15]. Meiner Meinung nach riecht's hier nach Trotzkismus. Der Autor schmeichelt ganz unerträglich. Er kriecht dem Genossen Stalin in den Hintern, stinkt aber selbst nach Trotzkismus. Also sag's dem Dicken!«

Die auf seine direkten Anweisungen hin Verhafteten nannte er seine »Patenkinder«. Über sie wurde ihm getrennt Bericht erstattet. Bei dem Verfasser des Artikels fand man während einer Hausdurchsuchung Stenogramme aller Parteitage, Bündel vieler Zeitungsjahrgänge, darunter auch die ›Diskussionsblätter‹ von 1927 und die erste Ausgabe von Stalins ›Fragen des Leninismus‹ aus dem Jahre 1924 mit dem verfluchten Absatz darüber, daß es unmöglich sei, den Sozialismus in einem Land aufzubauen ... Der Schuft wußte, was er verbirgt, was er aufbewahrt, der Halunke, der Provokateur!

Abakumow meldete: »Er winselt, heult, schwört, ein treuer Stalinist zu sein, hat aber vor seiner Parteiorganisation verborgen, daß sein Schwager 1937 von Repressionen betroffen und daß sein Bruder in Gefangenschaft war und gefiltert werden mußte. Es ist festgestellt worden, daß er sich doppelt kompromittiert hat – quatschte defätistisch zu Beginn des Krieges, und vor ganz kurzer Zeit lobte er die amerikanische Technik über alle Maßen, ist auch panisch gestimmt wegen der Atombombe.

[14] Lew Mechlis (1889–1953), Günstling Stalins, 1927–1939 Chefredakteur der ›Prawda‹; 1939–1942 Chef der Politverwaltung der Streitkräfte und ab 1946 Volkskommissar für Staatskontrolle. (Anm. d. Übers.)

[15] Viktor Abakumow, 1946–1951 Minister für Staatssicherheit; 1954 verhaftet und hingerichtet. (Anm. d. Übers.)

Hat vor seinen Kindern darüber geschwatzt – sie sind Studenten und schon richtig dekadent, jagen nach Jazzplatten; auch über antisowjetische Witze und Gespräche gibt's Berichte. Wir schlagen zwanzig oder fünfzehn Jahre Sonderlager vor.«

Aber er hatte Mitleid gehabt: »Weshalb so streng mit meinem Patenkind umspringen? Es reichen auch zehn.«

Ohne Hast stopfte er seine Pfeife, zündete sie an, saugte den Rauch ein. »Also ich glaube, Lawrentij, das ist etwas für die Soldaten. Und du hast die allgemeine Leitung. Säubern, ausrotten – dafür bist du ja immer zuständig.«

Am nächsten Tag meldete Berija, was er vorhatte. Zwei Infanteriebataillone aus den Bezirken von Simferopol und Sewastopol und ein Pionierbataillon aus Kertsch sollten innerhalb von zehn Tagen an die Südküste verlegt werden. Mit dem Abholzen werde sofort nach der Urlaubssaison begonnen, wenn die meisten Kurgäste abgereist sind. Die Arbeiten müßten nachts durchgeführt werden, um keine Aufmerksamkeit zu erregen. Die Beschaffung von Eukalyptussetzlingen habe sofort zu beginnen. Bei der Gebietsverwaltung der Krim müsse eine Arbeitskommission geschaffen werden, und beim Exekutivkomitee von Suchumi sei die allgemeine Leitung einem Sonderbevollmächtigten aus dem Ministerium zu übertragen.

»Genau, die Bäume müssen nachts gefällt werden. Sonst gibt's nur Geschwätz. Und wir brauchen auch nichts zu übereilen. Die Zypressen sind keine Flöhe, die hopsen nicht weg, laufen nicht davon. Also hat's keinen Sinn, sich, wie das Volk sagt, auf Deubel komm raus zu beeilen. Gleich drei Bataillone? Es ist doch Gott sei Dank nicht Krieg. Ein Pionierbataillon reicht. Es soll kein Aufsehen machen. Man muß an einer Stelle, in einem Revier anfangen – alle Zypressen beseitigen, dann Birken, Eichen, Fichten und unbedingt Eukalyptusbäume pflanzen, den Erfolg überprüfen und gleich danach das bedeutende Unterfangen, das ›gute Beginnen‹, wie's im Volksmund heißt, allgemein kundgeben, wie sichs gehört. Diese äußerst wichtigen Maßnahmen müssen vom Standpunkt der Biologie und vom Standpunkt der Ideologie wissenschaftlich begründet werden.«

»Alles wird ausgeführt, Genosse Stalin. Sie sind, wie immer, erstaunlich – Sie sehen alles, buchstäblich alles voraus, sowohl in theoretischer wie in praktischer Hinsicht.«

»Gut, gut, von der Genialität des Genossen Stalin haben wir

schon genug gehört. Bis zum Überdruß sogar. Handle, teurer Genosse Berija, handle!«

Im Nikitskij-Garten kreischten nachts die Sägen, hämmerten die Äxte, weinten und schimpften die Frauen ... Die Soldaten arbeiteten immer langsamer.

Der Hauptfeldwebel, ein untersetzter, dunkelhäutiger Mann mit dem bronzenen »Ruhm«-Orden an der Bluse, rief hin und wieder laut, aber gutmütig: »Bürgerinnen, bitt euch, geht weg. Hört auf, ist hier schon feucht genug. Befehl ist Befehl. Ein Soldat pariert und diskutiert nicht. Bitte behindert uns nicht ... Was soll das hier? 'ne Zigarettenpause mit Pennen zwischendurch? Was steht ihr wieder untätig rum?«

»Genosse Hauptfeldwebel, die Sägen sind nicht geschwenkt. Der Baum ist kräftig und zäh. Sie bleiben stecken. Und die Axt prallt ab, Mist verdammter ... Warum müssen sie überhaupt gefällt werden? Das sind doch gesunde Bäume. Jung und schön.«

»Blah, blah, blah! Aufhören mit dem Geschwätz! Und die Sägen ... Du und du, zum Sägenzieher. Los, macht dalli! Wie ein geölter Blitz! Und dann tut, was befohlen ist. Die Führung weiß, weshalb sie gefällt werden. Ein besonders wichtiger Befehl. Geheim. Eben deshalb arbeiten wir nachts. Und diese Weiber haben hier nichts zu suchen.«

»Wohin mit ihnen? Die wohnen und arbeiten hier. Wir sägen nachts und wecken sie auf. Das soll ein Geheimnis sein! Wie bei dem Mädchen, das heimlich sündigen wollte, aber ihr Bauch wurde zu dick, und dann hat noch das Kind laut geschrien. Da wurde nichts aus dem Geheimnis. Wer hat bloß was von dieser Schweinerei? Solche Bäume ...«

»Blah, blah, blah! Aufhören! Befehle werden nicht diskutiert! Weiß der Geier, wer was davon hat ... Heulst du etwa? Ein Soldat und flennt wie ein Mädchen! Was ist los?«

»Ich heule vor Wut. Scheißbefehle sind das! Welche blöden Arschlöcher haben sich das einfallen lassen!«

»Hier wird nicht geflucht! Dreimal Wachdienst außer der Reihe für flegelhaftes Benehmen!«

»Und wenn du mir zwanzig aufbrummst. Nur laß mich mit dieser Sauerei in Frieden. Das ist die reinste Schädlingstätigkeit. Man müßte an Stalin schreiben ...«

Am Morgen machte der Hauptfeldwebel dem Kompaniechef, einem Hauptmann, Meldung. Der funkte am Abend an den Bataillonskommandeur: »In den vergangenen 24 Stunden sind sechs Zypressen großen Kalibers und drei junge Bäume gefällt und teilweise verbrannt oder abtransportiert worden. Bei den Soldaten sind ungesunde moralische Stimmungen zu beobachten, zweimal wurde im Glied geweint. Die Zivilbevölkerung in Gestalt der Mitarbeiter des Objekts, vor allem jener weiblichen Geschlechts, bringt aktives Unverständnis zum Ausdruck und wirkt negativ auf die Soldaten ein. Unter den Zivilisten gibt es viele Vorfälle von Tränen und Geschrei. In einer Woche sind viele Geräte, besonders Sägen und große Äxte, verlorengegangen und beschädigt worden. Direkte Beweise wurden nicht gefunden, und eine böse Absicht der Schuldigen wurde nicht festgestellt.«

Der Bataillonskommandeur machte den höheren Dienststellen Meldung. Es kam ein Befehl, den Soldaten beim Abholzen und Roden der Zypressen Feldrationen wie Kundschaftern an der Front zu geben, einschließlich der Verpflegung mit Wodka bis zu dreihundert Gramm am Tag.

Die Soldaten tranken mürrisch. Sie arbeiteten noch langsamer, noch stumpfsinniger. Sie wurden rasch betrunken oder taten noch öfter so, als seien sie berauscht. Eine aus Moskau geschickte Elektrosäge zerbrach. Eine Kompanie wurde von einer anderen abgelöst. Aber mit den neuen Holzfällern geschah das gleiche. Sie fällten mehrere Bäume, verschmutzten den ganzen Garten mit Ästen, legten ungeschickt Lagerfeuer an. Inzwischen liefen nicht nur örtliche Gärtnereiarbeiter, sondern auch Bewohner von Jalta herbei. Kriegsversehrte Frontkämpfer brüllten etwas von Schädlingstätigkeit. Wissenschaftliche Mitarbeiter schrieben Beschwerden an das Ministerium, ans ZK, Jungpioniere schickten Telegramme an Stalin.

Man stellte Soldaten unter Arrest, bedrohte sie mit Gerichtsverfahren. Aber offenbar wurde niemand verurteilt. Der Bataillonskommandeur wurde irgendwohin versetzt, wo sich die Füchse Gute Nacht sagen. Der neue Bataillonskommandeur erkrankte schon in der ersten Woche und forderte im Lazarett, daß ihm endlich der Splitter, der ihm schon seit Stalingrad in der Hüfte steckte, entfernt werde.

Die Birken, Fichten und Eukalyptussetzlinge wuchsen schlecht an, kränkelten, siechten dahin. Einige Gärtner wurden verhaftet und nach dem Artikel »antisowjetische Agitation« verurteilt.

Insgesamt fällte man in mehr als einem Jahr kaum fünfzig Zypressen. Aber den Meldungen zufolge waren es fast zweihundert. Ungeheure Mengen von Setzlingen wurden gepflanzt – Hunderte, Tausende neuer Bäume ... Aber zwei, drei Jahre später konnte niemand sagen, wie viele von ihnen überlebt hatten. Und niemand fragte danach. Stalin kam nicht mehr auf die Krim und verließ Moskau überhaupt nicht mehr.

Er hatte viele Sorgen, alte wie neue. In Korea hatten die Chinesen nur mit Mühe dem amerikanischen Gegenangriff standgehalten. Tito war endgültig unverschämt geworden. In Griechenland wollte nichts gelingen, ebensowenig wie im Iran. Im Kreml-Krankenhaus hatte man eine Bande jüdischer Ärzte als Terroristen[16] entlarvt. Abakumow hatte sich als Schlafmütze, wenn nicht als etwas Schlimmeres erwiesen.

Der Generalissimus hatte den Zypressenkrieg verloren. Im stillen. Frieden war nicht geschlossen worden, doch die Zypressen blieben.

Zwanzig Jahre nach dem Tod des Völkermörders erschienen auf der Krim wieder Krimtataren. Aber sie wurden wieder verhaftet und verjagt. Und stets kehren sie von neuem zurück. Nur einige Dutzend Familien haben sich ansiedeln können. Hunderttausende leben noch in der Verbannung, aber auch sie warten und hoffen.

[16] Gemeint ist die sogenannte Ärzteverschwörung vom Januar 1953; eine Gruppe führender Ärzte, zum Teil jüdischer Abstammung, wurde des Mordes, der Verschwörung und Spionage angeklagt; nach Stalins Tod erwies es sich als Fälschung; bereits im April 1953 wurden die Verhafteten wieder freigelassen, einige waren aber an den Folgen der Foltern gestorben. (Anm. d. Übers.)

Die Kreuzung von Shukowka

I

Der dunkelgraue Asphalt ist an den Seiten und in der Mitte von ehemals weißen Streifen durchzogen, die Straße schlängelt sich durch einen dichten Wald, durchquert ein Feld, gleitet an hohen dunkelgrünen Zäunen vorbei, durchschneidet die Dörfer Rasdory und Barwicha, steigt sanfte Hügel hinauf, fällt ab und verläuft wieder – wie ein gerader grauer Kanal zwischen gewellten grünen Ufern – durch Haselnußdickicht, junge Apfelbäume, zwischen der bunten Pflanzen- und Gräservielfalt der Straßenränder.

Wenn man aus Moskau kommt, sieht man zur Linken Eisenmasten; dann und wann surrt dort ein elektrischer Zug vorbei. Zur Rechten, hinter Büschen und Bäumen, sind Felder, und jenseits der Felder ein Kiefernwäldchen am steilen Ufer der Moskwa.

Von der Straße aus ist der Fluß nicht zu sehen, aber sogar an den heißesten Tagen läßt es sich hier leichter atmen, viel leichter als nur ein paar Kilometer östlich, wo diese Chaussee von der breiten Gußasphalt- und Betonstraße abzweigt, die Moskau als gewaltiger Ring umschließt. Von dort bis zum Dorf Shukowka sind es acht Kilometer.

Hinter einer scharfen Kurve stößt man plötzlich auf eine Kreuzung. Rechts eckige Ziegelgebäude – Geschäfte, ein Café – und ein Asphaltplatz zwischen spärlichen Bäumen. Hier herrscht an Feiertagen dichtes Autogedränge.

Von der Kreuzung führt die Chaussee geradeaus an den Ziegel- und Eisenzäunen der »Ministerratssiedlung« vorbei. Der Wald verbirgt die wichtigsten Regierungsdatschen, in denen einst Molotow, Malenkow, Kaganowitsch[1] und dann Chruschtschow wohnten. Die Chaussee führt an der Station Ussowo vorbei, durch Dörfchen und Sowchosen zum Dorf Uspenskoje, das einst den Morosows[2] gehörte.

[1] Molotow, siehe S. 96 Anm. 22; Malenkow, siehe S. 149 Anm. 2; Kaganowitsch, siehe S. 45 Anm. 5; alle drei wurden 1957 von Chruschtschow entmachtet. (Anm. d. Übers.)

[2] Russische Unternehmerfamilie, die seit Mitte des 19. Jahrhunderts riesige Textilmanufakturen aufbaute. (Anm. d. Übers.)

Dort, am schwach ansteigenden Sandufer der Moskwa, ist ein Strand für Ausländer; an heiteren Tagen stehen bunte Volvos, Citroëns, Volkswagen, Peugeots einer neben dem anderen, lärmen Badende der verschiedensten Völker.

Etwas weiter entfernt liegen Hügel, die von undurchdringlichen Gärten und Hainen bedeckt sind. Das ist Nikolina Gora, eine der Datschensiedlungen für Auserwählte. Hier wohnen Wissenschaftler, Literaten, Schauspieler, Maler, pensionierte Generale und Admirale oder einfach erfolgreiche Gauner, die einen hohen Rang erreicht haben.

An der Kreuzung von Shukowka verästelt sich die Straße. Eine Abzweigung führt nach links vorbei an einem Aluminiumsoldaten, der an einem grauen Steinobelisk traurig zu Boden blickt – in den Stein sind 49 Namen hiesiger Bewohner gemeißelt, die zwischen 1941 und 1945 fielen –, weiter über eine Eisenbahnlinie in den Wald und den am Waldrand liegenden Teil von Shukowka. Die zweite nach links führende Abzweigung geht zu den Siedlungen des Ministerrats und der Akademie der Wissenschaften. Rechts drei gegabelte Feldwege, die sich durch das Dorf zum Ufer hinziehen.

Auf den flachen Hügeln sind Häuser, Gehöfte, die in Kiefern- und Eichenwäldchen hineinreichen, zwanglos verstreut. Die Häuser der alteingesessenen Bewohner haben kleine, von Staketenzäunen umgebene Gärtchen. Gleich daneben, ihre Reihen durchbrechend, stehen hohe Lattenzäune von einheitlichem Dunkelgrün. Manche sind oben mit Stacheldraht überzogen. Dahinter, zwischen Ahornen und Linden, verstecken sich die einstöckigen Datschen der Nomenklatura.

Vom Nordrand des Dorfes, nach Westen hin, erstreckt sich ein Feld, und im Nordosten ein hoher Hügel. Alte langstämmige Kiefern, eine Kiefernschonung, Birken. Der steile Hang zum Fluß ist von kleinen Birken, Kiefern und Weidengestrüpp bewachsen. Darunter ein sanfter Bogen der Flußstrecke und jenseits die Weiten des Moskauer Gebietes, sanft hügelige Felder und Wiesen, waldumsäumt. Unendliche, grenzenlose Weiten, und doch erfaßt sie der Blick und das Herz.

Im Westen ragt ein dunkler Knauf über den ausgefransten Waldsaum: der Wasserturm an den wichtigsten Regierungsdatschen. Im Nordwesten, jenseits des Flusses, glänzt wie bunte Fischschuppen das Dorf Iljinskoje. Dahinter und zu seinen beiden Seiten nichts als Wald; nur Grün in reicher Vielfalt: bald dunkler, bald heller, hier sich kräuselnd wie weiche Wolle, dort gesträubt wie harte Borsten. Im Norden zwei weiße Streifen im unendlichen Grün: die Paläste von Archangelskoje. Im Nordosten ein gelbgrünes Steilufer mit einem hellgrauen Quader: der Staudamm des Wasserspeichers von Rubljowo; von hier geht Trinkwasser nach Moskau. Dahinter wieder die dunklen Fransen eines Kiefernwäldchens.

Das Dorf Shukowka wird nur selten auf Karten vermerkt, ein winziges Pünktchen im dichten Netz von Eisenbahnlinien, Chausseen und Straßen. Aber hier kreuzten sich an diesem Sommermorgen 1972 mehrere sehr verschiedene, ja gegensätzliche Schicksalswege; manche wurden weltbekannt ...

Die Sonne leuchtet noch schwach, sie blendet noch nicht. Die graue Straße wird von der Morgendämmerung feiertäglich erhellt. Fußgänger eilen zur Bahnstation. Schwarze, gepanzerte Wagen rasen aus Moskau herbei, um die noch unausgeschlafenen Bewohner der Datschen abzuholen. In Richtung Moskau fahren ihnen andere entgegen, die früher zur Arbeit müssen: Angestellte, Ingenieure und Beamte, und ihre Autos sind nicht ganz so vornehm.

Die Sonne ist aufgegangen. Nun jagen die ungestümen, schwarzglänzenden Limousinen mit jenen dahin, deren Namen täglich in allen Zeitungen zu lesen, im Rundfunk und vor den Fernsehschirmen zu hören sind. Kipper- und Tankwagen drükken sich schwer keuchend an die Straßenränder. Die eckigen, mit grüner Plane überzogenen Geländewagen der Bezirks- und Sowchosfunktionäre weichen höflich aus.

2

Ein Paar überquert die Chaussee. Er ist hochgewachsen, hager, hat hellblondes Haar und eine hohe Stirn. Sie ist brünett, dunkeläugig und sonnengebräunt. Die beiden gehen zum Fluß. Sie raucht und spricht aufgeregt. Er hört freundlich, nachdenklich zu. Ihnen entgegen eilen zwei Männer mit Aktentaschen zur Station. Der ältere grüßt respektvoll, und der jüngere flüstert: »Wer ist das? Erstaunliche Augen.«

»Rat mal! Was ist sein Beruf?«

»Als Christus könnte man ihn malen. Und der war von Beruf Erlöser.«

»Sieh an, du liegst fast richtig. Das ist Sacharow – doch, doch, genau der. Das Akademiemitglied Andrej Dmitrijewitsch. Komitee zum Schutz der Menschenrechte. Dreimal Held der Sozialistischen Arbeit, Stalin- und Leninpreisträger und so weiter und so fort. Hat da drüben 'ne Datscha, hinter der Ministerratssiedlung. Stalin hat einst den Wissenschaftlern, die die Atombombe gebastelt haben – Sacharow, Tamm, Chariton, Keldysch[3] und einigen anderen – ein Dutzend Datschen geschenkt. Und nun wohnt er da gleich neben Bulganin[4], Molotow, neben früheren und heutigen Führern.«

»Eine unglaubliche Nachbarschaft! Gestern haben die BBC und die ›Stimme Amerikas‹ von ihm gesprochen. Und in jedem Moskauer Haushalt wird über ihn geredet. Vor kurzem hat mein Freund 'nem Schwätzer aus der Nomenklatura Bescheid gestoßen. Der fing an von Verrat und Bestechung durch die Imperialisten. Hatte natürlich keine Ahnung von den 150000 an Prämiengeldern, die Sacharow dem Staat für die Onkologie gespendet hat.«

»Kennst du den Witz? Ein Säufer will dem anderen Angst einjagen: ›Bald wird der Wodka wieder teurer.‹ Doch der beruhigt ihn: ›Keine Sorge, Sacharow wird's nicht zulassen.‹«

»Und wer ist die schöne Frau neben ihm? Ist er nicht Witwer?«

»Hat letztes Jahr wieder geheiratet. Jelena Bonner. Die Tochter von Georgij Alichanjan, der die Kader in der Komintern leitete. Wurde 37 oder 38 erschossen. Und ihre Mutter ist auch alte Genossin; hat fast zwanzig Jahre abgesessen, wohnt jetzt bei ihnen. Jelena selbst war schon als junges Mädchen Krankenschwester an der Front, wurde später Kinderärztin. Jetzt kriegt sie 'ne Versehrtenrente. Verliert das Sehvermögen – Folge von Wunden und Quetschungen.«

»Hätte ich nie gedacht. Sieht jung aus. Wär nie drauf gekommen, wer die sind. Aber man merkt schon von weitem, daß sie verliebt sind, jungverheiratet, sorglos, fröhlich.«

[3] Igor Tamm (1895–1971), sowjetischer Kernphysiker. – Julij Chariton (geb. 1904), sowjetischer Kernphysiker. – Mstislaw Keldysch (1911–1978), sowjetischer Mathematiker, 1961–1975 Präsident der Akademie der Wissenschaften der UdSSR. (Anm. d. Übers.)

[4] Nikolaj Bulganin (1895–1975), 1948–1958 Politbüromitglied; 1955–1958 Vorsitzender des Ministerrats der UdSSR; 1958 als Mitglied der »Antiparteigruppe« aller Ämter enthoben. (Anm. d. Übers.)

Am Vorabend war Sacharow spät in die Datscha zurückgekehrt. Den ganzen Tag war er durch Moskau gefahren, um Unterschriften für zwei Bittgesuche über eine Amnestie für politische Häftlinge und über die Abschaffung der Todesstrafe zu sammeln. Er besuchte Wissenschaftler, Literaten, Künstler, versuchte niemanden zu überreden, sondern ließ sie einfach die Texte durchlesen, die schon von ihm selbst und einigen Freunden unterschrieben waren. Im Laufe des Tages hatte er mehr als ein Dutzend Häuser aufgesucht, aber nur vier Leute hatten die beiden Gesuche unterschrieben.

Ein fünfter hatte eingewilligt, um eine Amnestie zu bitten, aber behauptet, daß die Todesstrafe noch notwendig sei. »Bei diesem Wachsen der Kriminalität geht es nicht anders.«

Ein sechster unterschrieb bereitwillig den Aufruf, sich von der legalisierten Tötung, von diesem anachronistischen Überbleibsel der Barbarei, loszusagen, hielt sich aber nicht für kompetent genug, eine politische Amnestie zu erbitten.

»Wissen Sie, hier handelt es sich um komplizierte Staatsinteressen. Wir beide können nicht alle beteiligten Elemente, alle vielfältigen Faktoren durchschauen.«

Ein prominenter Literat versprach, sich die Sache zu überlegen und dann anzurufen. »Man darf so etwas nicht übereilen, das ist schließlich sehr ernst, verschiedene Aspekte müssen berücksichtigt werden.«

Und ein bekannter liberaler und progressiver Wissenschaftler erzählte weitschweifig, wie begeistert er von Andrej Dmitrijewitschs Heldenmut sei, sprach noch weitschweifiger, noch ausdrucksvoller von der ständig wachsenden Bedeutung der russischen Intelligenz im allgemeinen und ihrer wissenschaftlich-schöpferischen Elite im besonderen. Er erinnerte sich bewegt daran, welche Leiden und Unruhen er in den verfluchten, schrecklichen Jahren erlebt habe, als seine Verwandten, Freunde und Kollegen verhaftet worden seien; ihn selbst habe man beinahe entlassen, er sei nur zufällig davongekommen ... Immer bewegter, vertraulicher und detaillierter erklärte er, wie schwer das Leben nun für ihn sei, wie seine uneigennützige und selbstlose Arbeit gestört werde von unbegabten, unwissenden Intriganten, die Beziehungen zu »Sie wissen schon wem« hätten ... Buchstäblich in diesen Tagen habe man ihm ein Auslandsvisum verweigert, obwohl schon alles genehmigt gewesen sei und man dort gerade ihn, nicht irgendeinen anderen erwarte. »Aber Sie wissen ja, wie so was bei uns gemacht wird. Auf niemanden wird Rücksicht genommen ...« Die Bittgesuche schien er einfach vergessen zu haben. Jelena Georgijewna erinnerte ihn daran. »Ach, wie Ihnen das Kleidchen steht. Für einen Filmstar könnte man Sie halten. Alle Freunde freuen sich so für Andrej Dmitrijewitsch. Er hat Glück verdient.«

Sie kniff spöttisch die Augen zusammen und fragte wieder, ob er unterschreiben werde. Das Gesicht zu einer Grimasse verzogen, als habe er Zahnschmerzen, mit tiefer Trauer, sogar ein wenig gekränkt – schließlich verstand man ihn nicht –, erwiderte er, daß er unter anderen Umständen natürlich, mit größter Freude, ohne Vorbehalt, jetzt aber – er habe den Eindruck, doch schon alles erklärt zu haben ... Seine Pflicht gegenüber der Wissenschaft, Menschen, die von ihm abhingen ... Wenn sein Verantwortungsbewußtsein nicht wäre, würde er morgen auf alles spucken und auf den Scheiterhaufen steigen. Doch schließlich wisse man gut genug, wer seinen Platz einnehmen könne, und dann... Die Sacharows hatten sich rasch von ihm verabschiedet.

Haben sie gerade an diese Begegnung gedacht, als sie lachend und ihre Handtücher schwenkend zum Fluß gingen?

3

Ihre unsichtbaren Spuren auf dem Asphalt kreuzte mit gemessenen Schritten ein hagerer, alter Mann in dunkler Jacke. Dicke Brillengläser unter einer hellen Sportmütze, ein grauer, borstiger Schnurrbart über dem schmalen, verkniffenen Mund.

Er spazierte dahin, zufrieden über den warmen Wind, den wolkenlosen blauen Himmel, die menschenleere Straße. Wie peinlich es gestern gewesen war! Er hatte seine Familie überraschen wollen und sich an einem Kiosk, in dem Tomaten verkauft wurden, in die Schlange gestellt. Einige Leute musterten ihn eindringlich, neugierig. Sie erkannten ihn und tuschelten untereinander. Irgend jemand grüßte ihn. Er erwiderte den Gruß höflich wie immer, ohne zu lächeln, um nicht wer weiß wen zu einem Gespräch zu ermuntern. Aber eine dürre, bebrillte Alte starrte ihn unverwandt an und keifte plötzlich los. Nein, sie schrie nicht, sondern sprach durchdringend laut und haßerfüllt. »Ich will nicht mit dem Henker in einer Schlange stehen. Mit dem Oberhenker! Ihm klebt das Blut an den Händen.

Das Blut vieler ehrlicher Kommunisten. Henker! Stalinscher Lakai ...« Sie kreischte noch etwas Bösartiges, Drohendes. Niemand widersprach ihr, niemand. Auch die, die ihn vorher gegrüßt hatten, rissen nur die Augen auf wie im Zirkus. Jemand kicherte sogar! Er ging schweigend davon, denn sie hätte ja auch zuschlagen können.

Hysterikerin. Wahnsinnige. Wahrscheinlich eine Rehabilitierte oder eine Witwe. Chruschtschow, der Blödian, hatte sie losgelassen. Jetzt war's ruhiger geworden, aber wie lange war's schon her, und niemand rief die Leute richtig zur Ordnung. Stalin hatte recht gehabt – es durfte keine Halbheiten, halben Maßnahmen, halben Wahrheiten geben. Und wenn man den Bogen überspannt hat, ist's zwecklos, ihn wieder geradezubiegen. Einen verbogenen Nagel wirft man am besten weg, denn er ist ohnehin verdorben. Bricht durch oder rutscht ab ... Was für 'ne schreckliche, böse Alte. Wohl aus der Sippschaft von Trotzkij oder Bucharin. Gut, daß Chruschtschow die Rädelsführer nicht mehr hatte rehabilitieren können, sonst wär alles zusammengebrochen. Nun haben sie sich wohl eines Besseren besonnen. Nun müßte auch ich schreiben. Aber nicht so wie der Quatschkopf Mikojan[5]. Der denkt nur an sich, möcht den Nachkommen weismachen, was für ein Klugscheißer er war; hat immer alles begriffen. Man darf nicht nur über sich selbst, sondern muß vor allem im großen historischen Rahmen über die Partei, über den Staat schreiben. Muß erklären, daß die Generallinie im wesentlichen immer richtig, immer auf die wissenschaftliche Strategie gegründet war. Taktische Versäumnisse, unvermeidliche Fehler hat's natürlich gegeben. Stalin hatte einen schwierigen Charakter, war zu selbstsicher, wollte zu gerissen sein. Am schwersten zu erklären, wie wir den Bock mit Hitler geschossen haben. Dabei hab ich ihn oft gewarnt, aber Stalin winkte nur ab, achtete nicht darauf ... Shdanow[6], der eitle Schwätzer, der Speichellecker, hatte ihn beeinflußt: »Hitler braucht uns. Er ist viel stärker an dem Bündnis interessiert, denn er führt Krieg. Er braucht Rohstoffe.« Und dann der Junimorgen. Nein, nie – weder zuvor noch danach – war Stalin so verstört, kläglich, bis zur Hilflosigkeit betrunken gewesen. Seine Hände zitterten, er schluchzte, konnte sein Entsetzen nicht verbergen. Niemand hatte ihn je so gesehen. Sogar vor uns

[5] Siehe S. 174 Anm. 25.
[6] Siehe S. 180 Anm. 1.

fürchtete er sich. Aber darüber darf man nicht schreiben, darüber wird keiner schreiben. Mit Berija und Chruschtschow ist's vorbei, Mikojan ist zu schlau. Darüber darf man nicht schreiben. Da geht's um die Autorität der ganzen Partei, von uns allen ...

Was für einen unangenehmen Blick der Bärtige, Schlaksige dort hat! Blöde Mode, sich den Bart wachsen zu lassen – wie die Popen oder Mushiks. Da weißt du nicht, wie alt einer ist, was für'n Mensch. Der ist wohl Intelligenzler, Kritikaster. Hat 'nen Fransenbart wie Dobroljubow[7] oder Radek ... Was starrt der mich an ... Blaue, kalte, gehässige Augen. Hat mich natürlich erkannt. Hab ihn aber, glaub ich, auch schon mal gesehen. In der Zeitung? In der Wochenschau? Wahrscheinlich ein Wissenschaftler, kommt von drüben, aus der Akademiesiedlung. Angeberei mit westlicher Mode: Bärte, abgetragenes Zeug. Neue Nihilisten, ideologische Verwüstung. Denen fehlt die Parteiführung, diesen Leuten von der Akademie. Was für ein frecher, bohrender Blick! Hat mich natürlich erkannt, grüßt aber nicht! Nicht umdrehen. Ist wohl stehengeblieben. Schaut mir bestimmt hinterher. Da tut einem direkt der Nacken weh.

Der blauäugige bärtige Mann mit dem Einkaufsnetz voll leerer Milchflaschen war wirklich stehengeblieben und blickte dem gemächlich und konzentriert dahinschreitenden Alten hinterher. Und wenn ich jetzt auf ihn zuginge und ruhig, nicht laut, aber entschieden sagte: ›Hören Sie, Molotow, ich bin Solshenizyn. Unterhalten wir uns ein bißchen. Ich möchte Ihnen ein paar Fragen stellen ...‹ Wird er erschrecken? Losschreien? Nein, wird wahrscheinlich die gewohnten leeren Zeitungsphrasen murmeln. So einen braucht man nur aufzuziehen, und immer kommt dieselbe Platte. Wär trotzdem interessant, ihn anzusprechen. Aber von ihm wird nichts Vernünftiges zu hören sein. Bucharin hat ihm den Spitznamen ›Steinarsch‹ gegeben. Ob man den spalten könnte, wenn man ein bißchen länger mit ihm spräche?

Er sah auf die Uhr. In fünf Minuten wurde das Geschäft geöffnet. Er mußte sich beeilen. Seiner Frau ging es gestern nacht nicht gut, es war wieder eine schwere Schwangerschaft. Aber sie war überzeugt, daß es wieder ein Sohn sein werde, und witzelte: »Schwer ist's, Solshenizyns auszutragen.« Auf dem

[7] Nikolaj Dobroljubow (1836–1861), russischer Literaturkritiker und Publizist. (Anm. d. Übers.)

Schreibtisch wartete auf ihn sein Manuskript. Das Bild der Schlacht wollte nicht gelingen. Gestern hatte er bemerkt, daß er fast einen ganzen Absatz aus ›August 1914‹ wiederholt hatte ...

Das pfeifende Rauschen, die fast an ein Flugzeug erinnernde Geschwindigkeit schwarzglänzender Limousinen. Der silberne Schimmer blanken Metalls, matte Scheiben. Unter dem hellen Hut dichte, dunkle Brauen, bekannt von so vielen Fotos.

Weiß er, daß sein gepanzerter SIL jeden Morgen und jeden Abend die Spuren Sacharows und Solshenizyns auf dieser Kreuzung durchschneidet? Und sehen die beiden ihn zuweilen, vermuten sie ihn hinter dem trüben Glas? Was denkt er über sie? Und möchte er wissen, was sie über ihn denken? Immer neue schwarze, breite, über den Asphalt gestreckte, unaufhaltsame SILs rasen vorbei und hinter ihnen die aufmerksam-eiligen schwarzen Tschajkas und Wolgas der Bewacher. So wie er fuhren auch andere Politbüromitglieder und Minister vorbei ...

Die Sonne steht höher über dem Wald, die Wagen sind weniger geworden. Der Arbeitstag hat begonnen.

4

Zwei Männer warten am Straßenrand. Der eine ist groß, ein wenig gedunsen und hat ein schönes, gepflegtes Gesicht wie ein Schauspieler; kaum merklich ergrauendes kastanienbraunes Haar, helle Augen, einen dünnen Schnurrbart. Der volle Mund ist ironisch zusammengepreßt. Er spricht zu einem stämmigen, breitschultrigen, großköpfigen Mann mit gutmütigem, aufmerksamem Blick.

»Also, gut, gut, lieber Alexander Lwowitsch, Sie heben da Grabhügel aus, finden Schädel, Scherben, zerbrochenes Geschirr, Knochen von verschiedenen Haustieren, Lämmchen, na, und dann noch die Knochen von denen, die die Lämmchen gegessen haben. Und alle möglichen grün gewordenen Schmuckstücke aus Bronze ... All das untersuchen Sie und finden dann irgendwie raus: Also das ist die und die Kultur – die oder die Epoche – und so weiter und so fort. Aus diesen

Scherben und Knochen rekonstruieren Sie also das Äußere von Menschen, die vor Tausenden von Jahren gestorben sind ... Muß man sich mal vorstellen – Tausende von Jahren! Sie beschreiben sie, ihre Lebensweise, ihre Sitten, restaurieren sozusagen die Vergangenheit. Und ich glaube Ihnen, glaube bedingungslos alles, was Professor Alexander Lwowitsch Mangait von längst verflossenen Zeiten, von den Überlieferungen des tiefsten Altertums erzählt ... Aber irgendwann, im 30. oder 40. Jahrhundert, werden Ihre Kollegen die Überreste und Scherben dieser schwarzen Autos finden. Wenn unser Planet sich schon ein bißchen von den Atomkatastrophen erholt hat und falls es Nachkommen gibt, die sich, sagen wir, für ihre Vorfahren so interessieren wie Sie heute für die unsrigen. Was werden ihnen dann die Scherben von Millionen, nein, wahrscheinlich Milliarden standardisierter Gegenstände erzählen? Schließlich sind handgemachte Steinäxte und Tontöpfe viel mitteilsamer als unsere Fließbandwaren. ... Auch die Mumien in den Pyramiden und die Knochen in alten Grabstätten bewahren viel mehr Informationen auf als die Einheitsurnen unserer Krematorien. Nein, Sie brauchen Ihre Kollegen aus dem 30. Jahrhundert nicht zu beneiden. Sie werden den Trümmern der Autos – und wenn sie noch so verschiedene Farben haben – nicht viel entnehmen können. Und die Unterschiede zwischen dem Inhalt der Wagen werden sie schon gar nicht feststellen können. Die Pharaonen hatten individuelle Merkmale, die Stämme der Urgesellschaft unterschieden sich durch ihre Werkzeuge, ihren Schmuck, sie begruben ihre Toten auf verschiedene Weise ... Jetzt aber beginnt das Weltreich der Schablone, sozusagen das universelle Tscherjomuschki[8]!«

»Sie könnten recht haben, Alexander Arkadjewitsch, aber nur bedingt ... Ja, heute werden wirklich viele Unterschiede zwischen Ländern und Völkern verwischt und eingeebnet. Das ist ein natürlicher Vorgang. Die Industrialisierung, die wissenschaftlich-technische Revolution, der internationale Handel und überhaupt die internationalen Verbindungen – das alles führt zu gegenseitiger Angleichung und sehr weitgehender Standardisierung ... Aber was wird standardisiert? Die materielle Kultur. Die Produkte der Industrie, die Architektur, die Kleidung, die Ernährung.«

[8] Ein neuer Bezirk im Südwesten Moskaus, der aus einheitlichen, in den sechziger und siebziger Jahren errichteten Wohnblocks besteht. (Anm. d. Übers.)

»Aber auch die Wissenschaften, die Musik, die Malerei, die Filmkunst, das Theater und überhaupt das tägliche Leben, ja die Sitten und Bräuche.«

»Ja, sicher, aber nur teilweise. Hier überschätzen Sie wohl die Bedrohung. Menschen zu vereinheitlichen, zu standardisieren ist nicht so einfach, ja, ich glaube, unmöglich. Sosehr man's auch versucht. Menschen aus der Retorte wie in Huxleys ›Brave New World‹ – so was ist, Gott sei Dank, nicht zu verwirklichen. Noch unmöglicher ist es, Völker und Nationalkulturen gleichzuschalten. Sie können nicht auf dem Fließband, nach allgemein gültigen Maßstäben entwickelt werden ... Der nächstliegende Beweis sind Ihre Lieder – eine einzigartige und unwiederholbare Erscheinung. Es gibt nur einen einzigen Galitsch[9], obwohl er über die Leidenschaft und Nöte der standardisierten Welt singt. Und mit Hilfe Ihrer Lieder werden die Historiker neuer Jahrhunderte unsere Epoche, unser Land, unser Dasein und unsere Lebensweise begreifen – genau: begreifen. Aus Ihren Gedichten werden sie nicht weniger vollständige und präzise Informationen über uns erhalten, als wir sie heute über die Antike bekommen ... vielleicht sogar noch vollständigere. Denn die antiken Dichter – Rhapsoden, Odenschreiber, Dramatiker, Tragödien- und Komödienautoren – schufen ihre Werke nach streng festgelegten Gesetzen, beachteten strenge normative Regeln. Sogar die Spötter, die Satiriker, mußten sich daran halten. Von diesen Gesetzen ging auch der ganze Klassizismus aus. Aber Sie sind ein ›gesetzloser Komet‹, wie Puschkin sagt. Ihre Dichtung ist aus Zorn und Trauer geboren, aber auch aus Abscheu vor den verhaßten Normen, Schablonen, der bürokratischen, amtlichen Eintönigkeit. Wahrscheinlich sind auch deshalb in Ihren Liedern die ganz feinen, ganz konkreten Besonderheiten unserer Welt, unserer Zeit lebendig: die Nuancen der Sprache, die Details der Sitten und Bräuche, die unwiederholbaren Kennzeichen eben dieser historischen Periode, eben dieses nationalen und sozialen Raums. Man kann nehmen, was man will: die ›Genossin Paramonowa‹ mit ihrer sowjetischen ›Musterfamilie‹ oder die Ballade über den Mehrwert oder die grausame Schwermut von Karaganda oder die traurige Ironie

[9] Alexander Galitsch (1919–1977), Dramatiker, Drehbuchautor; einer der populärsten Sänger-Poeten der Sowjetunion, dessen Gedichte und Lieder im Samisdat verbreitet wurden; 1974 aus der UdSSR ausgewiesen; er starb bei einem Unfall in Paris. (Anm. d. Übers.)

der Lieder über Blok, über Soschtschenko oder die Fieberphantasie des pensionierten Tschekisten, wie das Schwarze Meer in eine Baracke zu treiben sei, und die offenherzigen Bekenntnisse des Helden der Sozialistischen Arbeit Kusma Jegorowitsch, die Reportage über das Fußballspiel, die tragische Erzählung von der Kassiererin eines Lebensmittelgeschäfts – kurz, alles, alles, was ich kenne. Das ist natürlich zunächst einmal echte Dichtung, hervorragende Dichtung, aber gleichzeitig auch eine Gesellschaftsgeschichte, eine Dokumentation der Epoche.«

»Der Herr erhöre Ihre Worte, lieber Professor. Sehen Sie mal, der Tag hat gerade erst angefangen, und schon rollt irgendein flinker Ausländer zurück nach Moskau – hat genug gebadet.«

»Der rote? Aber das ist doch unser Nachbar – Rostropowitsch, das ist sein Wagen, ein Volvo, glaub ich. Fährt zur Probe. Vor kurzem erzählte man sich, daß die Furzewa[10] ihn zu sich gerufen habe; sind befreundet, duzen sich. Sie sagt also ganz freundschaftlich, mütterlich, vertraulich zu ihm: ›Was machst du denn für Dummheiten, Slawa? Läßt Solshenizyn bei dir wohnen. Weißt du etwa nicht, wer das ist, was über ihn gesagt und geschrieben wird? Aus dem Schriftstellerverband hat man ihn schon ausgeschlossen. Ein Feind der Sowjetunion, ein Erzfeind der Sowjetunion! Was kannst du mit so einem gemeinsam haben?‹

Er tut blauäugig ... ›Dieser ganze Rummel interessiert mich nicht im geringsten. Ich bin Musiker, kein Politiker. Das weißt du doch selbst, Jekaterina Alexejewna. Politik – da hab ich von Tuten und Blasen keine Ahnung. Solshenizyn ist mein Freund, mein langjähriger Freund. Und natürlich ist er ein sehr begabter Schriftsteller, sehr begabt, nicht schlechter als Scholochow, das erkennt die ganze Welt an. Aber für mich ist die Hauptsache, daß er mein lieber Freund ist. Und Freunde läßt man in der Not nicht im Stich.‹ Sie wird nervös, läßt ihre Stimme metallisch klingen. ›Na schön, dann hast du selber schuld. Dann können wir dich nicht mehr ins Ausland lassen.‹ – ›Um so besser! Hängt mir schon lange zum Hals raus, für den Export zu arbeiten, Reisen für harte Währung zu machen. Ich will in der Heimat auftreten. Ich bin ein russischer Musiker.‹ – ›Ja, aber wir müssen dich auch aus deiner Unterrichtstätigkeit entlassen. Professor, wenn auch am Konservatorium, das ist ideologische Ar-

[10] Jekaterina Furzewa (1910–1974), 1960–1974 sowjetische Kulturministerin. (Anm. d. Übers.)

beit.‹ – ›Auch sehr schön. Das heißt, ich kann mir meine Schüler selbst auswählen, wenige, aber dafür talentiert. Dann brauch ich mich nicht mehr mit jedem Trottel abzugeben, der nach den Fragebögen angenommen wird.‹

Ich weiß nicht, wie das Gespräch endete. Ins Ausland ist er tatsächlich nicht mehr gefahren, aber im Konservatorium und im Bolschoj-Theater ist anscheinend alles so geblieben wie früher.«[11]

»Gott gebe, daß diesmal das Kalb den Wolf frißt. Sehen Sie, das Café ist schon geöffnet. Gehen Sie ins Geschäft, und halten Sie mir in der Schlange vor der Fleischabteilung bitte einen Platz frei. Muß die Anweisungen der teuren Frauen ausführen. Ich trink unterdessen meine hundertfünfzig Gramm. Der Schädel zerspringt einem vom Kater, ohne ’nen Schluck zur Stärkung ...«

5

Über die Kreuzung fahren und fahren Autos in allen Farben ... Nach Moskau fahren Wissenschaftler, Generäle, Minister, hochrangige Apparatschiks, Literaten, Künstler. Sie fahren mit staatlichen und eigenen Autos aus staatlichen, gepachteten und eigenen Datschen. Ihnen entgegen rollen die Familien von Diplomaten und Korrespondenten, nach dem Dorf Uspenskoje, an den Strand. Es ist ein heißer Tag.

Aus derselben Siedlung, in der Sacharow, Solshenizyn und Galitsch wohnen, fährt in einem Tschajka ein aufgeplusterter mürrischer Zwerg. Es ist Keldysch, der Präsident der Akademie der Wissenschaften. Und wieder ein Tschajka; darin sitzt einer der Schöpfer der Atombombe, der Physiker Chariton. Aus Nikolina Gora fährt das Akademiemitglied K. in seinem eigenen Wolga und erzählt seinem Begleiter mit hoher, knarrender Stimme.

»Und Stalin verhielt sich mir gegenüber wirklich gut. Man kann sagen, er liebte mich. Wenn er überhaupt fähig war, irgend jemanden zu lieben. Das war von Anfang an so. Ich kam gerade

[11] Mstislaw Rostropowitsch und seine Frau, die Opernsängerin Galina Wischnewskaja, wurden 1978 ausgebürgert und leben heute in den Vereinigten Staaten. (Anm. d. Übers.)

aus England. Wir bauten in Moskau ein Institut auf, und ich schrieb Gesuche um importierte Anlagen ans Außenhandelskommissariat. Einmal brauchte ich sehr dringend optische Geräte aus Deutschland. Schrieb ihnen in allen Einzelheiten auf, was genau, aus welchen Werken, bis wann. Hatte mich mit der Firma schon vorher abgesprochen. Aber mehrere Tage vergingen, und mein Gesuch kam zurück aus dem Volkskommissariat, zusammen mit der Resolution irgendeines hochgestellten Blödmanns. Es werde dann und dort bestellt, wo und wann's das Volkskommissariat selbst für möglich und notwendig halte. Na, ich explodierte und schrieb oben auf die Resolution mit roter Tinte: ›Scheren Sie sich zur Hölle, Sie Scheißkerl, und führen Sie unseren Auftrag sofort aus!‹ Im Volkskommissariat war man beleidigt und empört, denn so was war noch nie vorgekommen. Der Volkskommissar lief zu Stalin, um sich zu beschweren, aber der amüsierte sich prächtig, wie mir später erzählt wurde. Genau das gefiel ihm, und er befahl: ›Tut alles, was der Professor verlangt. Der weiß, was gebraucht wird.‹

Und dann gab's noch einen Fall während des Krieges. Ich wurde dauernd aus der ›Prawda‹ angerufen, sollte irgendwas über unsere Siege schreiben. Das war schon 1943. Und ich antwortete: ›Ich will nur über einen großen Sieg schreiben. Wenn Kiew befreit ist, dann schreib ich was.‹ Als wir Kiew nahmen, gerade während der Oktoberfeiertage, rief mich der Redakteur der ›Prawda‹ an – weiß schon nicht mehr, wie er hieß. Also schrieb ich den Artikel – natürlich so, wie ich's mir dachte, wie ich's empfand. Welche Freude, welcher Ruhm! Und fügte hinzu, daß unsere Verbündeten von den russischen Armeen noch lernen könnten, wie man entschlossen vorgeht, und daß sie die Eröffnung der zweiten Front nicht noch weiter rauszögern sollten. Hab's abgeschickt, und am nächsten Tag rief der Redakteur wieder an: ›Ein sehr guter Artikel, wir bringen ihn morgen, müssen aber einen Absatz streichen. Den über die Verbündeten. Schließlich hat Genosse Stalin in seiner Feiertagsrede und in seiner Order unsere Verbündeten hoch gelobt. Bei Ihnen aber kommt das Gegenteil raus.‹ Ich wurde wütend und sagte: ›Dann drucken Sie überhaupt nichts. Ich verbiete Ihnen ausdrücklich jede Kürzung – kein Wort.‹ Und schrieb in der Hitze des Gefechts sofort an Stalin. So und so, weshalb verlangt die ›Prawda‹, daß alle in allen Fragen einer Meinung seien? Eben wegen dieser Einheitlichkeit sei unsere Presse, unsere Propaganda unerträglich langweilig. Keine zwei Tage vergingen, und zu mir nach Hause – ja, ja, tatsächlich nach Hause – kam ein Kurier, ein Hauptmann oder Major, und übergab mir ein riesiges Paket mit Stempeln auf Siegellack. Aus dem ZK-Sekretariat. Ich quittierte, öffnete es und fand 'nen persönlichen Brief von Stalin: ›Sehr geehrter Genosse K.! Sie haben vollkommen recht, und die ›Prawda‹ hat unrecht. Ich hoffe, Sie werden sich schon morgen überzeugen können, daß die Redaktion ihren Fehler eingesehen hat.‹ Und am nächsten Tag erschien mein Artikel in der Zeitung – Wort für Wort, wie ich ihn geschrieben hatte. Hab den Brief aufgehoben, als historisches Dokument. Sicher, Stalin war ein Tyrann, ein schlimmerer Despot als Iwan der Schreckliche. Aber mir gegenüber benahm er sich gut. Als Berija sich über mich ärgerte, weil ich nichts mit Atombomben zu tun haben wollte – er setzte mir damals sehr zu, aber ich wollte nicht, weil ich's nicht konnte, verstand nichts von diesen Problemen –, da sagte Stalin zu ihm: ›Schön, ich entlasse ihn von seinem Arbeitsplatz, aber du kriegst ihn nicht. Rühr ihn nicht an!«

6

Eine schwarzweiß gefleckte Kuh, melancholisch-einsam, rupft das Gras unter den Apfelbäumen, die direkt am Asphalt gepflanzt sind. Sie wird gehütet von einem gebeugten Alten, dunkelbraun gebrannt, faltig, unrasiert, in einem grellbunten Jünglingshemd und alten Gummistiefeln.

Ein Mann und eine Frau kommen mit Einkaufstaschen aus dem Geschäft. Sie lächeln dem Grün und der Sonne zu.

»Guck mal, die letzte Kuh von Shukowka!«

»Erinnerst du dich an unseren ersten Sommer, 1956? Was für 'ne Herde das war, bestimmt nicht weniger als hundert!«

»Noch zehn Jahre, und die Moskauer Kinder werden Kühe nur im Zoo zu sehen kriegen, irgendwo neben Bisons und Yaks.«

»Wo kommt der Rauchgeruch her? Merkst du's? Ob's irgendwo brennt? Ist aber nichts zu sehen.«

»Ja, es riecht schon zwei Tage so ... Qualmt. Ist dir das erst jetzt aufgefallen? Gestern wurde schon erzählt, daß die Torfsümpfe im Norden von Moskau brennen. Die Hitze, die Trokkenheit und die Meliorationsfachleute sind allzu eifrig gewesen.

Wollten nicht auf die Gnade der Natur warten, haben alles ausgedörrt. Und nun brennt's.«

»Gestern nacht konnte ich einfach nicht schlafen. Zuerst glaubte ich den Geruch nur zu träumen. Dann ging ich hinaus, dachte, daß vielleicht irgendwo Kabel brennen ... Das ist ja wie bei der Achmatowa. Du weißt doch ...

> Nach Verbranntem riecht's. Vier Wochen brennt
> Der trockene Torf in den Sümpfen ...

Und dann die Prophezeiung:

> Schreckliche Zeiten kommen. Bald schon
> Wird's eng werden vor frischen Gräbern.
> Wartet auf Hunger, Beben und Seuchen
> Und das Erlöschen der Himmelsgestirne.

Damals schrieb man 1914, es war am Vorabend des Krieges. Ist das vielleicht auch jetzt ein Omen neuen Elends?«

»Besser nicht dran denken. Wir können ja doch nichts ändern. Können nur abwarten, bis wir einzeln umgebracht werden, wie die Kühe von Shukowka, oder gleich mit einemmal – Zack, Zack: ›Seid gegrüßt, Uromas und Uropas.‹«

7

Das Café »Shukowka«. Ein großes Aquarium. Die Wände aus Glas in einer Metallfassung. Davor Tischchen auf einer kleinen Betonplattform. An einem sitzen drei lautstark schwatzende Trinkgenossen. Ein älterer mit zerknülltem Hut und zerknüllter Jacke. Zwei jüngere mit selbstgefalteten Schiffchen aus Zeitungsblättern und dunkelblauen verstaubten Arbeitsanzügen. Sie trinken Portweinfusel und streiten sich träge.

»Und ich sag dir, ihm steht's nicht zu.«

»Doch, ihm steht's zu, ist schließlich Vorarbeiter.«

»Quatsch, ihm steht's nicht zu. Ist bloß Willkür und verfluchter Persönlichkeitskult.«

»Und ich sag dir, mit Kult hat das nichts zu tun. Ihm steht's zu, und basta. Sonst aber ist er 'n Arbeiter wie wir.«

»Schon, schon, ist aber 'ne besondere Gegend. Noch 'n Shukowka gibt's bei Moskau nicht ...«

Ein paar Schritte vor dem Eingang des Cafés hält ein blaugelbes Milizauto an. Ein Leutnant mit sorgfältig gebügelter, fliederfarbener Uniform steigt aus und betrachtet die drei Zechkumpane am Tischchen eindringlich. Der ältere bemerkt ihn, lüftet »weltmännisch« den Hut und spricht den Leutnant mit Namen und Vatersnamen an.

»Keine Sorge, teurer Chef. Wir tun nichts Unrechtes. Trinken ganz kultiviert ein leichtes, süßes Weinchen. Die jungen Genossen können nicht arbeiten, weil die Baumaterialien nicht geliefert wurden. Und ich kläre die Kollegen auf. Willst dich nicht 'n bißchen zu uns setzen? Mußt doch schließlich die Verbindung zum Volk behalten.«

Der Leutnant erwidert trocken und höflich: »Danke für die Einladung. Geht nicht – bin im Dienst.«

»Im Dienst! Klar, da-as verstehen wir. Kommando zurück! Keinen Wein! 'Nen ruhigen Dienst, teurer Genosse Chef. Bewach unser liebes Shukowka. Hier gibt's was zu bewachen. Ich hab's denen gerade erklärt! Noch so'ne Gegend gibt's bei Moskau nicht, nicht in ganz Rußland und nirgends auf der Welt. Genau hier, wo wir Wein trinken, uns unterhalten – was da für Leute vorbeigehen, vorbeifahren. Unsere ganze Regierung, mit dem Politbüro selbst und persönlich an der Spitze ... Na ja, gut, nicht das ganze Politbüro, aber der größere Teil. Der wichtigste Teil, kann man sagen. Jeden Morgen sehe ich ja den Genossen Breshnew persönlich, wie ich dich jetzt seh. Und Kossygin fährt vorbei, und dann die Wissenschaftler. Hier bei uns wohnt die allerhöchste Wissenschaft, dort, hinter dem Wäldchen, das Akademiemitglied Sacharow persönlich. Und nun sag ich ganz leise, um die Miliz nicht zu erschrecken: auch dieser Solshenizyn!«

»Was du da säuselst. Wer wird die denn herlassen?«

»Säuseln tut's bei dir im Oberstübchen. Wer kann's ihnen denn verbieten? Wo doch die ganze Welt sie kennt, die ganze Welt und alles drum rum. In unseren Zeitungen werden sie mit Dreck beworfen, dafür werden sie im ganzen Ausland verehrt. Hör dir mal die BBC an. Und die Straße nach Shukowka ist ja für alle Ausländer geöffnet, bitte sehr. Ich arbeite nämlich an der Straße: Reparaturen, Instandhaltung, Verkehrszeichen und so. Weiß hier über alles und jeden Bescheid. Da fuhr grad 'n weinroter Chevrolet; D 04 auf dem Nummernschild, amerikanischer Diplomat. Und wenn der Buchstabe ›K‹ dasteht, ist's ein Korrespondent. Jede Ziffer hat 'ne eigene Bedeutung. 01: England, 02: Deutschland, BRD, 07: Frankreich und so weiter.

Und unsere Länder, die sozialistischen, die haben jeweils zwei Ziffern. Zum Beispiel 88: das ist Kuba. Die fahren wie die Wilden, das kann ich dir sagen, wie vom Teufel gehetzt. Alle möglichen Ausländer kommen durch Shukowka. Neulich, zum Beispiel, bin ich auf der kleinen Chaussee zum Fluß gegangen und sah einen Priester. Keinen gewöhnlichen, sondern so was wie 'nen Bischof oder Metropoliten. Das Gewand aus schwarzer Seide, und die Haube, wohl auch aus Seide, glänzte. Ganz breiter Lackgürtel, und auf der Brust 'ne Ikone aus Gold. Stieg aus einem dunkelblauen Wolga und ging zu einer Datscha. Ihm entgegen der Hausherr, einer von uns aus Shukowka, ein kräftiger Kerl, ohne Hose, nur in kurzen Unterhosen; trug Eimer – holte Wasser für seine Mieter und grüßte den Metropoliten. Der blieb stehen, grüßte auch und fragte: ›Was denn, haben Sie etwa keine Wasserleitung?‹ Und der sagte: ›Wieso? Dort, hinter den hohen Zäunen, wo die Diener des Volkes wohnen, dort gibt's eine vollständige Wasserleitung mit Hähnen. Wir aber sind das eigentliche Volk, darum holen wir's selbst vom Brunnen.‹ Und er fragt den Metropoliten: ›Entschuldigen Sie, woher sind Sie denn?‹ Der lacht, hält sich den Bauch, und die Ikone hüpft nur so. ›Ich komme aus Frankreich‹, sagt er. Bin ein russischer Bischof, lebe aber im Ausland. Bin zu Besuch ...‹ – Siehst du, Bruderherz, was wir für Gäste haben. Guck mal, der Tschajka biegt ab. Das ist der Held der Sowjetunion Gromow, ist schon vor 40 ... nein, 35 Jahren über den Pol nach Amerika geflogen. Da wart Ihr noch nicht auf der Welt. Wohnt jetzt hier ..., und dort in Barwicha, 'n bißchen weiter hinter dem Feld, hat mal Gorkij gewohnt. Auch Lenin ruhte sich 1920 oder 21 dort aus. Damals rannte ich noch in die erste Klasse. Er ist hier auch spazierengegangen. Mit Shukowka fing's gerade an; das Dorf vom anderen Ufer wurde hierher verlegt. Damals hatte kaum einer von ihm gehört.«

»Jetzt ist's wohl der Nabel der Welt?«

»Nabel – halt den Schnabel. Aber über unser Shukowka, genau über diese Kreuzung – erinnert euch an meine Worte, Freunde –, wird man noch Bücher schreiben und Lieder singen.«

(Moskau-Shukowka, 1972)

GÜNTHER SCHWARBERG

Die letzte Fahrt der Exodus

176 Seiten, stb 82, DM 16,80

*

Geschehen, von dem dieses Buch
ihlt, ist von ebenso großer Inhumani-
wie Symbolhaftigkeit: Viereinhalb-
send jüdische Menschen, den KZs
Gettos endlich entkommen, ver-
nten 1947 auf einem hoffnungslos
rladenen Schiff, das bald »Exodus«
annt wurde, Palästina zu erreichen.
ch die dort noch herrschenden
gländer verweigern ihnen die Einreise,
geln sie – es gibt Tote und Verletzte –,
erfrachten sie schließlich wieder in
Land, aus dem sie fliehen wollten:
utschland. Diese an Qualen reiche
ederholung des biblischen Auszugs
Volkes Israel wird von Günther
hwarberg bewegend dokumentiert.

PETER WYDEN

STELLA

Aus dem Englischen von Ilse Strasmann.
420 Seiten, stb 51 · DM 19,80

*

Stella Goldschlag war blond, schön und verführerisch. Sie war vielseitig begabt und zu einer anderen Zeit, in einem anderen Land, hätte sie wohl eine glänzende Karriere gemacht. Doch Stella war Jüdin und lebte in Deutschland. Auf Zwangsarbeit in der Rüstungsindustrie folgte schließlich das Dasein im Versteck. Die Katastrophe trat ein, als Stella verhaftet und wochenlang gefoltert wurde. Um ihre Eltern vor der Deportation zu bewahren, war sie bereit, versteckt lebende Juden an die Gestapo zu verraten. Ihre Eltern hat sie nicht retten können. Dennoch hat sie weitergemacht. Hatte sie eine andere Wahl? Stella lebt heute wieder im Verborgenen. Peter Wyden hat sie ausfindig gemacht und mit ihr gesprochen. Er hat über seine Klassenkameradin von einst ein Buch geschrieben, das sich wie ein Kriminalroman liest.

ANNA LARINA BUCHARINA

Nun bin ich schon weit über zwanzig

Erinnerungen. Aus dem Russischen
von Eva Rönnau.
432 Seiten, stb 1 · DM 18,00

*

Anna Larina Bucharina war vierundzwanzig Jahre alt, als ihr Mann Nikolaj Iwanowitsch Bucharin 1938, nach dem dritten großen Schauprozeß, auf Geheiß Stalins »liquidiert« wurde. Die Nachricht von seiner Verurteilung erhielt sie in einem sibirischen Internierungslager. Wie ungezählten anderen Angehörigen angeblicher »Volksfeinde« erging es auch dieser jungen Frau: Fast zwanzig Jahre ihres Lebens verbrachte sie in den Lagern des Gulag und in sibirischer Verbannung. In ihren Erinnerungen erzählt sie von ihrem jahrelangen Leidensweg und dem Schicksal ihres Mannes. Viele der entscheidenden Ereignisse aus Bucharins letztem Lebensjahrzehnt kann niemand so kennen und schildern wie Anna Larina: Sie hat sie miterlebt. »Die bedeutendsten Memoiren der letzten Jahre« (Buchreport).

ILAN

M

Aus de
Malgorzata
240 Seite

Noch ist Polen
viele am Vora
kriegs. Auch
Juden mit nicht
stand, verdräng
Doch die Ereig
fenden. Die An
und dem Terro
bald dem täglic
Krieg. Dann m
in Polen ein. Al
volk« kommt n
als Besatzer. Di
eingeführt. Ein
Polen wird nich
stem aufgezwu
Verzweiflung
Maschler wenig
lie zu retten. »Ei
das man lesen
(Westdeu

LEA ROSH
GÜNTHER SCHWARBERG

Der letzte Tag von Oradour

144 Seiten, stb 5, DM 14,80

*

Oradour, ein kleines Dorf in der Mitte Frankreichs, wird am 10. Juni 1944 von einer Division der Waffen-SS heimgesucht: Brutal setzen die Deutschen ihren Befehl, »den Ort niederzubrennen und ohne Ausnahme alle Personen vom Säugling bis zum Greis zu vernichten«, in die Tat um. Die Berichte des Buches lassen dieses Geschehen in seiner ganzen grauenvollen Konkretheit noch einmal abrollen – erforschen aber auch seine beklemmende Vor- und Nachgeschichte. Die Biographie eines der Täter, der erst 39 Jahre später zur Rechenschaft gezogen wurde, wird dabei ebenso zutage gefördert wie die Versuche bis heute in der Bundesrepublik nicht verurteilter »alter Kameraden«, ihr Verbrechen zu vertuschen.

LEA ROSH
GÜNTHER SCHWARBERG

Der letzte Tag von Oradour

144 Seiten, stb 5, DM 14,80

*

Oradour, ein kleines Dorf in der Mitte Frankreichs, wird am 10. Juni 1944 von einer Division der Waffen-SS heimgesucht: Brutal setzen die Deutschen ihren Befehl, »den Ort niederzubrennen und ohne Ausnahme alle Personen vom Säugling bis zum Greis zu vernichten«, in die Tat um. Die Berichte des Buches lassen dieses Geschehen in seiner ganzen grauenvollen Konkretheit noch einmal abrollen – erforschen aber auch seine beklemmende Vor- und Nachgeschichte. Die Biographie eines der Täter, der erst 39 Jahre später zur Rechenschaft gezogen wurde, wird dabei ebenso zutage gefördert wie die Versuche bis heute in der Bundesrepublik nicht verurteilter »alter Kameraden«, ihr Verbrechen zu vertuschen.